冰心散文奖

获奖作家散文自选集

大洼意象

张华北　著

组　　稿：中国散文学会
总 主 编：周　明　红　孩
执行主编：凌　翔

中国经济出版社
CHINA ECONOMIC PUBLISHING HOUSE
·北京·

图书在版编目（CIP）数据

大洼意象 / 张华北著.
—北京：中国经济出版社，2020.4
（“冰心散文奖”获奖作家散文自选集 / 周明，红孩，凌翔主编）
ISBN 978-7-5136-5687-0

Ⅰ. ①大… Ⅱ. ①张… Ⅲ. ①散文集—中国—当代 Ⅳ. ① I267

中国版本图书馆 CIP 数据核字（2019）第 082338 号

策划编辑　崔姜薇
责任编辑　焦晓云
责任印制　马小宾
封面设计　陈　姝
封面插图　阿　秋

出版发行　中国经济出版社
印 刷 者　唐山楠萍印务有限公司
经 销 者　各地新华书店
开　　本　710mm × 1000mm　1/16
印　　张　13
字　　数　168 千字
版　　次　2020 年 4 月第 1 版
印　　次　2020 年 4 月第 1 次
定　　价　49.80 元
广告经营许可证　京西工商广字第 8179 号

中国经济出版社　网址 www. economyph. com　社址 北京市东城区安定门外大街 58 号　邮编 100011
本版图书如存在印装质量问题，请与本社发行中心联系调换（联系电话：010-57512564）

目录

第一辑　洼里茅草

第二辑　洼里麻雀

第三辑 洼里黄牛

第四辑　洼边的桥

第五辑　月色大洼

第一辑　洼里茅草

秋声秋色里的大苇洼

两千多年前，一个中国诗界佚名的诗人，潇洒凝练地在竹板上写下“蒹葭苍苍，白露为霜。所谓伊人，在水一方”这注定要流传百世的诗句。当你踏进大苇洼时，真可感受这位诗人心界的恢宏与感情的细腻。他那赋比兴的情调应该说是独特的，在他的眼里，苇荡无比宏阔，是一处可寄托对远方友人思念的绝佳环境。

真正的苇洼决然不同于诗人的纸上情怀。孟秋，大苇洼在连日炎阳的蒸烤后有了一丝的喘息。无边无际的绿在晨曦下浩浩荡荡，如绿透了的海，苇尖挂上了一层淡淡的亮色，那是阳光爱意下羞涩的点缀。雾霭融融的、柔柔的，像美人梦醒时看苇洼那蒙胧的感觉。静静听来，“吱吱……”“咯咯……”，声音微小，如若即若离的幽灵，在你的身前身后、左左右右。苇穗已在拔节，新穗抹了浅浅的绿，旧穗染了些许猩红，犹如待开待展的粱穗。苇洼里绿的底色、红的敷抹、黄的点染，在阳光里变幻着奇彩。你惊叹大自然的万千神奇，但眼前的一切只不过是大自然的随心所欲。看洼人在洼边树荫下踱着方步观望着游人惊诧的憨态，身边是一条亦步亦趋的黄狗。他们对这一切司空见惯，毫无游人天真烂漫的激情。

暑湿在苇洼里一天天消弭，那浓重的黯绿渐渐褪去，苇洼弥漫着一层蒙蒙的土黄，像穿了一身褪色的衣装。唯独苇穗丰满地披散开来，在仲秋午后的斜阳下，泛着那么一层亮眼的光泽，那金属般的色彩令你的心一阵舒畅。“嘎嘎、嘎嘎”“呱哇、呱哇、呱哇呱哇”，苇洼深处，野鸭的鸣叫声此起彼伏。“噗噗噗”“噗噗噗”，群群野鸭擦着苇尖费力地起飞，“啪啪啪”，野鸭拍打着水面斜斜地飞起，其中一只在跃过我的头顶时，用晶亮的眼睛和我对视了一下。它一身芦花色，深黄的两脚蜷缩在尾下，双翅急促地扇动。几十只、上百只，一时成阵，呼侣鸣群，渐行渐远。苍鹭惊起时是无须助飞的，翅膀缓慢但有力地扇动几下，即腾起远去。长脚下垂伸出，脖颈变换成一个优雅的曲线。长脚鹬在浅泊中显得那么沉稳，麻色斑点的羽毛配一副红色长腿，那么悠闲自得。几乎在人们伸手可及时，几十只翩翩而起，又翩翩而落，不远处的水草给了它们一片新的宁静。如果我是一只水禽，广袤的大苇洼定是我理想的家，那芦苇高大得像南方的竹海。芦苇有竹的外形、竹般的叶，但披散开的长穗比竹更优美，在水的润泽下，比竹海更加壮阔，更加富有灵性。

夕阳西下，静谧的苇丛边不甘寂寞的蝈蝈在衷情地唱，“吱吱、吱……”，声音悠长间一个小小停顿。在一片片枯黄的狗尾草下，你可以轻易地捉住一两只，它们极不情愿地蹬蹬强劲的后腿，弹得你手心痒痒的。如果说蝈蝈是笨拙的琴师，那么蛐蛐儿的演奏就高明了许多，“嚯嚯嚯嚯嘁嘁嘁嘁”“嚯嚯……”“嚯嚯……”，那声音富有节奏感，频率间隔又那么准确，音调柔美而有磁性。生物学家说，它们的声响来自翅膀的摩擦。洼民则说，它们唱的是“拆拆洗洗拆拆洗洗”，告诉人们拆洗衣裳准备冬装。苇莺从苇尖掠过，“啾啾嘻”“啾啾嘻”，飞上洼边的树梢。几只戴胜在土路上沉默地站立，黑白相间的羽毛在夕阳下闪着光，棕黄的头冠高挺着，一副高傲的绅士风度。在人们即将踩到它们时腾起远去，像在和你逗趣。在这些鸟儿、鸣虫的参与下，苇洼自然生机勃勃。

大苇洼黄了，像黄熟的麦田，季秋的凉意笼罩着整个大洼，熟金的色彩令人目眩。芦花绽放开来，银絮飘飞，在你的头上、脸上、衣襟、手心。几朵飘忽而至的絮花挂上了睫毛，摘下它，怜惜地把它放飞，心里惬意得很。逆光望去，金色的芦荡上浮托一层银絮，分明又是一个银装素裹的大洼。金与银巧妙地结合，在色泽的变化中展示了一副大气磅礴之美。难怪元代诗人耶律楚材赞叹“潇湘一片芦花秋，雪浪银涛无尽头”。夕阳慢慢沉入芦荡，天边几条带状的晚霞由嫣红渐渐变作银灰再到灰暗。晚风从渤海滩边悄然而至，“唏唏”“唰唰”“唏唏”“唰唰”，风声是借着苇茎的摇动和苇叶的摩擦表露情绪的。“沙……沙……”“沙……沙……”，风声一片，应该说是苇荡夜曲的和声响成一片，和声伴着凉意远远近近、绵绵渺渺。“噌”“噌”，水泊里群虾在追逐中跃起，声如琴弦短促的一颤，转瞬间又杳无声息。在小小的涟漪即将散尽时，水面跃起一段硕大的鱼身，银光直立地一闪，“嘭……”，声如洪钟大吕，伴着风声传得那么悠长。“嘎啊……”“嘎啊……”，鹤群一阵骚动，似在印证“风声鹤唳”那个成语。

远远地，洼棚的马灯亮了，“汪汪”“汪汪”，一声声狗吠证实着看洼人与狗的存在。良久，洼里沉静下来，“沙沙……”“唰唰……”，大苇洼的风声比先前要响，细听似海潮涌动，由远而来，又缓缓远去。

（本文获第三届“冰心散文奖”）

洼里茅草

和风轻柔地拂过大洼，大洼蓦然间有了精神，一天天，淡淡的绿像水粉画一层层地敷色，天幕也似乎比冬日更蓝一些。在那些松软的草洼、树林、河滩，那些坚实的场边、沟棱、地头，初生的茅草像一支支坚矛挺立着，和褐黄的草棵、嫩弱的青蒿相伴。茅尖有些发红，人和牛羊不经意间走过难免心生几分惧怕。几日间，草莛抽得好高，焕然吐出一片洁白的花絮，如姑娘身边待纺的棉条，静静地沐着阳光和晨露。茅花的怒放往往是在一个阳光灿烂的日子，一时间遍野绽放出团团白云，在绿丛中那么耀眼夺目，在风的摇曳下，分明是一幅动感图画。那白色浮在绿草上，忽高忽低，忽左忽右，几乎主宰了整个原野。如果把它比作晨霜，霜似乎略淡了些，也经不得阳光的亲吻；如果把它比作瑞雪，晨光下那水淋淋的色泽又似乎故作多情。茅花茸茸的，让人不忍拔一支在手，花絮蓬松着，小小的黄色花蕊托挂在花絮上，用手微微一摇，便会簌簌飘落许多。

夏日的风带着暖意在草丛中艰难地穿行，茅叶像兰草一样柔美。在画家的手里，兰草已增添了几分孤独。而茅草却不愿生长在画家的手里，它葳葳蕤蕤，蓁蓁荣荣，柔美中自有它的豪放与大气。茅草地上，总是透着一种洁净，似乎容不得一点污浊和杂沓，周边的草族也透着整洁与清秀。茅草自自然然，俨然一派君子之风。因它的圣洁，古人把茅草用作占卜的灵草。楚人结草折竹而卜曰挎，又称茅卜、茅卦，可谓由来已久。上中学时，我们放假就去打秋草，常常割上一把茅草，晒得蔫了拧成绳子，把草捆了背上肩，拖着草捆一步步回家，肩膀能感觉到那绳索的柔韧。两千年前，古人就把茅草用作绳索。《诗经》中就有“昼尔于茅，宵尔索绹”的说法，意指白天去割回茅草，晚间搓绳以待时用。我只不过重复了古人的创造。茅草又有白茅、菅茅、香茅、芭茅多种。南方的茅草还是喂牛的好饲草。蜀南家乡田坎的坡壁上长满了茅草，那茅草又长又黑，苍苍柔柔。假日，我常去乡下的表哥家，我们背个背篼拿把月牙镰就去割牛草。茅草密不透风，割不上多远小背篼已经盈满。常常惊起一两只雉鸡，贴着草尖扑簌簌飞过田坎，斜斜地穿过那棵荔枝、那棵油桐。由于茅草的茂密和柔长，古人把它用作盖房的顶材，耐久利水，胜过稻秸。杜甫的《茅屋为秋风所破歌》，八月秋风“卷我屋上三重茅”，真成了千古绝唱。古人还用茅草滤酒，还用作祭祀的一种仪式，以至齐桓公发兵攻楚，齐大夫管仲直言：“尔贡包茅不入，王祭不共，无以缩酒，寡人是征。”古人因以茅草为借口发动战争，大概仅此一例吧。在犁铧翻开的土垡上，我拔出一棵茅根，轻轻剖去一层黄膜，露出洁白的根节，嚼嚼很甜。中医说它性寒味甘可入药，清热利尿，凉血止血。

秋风刮过了原野，黄了庄稼，也黄了茅草。远远望去，已分不清哪是芦草哪是茅草，茅草早已和众草融合成一片，普通得又成了草族的一员。其实，秋日茅草的色泽是会不断变化的。湛绿的叶片积聚了阳光，由草尖泛出火红，逐渐向下延伸，像淡淡的火在缓缓地燃烧。随后，叶变作黄熟，在风的欺凌下，变作干缩的淡黄。在蜀国的大山峻岭、在八闽的丘陵河川、在内蒙古的广袤草原、在中原的荆楚大地，几乎所有我走过的地方，都能见到茅草的身影，那么潇潇洒洒，那么繁茂茁壮。“立秋十八日，寸草结籽粒”，庄稼和秋草匆匆地结下种子，完成一年一度的生命繁衍。茅草却早已在夏日的烈焰里，演绎了花与籽的程式，坦然地面对凄风与严寒。

当羊群披着浑黄邋遢的羊毛从茅草地里走过，啃食着飘忽摇曳的草叶时，寒风迎合着牧童的心态，将一小捧野火迅速地扩展开来。风与火搅拌在一起，戏弄着曾经生机勃勃的百草。贴伏在草根的虫卵和草籽在痛苦中炸裂，顷刻间化为灰烬，而灰烬又与风拥抱着颤抖着飞去空中。火浴过后，土地干裂，偶有袅袅烟气断断续续地伏在大地皴裂的肌肤上。当雪花层层叠叠地飘落，便充当了火与水肆虐与温情交相而至的使者，以洁白的大毯覆盖了大洼黝黑的胸膛。茅根湿润了，那是拌和了它们心中淌出的泪。茅根在黑暗里伸展着，勇敢地回避着树根的压抑和蛴螬躁动的威吓。茫茫大洼里，走过几个庄稼汉子，几行脚印由茅草地中划过，伸向大洼的苇地深处。雪层在脚的挤压下发出动听的嘎吱声，声音传向地下，也传向天际。待到来年春风至，这一片茅草地上，又将是一派生机，生长出一片直立的生命。

九秋芦花

从草洼边依然悬挂着的金黄尖叶的白蜡树空望过去，深秋的芦荡寂静得似乎没有一丝声响，仿佛世界已经处于一片静止的状态。其实，那只是你的错觉。茫茫芦荡，是最能激起人们灵感和遐想的地方。春始，芦荡的嫩黄渐渐掩饰了冬日残留的枯黄和凝寒，由温情的风带走了大草洼的春信；夏起，芦荡的浓绿慢慢覆盖了春来积聚的间色和燥热，由激情的雨携来了大草洼的繁夏；秋来的雨水太勤，以至小排子荡进洼里，那根被看洼汉子攥得锃亮的竹篙隐没了，只看见片片芦花分了又合、合了又分。

天看起来很蓝，像擦拭过的巨大而浑圆的玻璃罩，这湛蓝又是多年来少有。这湛蓝显然是人类感觉很舒适的色彩，更是地球上动植物感觉最愉悦的一半世界。秋日的大洼是芦花的，大苇洼里芦花似乎占领了芦荡的所有空间。沟堰上芦花要稀些，有风穿过树丛，再靠近那些芦穗，芦花像跳动的不知疲倦的绒团，芦茎便知趣而顺从地起起伏伏，把弹性、柔性发挥到极致。堰上的茅草梢已经发黄，在阳光的照射下，有的竟红得像簇簇火焰在燃。树丛边的芦苇要低矮些、疏朗些，芦花点点，摇曳不已。或许画家写意的点染法最初是由芦花得到的启示？但平心而论，画家的点染很难再现自然的动感。有莺群从堤外的树丛间飞来，一个个黄褐相间的身影，带着一声声喳喳啾啾的唱和，拥进芦花，顷刻间再难寻觅。

芦荡水泊里，芦花垂垂，高高低低，或贴水，或横斜。凌乱中，可见芦花在水中倒影的摇动。在光的照射下，每根芦苇离水的部位都有一个晶亮亮的点，你会想：莫不是仙子撒下了珍珠，才引来那些贪婪的渔夫？有鱼从苇丛里游进游出，娴熟的游姿如同在自家的街巷徜徉，静无声息。它们间或用尾鳍划开水面，那难以让人察觉的水的突起瞬间融合在波纹里，水面的愈合力比人们的想象要神奇得多。有燕子飞来，三五成群，或掠过水面，从芦花上跃起；或在水波间投下黛黑的剪影，惊散水中的游鱼和苇间几只绿色的蜻蜓，从舞动不已的蒲叶梢间滑过。

洼里土堰上，低矮的芦箔窝棚隐在芦花里，芦扉半掩。小猛抱着粗壮的臂膀站在窝棚边。随着他的目光，可以看见芦荡尽头的树林像一条乌色的条带。不远处水里那挂网上一瞬间的抖动没能逃过他的眼睛，有条不小的鱼肯定贴上了渔网。有在窝棚边修补渔网的渔人，晾晒的竹竿还挂着些许潮湿的水草。雄鸡跳上一只硕大的鸡筐，扇动几下翅膀，头颈前伸胀得脸和冠鲜红，鸣唱出一嗓虽不甚婉转却无比高亢的歌，释放了一夜积聚的对狭小鸡窝的不满。那几只母鸡没有它那么怨愤和奔放，早已窜进芦花中。几百年前，小猛的祖上就在这洼里站在窝棚前守望过。可他们无论如何也不会想到，几百年后大苇洼小了、鱼儿少了，看洼人的晚辈们走进了工厂、机关、学校，走进了田间。执着的小猛还是承包了大苇洼的水面，和那些渔人一起固守这一方大洼。我坐在窝棚里那张简陋的小桌旁，和小猛碰响啤酒瓶，吃着小锅炖熟的大草鱼，满棚洋溢着鱼的清香。不久前，一个盗鱼者洗劫了渔人的箔圈，小猛几人在朦朦月色中追出十几里。那人潜在芦荡中，浩荡的大洼似乎隐去了所有的罪尤，那也是守洼人的后代。

午后，苇洼沉浸在温暖的氛围里，顺光看去，芦花簇拥着，摇动在一起。那色泽更像驼毛织就的地毯，但这地毯确实太大，那么没有边际，那么一览无余。绒绒驼浪随气流无规则地波动，幅度或如大浪涌过，或如小波轻摇。苍鹭总是在不能容忍人们接近的距离轻轻起飞，一只、两只，长腿由下垂再向身后平伸，翅膀悠然地扇动，慢慢消失在芦花里。海鸥则不然，人们的到来并没有引起它们多大的激动，它们在水面潇洒地穿行，你会惊叹它们相互间绝不会碰撞的默契。古人称芦苇为蒹葭，夏秋之交抽出满洼的芦穗。芦穗由初时的淡紫到绛紫，孕育了芦花的绽放。那花絮上密生的小穗如小小燕尾，含夹着六七朵小花。那花又是晶莹闪亮动人的银玉色。难怪古人有“万仙霓帔合，千亩玉苗生”赞芦花。站在芦花丛中，广袤的芦荡极能引发诗人的浪漫情怀。要不怎会比兴出“蒹葭苍苍，白露为霜。所谓伊人，在水一方”的联想。每年秋常到草洼，总要抽一些芦穗，扎成一把小帚。紫帚小巧，扫扫桌椅扫扫沙发，轻巧好用。但芦花的用处印象最深的，还是小时候看的《二十四孝图》中的《芦衣顺母》。说的是孔子弟子闵子骞年幼丧母，后母偏爱亲生二子，以芦花做絮为子骞做成冬衣。父出门时，子骞牵车因寒打战而使绳子落地，父斥责鞭打，衣破芦花飞扬，其父方知委屈了儿子。在欲休掉后母时，子骞却跪地求父：“母在一子单，母去三子寒。”父感其孝未休母，后母悔恨，遂爱如亲生。芦花成就了一个千古孝子，但用它来做衣服肯定不妥，公平地说，芦花的观赏价值胜过其他价值。

下午的阳光已掺入柔和的色调，逆光穿过微黄的苇茎和稀疏的苇叶，散溢出一种抹金的奇彩。芦花在微风里从从容容，如雪浪漫卷，似银涛沉浮。“轻风乱播漫天雪，斜月微添隔岸霜”，雪也好，霜也罢，都很难描绘出芦花给予大自然的美丽。远远地，一队野鸭散漫地飞起，几乎贴在芦花尖上，二十只还是三十只，谁也数不清。潜水鸭浮动在水泊，又是仅有几丛香蒲、几丛三棱草的略感空旷水洼的极好点缀。人近时，它们机警地潜入水底，再从很远的草根下轻轻露出头。在大草洼里，人们怀着各种心态企图与鸟亲近，但鸟却总是聪明地和人保持一定的距离。

那年也是芦花齐放时，看洼的王老汉领着三只小排子，每个排子后面都有两个脱得精光的后生。月光下，他们从芦花丛中慢慢地推进。苇丛水泊子里，黑压压的一片，静得能听见雁们酣睡的呼吸，能听见鱼儿搅动水花的声息。一声嘶哑的雁鸣，一声癫狂的大吼，群雁拍翼之时，排枪中的铁砂随火舌扇形喷出，巨大的震响摧折了大片芦花、惊散了满天的繁星，满洼里浮动着挣扎的哀鸿。几十年过去了，退休的王老汉还常常站在小偏房门口发呆，那根大抬杠差点被儿子卖了废铁，他把它当了牲口棚的梁。

傍晚，夕阳温和地不断驱赶着脸上的凉意。以手遮眉，更见细小的花絮从眼前游走，或上或下，或前行或左右，你很难猜出那些花絮会飞去何方、落于何处。小排子由芦花里钻出来，那花衣的是妻，蓝褂的是汉，花衣在后撑船，蓝褂在一旁收网。只见船舱里不肯就范的草鱼、白鲢、黑鱼曲卷鱼尾，奋力拍击舱里的水。那女子用左手拂开前面的几朵芦花，露出一张黝黑又甜美的脸。

洼边杨柳

寒风在残冰上的印痕终于消弭了，草尖顶着温煦的阳光探出颈项，在枯黄的衰草间，在被熏风吹皱的万顷大洼里，翠绿的最尖处涂抹了暗红的色调。广袤的大洼萌动着生机，远方飞来的野鸭群早已在洼淀深处占据了一片水泽，远远望去，如斑斑点点的蚁群。时有惊飞，在草洼的低空盘旋，飘带般往来浮动。不时溅落水中，隐在去冬遗下的荒草枯枝里。苍鹭往往形单影只，默守在水边，等待鱼虾的游近，远远地和鸭群保持着距离，不屑与嘈杂喧嚣的凫族为伍。

洼边的杨柳最先萌出了嫩绿，那些黝黑的槐、榆、白蜡和泛着熟红色泽的红荆似还沉睡未醒，懒洋洋地不为春光所动。杨柳翠色胖胖、轻荫澹澹，其风姿让人陶醉，忍不住在心里由衷地感谢这春的使者，大洼的柳信。“拂地青丝嫩，萦风绿带轻”“莺啼知岁隔，条变识春归”。杨柳，泛指柳。古人写春离不了杨柳，与它的袅娜多姿有关。其实，洼边的柳，不就是春寒里的迎春，一年中最早把美丽呈献给大洼。随手从洼边的柳枝上摘一节，它柔柔地在手中轻轻弹动，细看那枝条有些赭红，花轴小小不盈半寸，如剥开的玉米，以手触之，花粉金黄染在你的指尖，花轴下小叶卷曲了三片、五片。不日间，它又将抽翠连影、飞绵乱空。古人常将柳枝折以赠送行将离别之友或情侣，而此时，我却不忍赠人，久久握它在手，感受这柳信的温馨。

去岁初冬，几个朋友执意要看大洼。大苇洼里万顷赭黄，苇丛如浪涌动。洼边各色树木皴裂的枝干在瑟瑟寒风里颤动，唯有株株洼柳，长叶一片金黄，飘逸潇洒，坚守着那一树的美姿。那排排大柳已有怀抱的粗细，那是半个世纪前洼里人栽下的。那时只是纤弱的柔枝。沧桑的岁月，大洼的变迁，它们成了这浩荡大洼的见证，大洼的兴衰繁荣也镶进了它们的年轮。

杨柳是最坚韧的树木，最不惧初霜春寒，早春先看柳，入冬叶尚存。洼里的柳不如游园中的柳娇贵，经受更多的是盐碱和苦水、冰雪和风雨，带着洼里人的刚强和豪气；杨柳又是不择贫瘠的树木，大江南北，长城内外，无处不见它的倩影——围篱成树，插枝即活，逢旱能栽，遇水更茂，一副随遇而安的神态。它们扎根大洼这片黑土，更像大洼人六百年生生不息的精魂。杨柳的木质坚硬异常，小家具结实耐用，若做成菜板，任凭刀切斧砍，千锋万仞下坦然如石，无半丝胆怯。杨柳又是最柔美的树种，玉缕葳蕤，结为芳姿。枝条的美，英姿绰约的美，最易使人寄寓情怀。明代李时珍释柳意为“柳枝弱而垂流，故谓之柳”，他把柳枝比作垂流的水又是多么形象；杜甫有“隔户杨柳弱袅袅，恰似十五女儿腰”句，把柳枝比得过于纤弱，由纤弱而弱不禁风，由弱不禁风而不堪严寒酷暑的摧折。其实，杨柳又何尝不是刚柔相济的树中女子呢？

洼里，一片片氤氲浮荡，静听有禽鸟和鸣声声。伏身看水，蓝天在水中显得幽蓝。流云浮动游走，十几只游鱼小若绣针悠然游过，尚未警觉身旁的凶险。柳枝的倒影在水中，游鱼和倒影嬉戏，在柳叶间穿行，让人生出几分艳羡。正午，乘车穿行出洼边树丛，回首望去，洼边杨柳和那些榆槐蜡椿相连成带，多像威武的武士侠女，静静地守望着这一方水土。

十里槐花

廖家洼河由沧县南部起源，弯弯折折欣然东去，流至渤海大洼和洼堤并肩而行，河水缓缓，苇草苍苍。几十年前，宽宽的北河沿和大洼堤岸旁遍植的槐树，如今也有一臂所揽的粗壮。又一个立夏节，忽地想：看槐花去。

由北桥头到大洼水库，遥遥十余里，午后的斜阳早把光华洒透那枝枝丫丫。在逸叶横被、流枝萧森中，那洁白的、纯情无瑕的槐花一嘟嘟、一串串压满枝头。槐积蓄了对严冬的愤懑，积聚了对春光的深情，用满树的银花来倾泻。那花串常常是从树梢直至每一枝、每一叶，连树根下旁逸的一枝也不例外，花更鲜、更密、更白。微风拂过，如一树银光闪闪的风铃摇动，那唰唰飞下的花瓣落入花丛，与金盏灼灼的野菊构成一幅金与银的双美图；那簌簌飘飞的花瓣落上苇叶，顿时如绿叶挂满了深秋的寒霜。银装素裹，如果不是花间的翠叶，分明是冬令的一幅雾凇图。我钦佩槐花怒放得坦坦荡荡、大气磅礴。在这花的奇情奇景下，谁又能不感动呢？

槐的花在枝尖上密密匝匝、簇簇拥拥。花为总状花序，每串上的花朵都是左右互生，多的二十五朵、二十七朵，少的二十一或十九朵。初生槐蕾，如人睡眼初展；花蕾绽放，又如玉蝶展翅，侧面看来，又似晶莹小鸟待飞。我不禁去握一串花，那温软、那圣洁、那如生命初始的花，又使我不忍久握。

林中，清香袭人。几只蜜蜂忽地飞来，又忽地飞去，我蓦然羡慕起蜜蜂，肯做那花香的使者、花中的奴隶。我的衣袖中久久有香，我的手中久久有香。我扶着一株株苍皮皱纹的树干，一股坚实的强劲力量由树干传递到手心、传递到臂膀。须臾间，我的头顶、肩上也飘落了两三片花瓣，我像孩子一样摘出那一支支花蕊，放进嘴里，香味中散着甜意，难怪蜜蜂喜欢它。槐花的花香如何长久？其实，人类早已用它们制作调香原料，将树上的清香浓缩进精美的小瓶，又散发在人们俊俏的脸上、细腻的手上、精致的衣袖上，散发在幽雅的房间里。它充实了人间的美，也延续了芳香的生命。槐花可做蜜源，可入药，可提取天然的黄色染料；在挨饿的年代，人们把槐花摘回，在锅中焯了，掺些玉米面，攥成菜团蒸熟充饥。

槐有国槐、刺槐、龙爪槐等品种。刺槐来自北美洲阿伯拉契亚山脉和奥萨克山脉，引入我国不过百年。它的速生、耐旱、抗盐碱、防风固沙、改良土壤的特性已得到北方大地的认可。它籽能萌、根能生，易栽易活。这一树种中的“移民”，已与本土的树种融合，成为我国林木家族中不可或缺的一员。

华夏民族对槐树有种特殊的感情，槐树冠大荫浓寿命长，象征了福荫长久。最古老的槐有周槐、隋槐，可谓槐中“寿星”；山西绛县古槐寺古槐，胸径三米二，冠盖数亩，可称槐中“伟丈夫”；洪洞广济寺汉代大槐，竟成明代移民代代相传之图腾。

槐倔强、坚韧、苍劲，抗风霜、耐贫瘠。龙鳞苍苍，枝柯盘曲，为刚强奇树的象征；它的“风动槐龙舞交翠”，又是美树绝好的写照；而槐花则是槐树富有灵性思维的袒露，是阳刚与柔美性格的结晶，更是蓬勃生命的张扬。我久久地思考，在一株株槐树下，在这槐花盛开的季节。

黄蓿的色彩

草洼里这种草太不起眼，洼民把它的学名和土名一律叫成黄蓿。也许这种草太卑贱了，洼里人干脆只叫它黄菜。其实，黄蓿一生也并不见有黄的时候，它和四季分明的季节一起展示它的色彩。

渤海边的草洼里，仲春的雨往往是吝啬的，它把雨滴拉成丝，细得如少女的长发，弯柔地铺在黝黑的草洼。黄蓿的嫩叶簇拥着钻出有些苦涩的土地。初时，两三嫩叶饱胀着，一种红熟的颜色涂满小叶根部，丰满的汁液仿佛就要破叶而出。这片碱土地并不像人们臆想的那样贫瘠，嫩芽迅速吸取大地的营养，抽出嫩绿的柔枝，那绿叶仍然肥硕地对生着向上生长，几日之间，便铺满洼边的碱场、沟边的阳坡、路旁的草洼，蓬蓬松松、密密匝匝。那绿，酽得胜过新发的苇塘。你掐下一把凑在眼前，那绿，又涂抹了一层微妙的光亮，如绿的珊瑚、绿的翡翠，更是一片绿的琥珀。你轻轻一挤，浓艳的绿便会染上你的手指，蘸在唇上，能感觉到一丝涩涩的咸。人们常把黄蓿错当作碱蓬，洼里人却分得很清。碱蓬的叶细长如针，枝柯高大而蓬松，茎秆细长而挺直。黄蓿叶短而肥厚、枝丫矮短而多枝，叶的润泽与碱蓬的干涩截然不同。因了卑贱，人们走过草洼并不投过一丝珍视的目光。牛羊踏过草洼，杂沓地冲过这片翠绿，把蹄瓣间的泥土抖落在翠叶上，印在这片茵茵的草场上，它们听到了蹄下叶汁挤破时的脆响；草兔跳动着悠悠而来，胡须碰上了这片绿毯中的一枝，立即感觉到它的苦涩，在敏锐的味觉收缩间，在身后留下排泄物，如撒下一把绿色的大豆；两只灰鹤飞临，长腿下垂着小心地落在这片草场上，是这里的绿吸引了它们，它们也只是弹跳了几下，象征性地抚摩了翠草，又展开羽翅匆匆飞去。

渤海边的草洼里，盛夏的雨往往是慷慨的，它们在搅动的黑灰色的云层里翻转后，忽地飘然而下。伴着芦苇的急喘声，黄蓿沐浴着漫无边际的天雨，小声的呻吟已微不足道。云流悠悠而走，午后的阳光下，这片黄蓿抖落叶丛的水珠缓缓伸展开来，如深蓝的地毯温情地覆盖润泽的土地。从堤坡上望去，又如几片不规则条带弯曲伸展，与洼里苇塘衔接。几只长脚鹬在浅水中一字排开，黑翅长喙白腹，红腿修长挺立水中，整齐划一，活脱儿的鸟中模特。水面荡起波纹，群鸟更像五线谱上的一串音符，鸟尾的一丛芦苇正是那一个休止符。几十年，上百年，抑或上千年了，这里早已是长脚鹬的故乡。故乡的水草延续了它们的生命，它们也给故乡增添了灵动的音韵和美丽。一小队灰鸭急促地扇动翅膀，心中优美的歌变成了几声短促的嘶哑。它们越过片片黄蓿，落在那群长脚鹬旁的水洼。有蛇被野鸭群惊动，美梦就这样被搅散了，身边的苇叶还在娓娓地向它述说着草洼千百年来的故事。它伸展开盘曲的腰肢，把头滑进有些凉意的水中，轻声穿过水面几株粗壮的芦苇、几株婷婷的三楞草、几株飘逸的香蒲，离开水面钻进这片黄蓿。对蛇来说，这片黄蓿就是它的森林，树干结实伟岸，有着和它一样的灰褐，树叶蓬蓬如盖遮天蔽日。阳光透下一丝一缕，照亮幽暗松软的土地。在森林里，它听得见鸭鸣、鱼跃和苇叶相拥的声响，也听得见几只油蛉的弹奏、几只青蛙的唱和。

深秋，也许是最能产生炫目色彩的季节。黄蓿积聚了几乎一年阳光恩赐的热能，把肥硕的枝叶鼓胀出彤红。这红顺地势高低有浅有深。这红中透着深紫、抹着微黄、泛着淡灰。大苇洼银色的苇絮覆盖在金色苇秆上，而这片黄蓿为大苇洼拼图般镶嵌了一围嫣红。在秋日湛蓝的长空下，它的色彩是大地的一抹奇彩。早晨，如天上飘落的一抹红云；傍晚，又像久久不散的一段晚霞。鸥群从海滩边飞翔过来，时而上仰，时而下俯。它们极为欣赏的就是这片彩缎吗？它们看惯了时而清晰时而昏暗的天幕，看惯了飘忽不定游走无形的白云，这片锦绣让它们赏心悦目。金雕翔来，鸥阵立时乱了。潇洒地盘旋是金雕每日必做的功课，因了这片黄蓿，这片令它心旌颤动的美丽，也只有这鸟中之王才配得上做这里的守护神。

除了给世界以色彩的美丽，黄蓿古来与洼里人息息相关。初夏，人们总爱摘下嫩叶，在开水中焯熟，用凉水浸泡攥干，拌以油盐酱醋，那真是上好的佐餐凉菜。秋来，打下黄蓿晒干，轧下籽叶留于冬用，是上好的鸡、猪饲料；二十世纪六十年代，延续三年的饥饿，洼里人亏得有此野菜。那时的黄蓿也许是最伟大的，它们承担了延续大洼人生命的重任。黄蓿似乎只是一种卑贱的野菜，但卑贱中自有它的崇高；黄蓿或许是最不张扬的野菜，它不占一掌好地，只在盐碱地上生根结籽。而黄蓿的美却是一种大美，年年岁岁，留给大自然，留给养育它的土地。其实，黄蓿只是一种普通至极的植物，它的本义是一种生命，在岁岁枯荣中完成自己的使命。

秋风最后浏览过大洼，黄蓿已将它细小晶亮的种子铺满那片土地。秋风带着微笑走远，来年这里又是一片翠色，也许比今年还要茂密。

大洼之草

早春，春寒料峭，去岁残留的灰黄草棵下，最先从冰土缝隙拱土而出的是茅草、苇草和阳坡上的野菜棵，最先知的莫过于草兔和羊，它们早早开始与草的亲吻。不几日，当人们牵牛扶犁时才惊奇地发现，春早已来到大洼。草是大洼的霓裳，大洼有了草才有了生气，才能描绘出一幅立体、动感的大洼图画；大洼有了草，有了画家笔下难以调抹的绿，人才有了激情，生活似乎也充满希望和意义。大洼如果没有草，便只是让人沮丧的荒漠、一派死寂的碱滩。

放眼大洼，你能体会到它的浪漫。那五彩斑斓的大洼生机勃勃，草是大洼生物的居所和乐园，那苇、蒲、茅、蓼，那马绊、碱蓬、苦蒿，数不清和辨不明的草，千百年来与人同在、与生物共存，蓬蓬勃勃、葳葳蕤蕤，成为大自然的一部分。草的花，是七彩的花，不像塞北高原的花，在局促的时间里开放，那么匆匆，那么慌忙。大洼的花开在三季，如小姑娘的霓裳，常换常新，那么舒展，那么自然。春，牤牛蛋花不声不响地开在沟边、地头，人不经意地走过，常被浓郁的香吸引而回首注目；而茅花却开得热情豪放，洋洋洒洒，如白云片片。此时，你会觉得蓝天、白云与绿地、茅花两相和乐，互为映照。夏，野胡萝卜（蛇床）花在沟沟堰堰、漫洼野地争相开放，星星点点，那一个个花盘如珍珠连缀，引得蜂迷蝶狂；蒲公英金盏万点，人过生怕践踏，当它们由金变银花伞飘荡时，人们才随着微风看花升花落；福根花虽不及牵牛花长棵大叶，却有着牵牛的花形和风姿。秋，芦花齐放，铺天盖地，气势磅礴，由初时的褐红到银灰再到银白，迎接雪花的来临。

放眼大洼，你会体会到大洼草的平凡。它们生生不息、无怨无艾，人常作“视如草芥”“草菅人命”的比喻，可见草自古以来在人的意识世界里地位的低下。但草不仅为鸟类、昆虫、野兽提供食物，还是它们躲避天敌、嬉戏欢跃的场所，以及延续生命的摇篮。草也为人类生存做出了巨大贡献：它们是人类生命的绿洲，在牛羊腹中用最短的时间变作人类需要的奶、肉和毛；在人的手中成箔、成席、成帘；在剧烈的氧化中为人们提供一日三餐最廉价的燃料；绝大多数草都有药用功能，以至几千年前神农就对它们作了区分。它们如阳光、空气和水一样，虽廉价却被人们需要而不愿相离。草是平凡的，但每一种草又都有生存的理由和价值。

放眼大洼，你会体会到大洼草的顽强。你看它们高高低低、错错落落，每一棵、每一枝都选择了自己的空间和领地，每一株、每一叶又都有阳光的庇护。它们是阳光的子民，那光和热无私地传递给它们，蓄积在一枝一叶中。庄稼虽瓜分了草的部分领地，但在草看来，庄稼也是草的子孙，它们始于一个家族；而庄稼是那般懦弱，没有草的顽强和坚韧。正如唐代白居易所诗：“离离原上草，一岁一枯荣。野火烧不尽，春风吹又生。”大洼的草给予我们的启示又何止这些！

大洼草的价值也是在色调变化中展示的。不是吗？“蒹葭苍苍，白露为霜”，当芦苇褪尽绿色，露出褐黄的茎秆，人们像抱起心爱的麦捆一样，将苇捆装上马车、牛车，拉回院拉回场，也拉向四面八方。小时候，我总爱看盖房编笆，编笆的不是姑娘媳妇，而是壮壮实实的大洼汉子。在大院里，几个壮汉一字排开，那碌碡压好的苇篾在他们粗大的手中跳动，半日不到，一张长四五丈、宽两丈余的房笆即可编成，它如一张巨大的席，人躺在上面顿觉渺小。笆铺上房顶，再压上苇把、草泥，结结实实，上百年不会霉烂。长大了和农工一起盖房，为防地碱，将苇秸铡成尺余长，压在基砖上，再垒坯起房，这苇秸“坐碱”隔碱护墙，百年不腐不朽。大洼中最美的自然色彩莫过于秋日黄蓿，洼里、河滩、碱场，那一抹抹紫红，红得炫目，红得令人心动，如天上的红云飘落大洼。农家把“红云”拉回院落、晒场，打轧成“盘籽”，那是上好的饲料，也是度荒的食粮。昔时曾有过“黄菜盘籽半年粮”的日子，大洼人由衷地感谢它。古人总把黄蒿与荒凉相联系，唐代李约有“村蹊蒿棘间，往往断新耕”，杜甫在《无家别》中也吟到“寂寞天宝后，园庐但蒿藜”。其实，黄蒿初出苗时小小巧巧、纤纤弱弱，牛羊可食，人过不睬，与世无争。至夏，弱小者不足尺，高壮者不足腰，枝叶如柏、像松，花蕾若小铃挂满弱枝。那年黄蒿长得好，队上组织收蒿，全队农工踏遍沟沟堰堰，割回的苦蒿在晒场堆成一座小山。打蒿籽要用铁叉，又要细细地翻，那蒿粒细小若书中小小顿号，一个芝麻也大它五六倍。用微风吹去蒿壳，捧一捧蒿粒在眼前，看那粒粒金亮。用蒿籽榨油，三四斤可出一斤油，油金黄金黄的，古来是大洼人的主要食油，味微苦，炒菜时只需用菜叶在沸油中呛去苦烟。苦盐地上的大洼人，总愿独享这大洼的赐予。

大洼的草，时刻牵系着大洼人的心。

大洼之树

行走在大洼，那绿色的苇荡、绿色的河渠、绿色的田园会使你陶醉，大洼的树又会让你流连忘返。不是吗？大堤两旁，洋槐夹道迎宾，槐花洁白如雪，如不是绿叶相衬和扑面而来沁人的清香，你早已疑入雪境；榆树绿叶疏疏，阳光透叶，筛下一路碎金；白蜡枝干挺拔，绿叶如盖；柳在渠边、路旁、院落婀娜多姿、风情万种，如李商隐诗“含烟惹雾每依依，万绪千条拂落晖”；偶见椿树墙中吐红，春芽正盛；枣花满树挂金，香闻十里；更有细心农家，种一株石榴在院，春可见彤云挂树，秋可“试剖紫金椀，满堆红玉珠”；也有勤谨农人，栽几株桃树墙中，晴日灼灼其华、占断春光，雨来“犬吠水声中，桃花带雨浓”。大洼人不在院中植桑树、槐树，“前院不植桑、后院不植槐”，桑谐音“丧”，槐中有“鬼”，大不吉利。大片的梨树、苹果树植在黝黑肥沃的洼地上，阳春三月，入得梨林，可见“一林轻素媚春光，透骨浓熏百和香”；进得苹果地，落英缤纷，绣地锦天。

大洼本土的树不是桃李槐榆，不是椿桑枣柳，它们随人而迁、随居而至。土生土长的柽柳，是大洼中唯一的本地树，它普通得极不起眼，以至人们不认为柽柳是树。书载：柽柳，落叶小乔木，枝条纤弱，多下垂。叶小，鳞片状。夏季开花，花小，淡红色，有细瘦总状花序合成圆锥花序，蒴果。分布于黄河流域和长江流域等地平原、沙地及盐碱地。人们忽略了柽柳的存在，但它却将根扎在了大洼的沟沟堰堰、野陌平畴、盐荒碱土，它是大洼的独秀，是大洼的一首情诗。柽柳有松柏的外形，生长迅速，一年可与人齐。春夏，它枝干绿翠、叶如苍柏。多年生柽柳可达丈余。我在小村曾见一树，碗口粗细，高至房檐，干如虬龙，苍枝疏朗，远看如香叶凝烟、绿雾纤纤，近瞧如枯龙忧寒、翠帚扫风。问及村人，答为柽，已长三四十年。柽又有柳的多姿，它枝条细瘦，迎风摇曳，枝如鹤胫，柔茳依条。春日里，走在田边、路旁那一丛丛柽柳中，会有“漠漠金条引线微，年年先翠报春归”的感受。平日，柽柳隐在绿草中不见身影。初夏，柽柳花开，一夜之间，漫野红云，那淡淡的红、细细的红，色染大洼，如纱、如绡，四野散布着花的清香。那时，你才会真正感到柽柳的存在，它把积聚的色彩和芬芳一下都奉献给自然。柽柳又有枣树的坚毅。深秋，那枝干变成枣红色，那是成熟的红，含着阳光，含着热情。柽不嫌土地的贫瘠，小小的花籽随风吹送，落在哪里就在那里生根；柽不嫌大洼的盐碱，像苦命的孩子，在苦水中浸泡，在苦水中成长；柽不惧人类的斩伐，砍不绝，斩不尽，它们拥有的是整个大洼。柽柳木质坚硬如枣木。柽，大洼人也称荆，古来荆因其坚硬和柔韧可作刑具。战国时廉颇、蔺相如就有一个“负荆请罪”的故事。柽，像大洼人一样坚韧，那是意志凝聚所致。柽，对人们的奉献是无私的：当人们为盐碱荒地固土防沙、改良土壤寻找最佳树种时，得来全不费工夫，因为柽的适应性是其他外来树种不可相比的，它的家本来就在大洼；当人们为美化公路、美化庭院犯难时，栽上它，无虫无病，洁净雅致，风采独具；当大洼人冬闲无事时，砍来柽条，编成筐、篮，大可作抬筐、挑筐、粪筐、鸡笼，小可作提篮，并可编笆做栅、做车笆、做粮囤，那粮囤内外抹泥，鼠嗑不进，坚固异常；当大洼人做饭烧腻了喧草，拿起凿钩，到大洼刨回一挑柽根，那是上等的烧柴，熬灶经烧；柽还是一味中药，其嫩枝与叶可透疹、祛风湿，主治麻疹不透、风湿痹痛。

大洼人总以自己的意志改变大洼，而柽柳也以它们的意志改变大洼，它们眷恋着大洼，如大洼人对大洼的眷恋。大洼从来不嫌弃每一棵树、每一寸草。柽柳也不会嫌弃大洼，柽柳对大洼的那份情是一首浓郁的诗。

人类从有巢氏以树为居到以屋为所是一大进步，对树木也愈加依赖。由舟船、建筑、造纸到家具和日用品，人类须臾不能离开木材，但人类的急功近利却让他们忽视了树木调节气候、保持水土的最重要的作用。保护森林、树木迫在眉睫。十万八千年前，对大洼人来说已十分遥远，那时，这一带林木森森、草原青青。此后的海陆巨变，改变了自然，也改变了历史。直至距今五千年时，才有了大洼的雏形。半个世纪以来，大洼由只有柽柳一个土著树种到十几个树种，树木的家族在不断扩大，大洼在更换着新装。也许再过半个世纪，大洼又会成为一片郁郁葱葱的森林；也许，一百年后，大洼又只剩下一个孤独的树种，那就是柽柳。柽柳，是大洼的一首情诗，但愿这首诗在大洼蓬蓬勃勃、浓浓郁郁的相伴中吟到久远。

大洼从千年走来，它是一首抒情的歌，如风如水。

大洼向千年走去，它是一首磅礴的歌，如涛如虹。

秋水芦花

雾在阳光里渐渐变得稀薄，那一队似曾相识的雁群飞来，一个小小的“人”字在南大港大苇洼上空移动，数来有十七只。每一只扇动的翅膀看起来都很有力，在这片阔大的洼淀上渐渐模糊。透过薄雾，头雁咿呀的叫声并不响亮，身后雁们的回应也被风吹散了。唯独头雁观察身下的洼却很清晰。苇荡被天然的沟沟汊汊分隔成大大小小的块状，黄绿的，也茸茸的。水泊放出诱人的晶亮，那荷叶状、豆荚状、树枝状，或长条、圆形、方形，都不那么规则。那泊子里的小草台随意地散落，像银盘中剩下的菜肴，雾是它们飘出的香。在头雁眼中，它们更像一只只小渔船在游动。

雁群飞过的一个泊子，十几只绿头鸭分散开，三五只、一两对，安静地各自游弋。艳丽的雄鸭间或深吸一口气倏地下潜，引得身旁灰羽无华的雌鸭兴奋得扎进水。涟漪因它们的激动而频生，在苇边被无情地阻遏，却在空旷处恣意地漫开。湖水较深处看起来有些湛蓝，浅处则有些白，水更喜欢夏日在水影中摇动的绿苇。一只青头蚱蜢惊慌失措地扑进水中，身边即散开细微的涟漪。那涟漪小得可以忽略不计，如少妇脂粉下眼角的细纹。

随着一处苇丛骤然发出的摩擦声，一只小船瞬间分开苇叶进到泊子里。野鸭天然的警觉神经在瞬间被激活，在极短的助飞距离里将翅膀的肌肉强化到极点，水花飞溅，苇叶凌乱，它们向大洼里另一片水泽飞去。在它们眼中，人类还不是它们的朋友。水的波纹掩盖了那些大大小小的涟漪，由小船两侧凸起波棱，慢慢无声地霸道地梯次压向水边。水中插下的箔是尼龙绿线网圈成，十几棵灰白的竹竿将它们固定在水中，与绿苇浑然相似。船后，女人一身蓝布衣，腰间随意地系着一块陈旧的围布，躬身摇船，头上黄围巾在苇梢上下浮动。围巾静止时，夫在船舷边慢慢提起地笼网，两条黑鱼在里面躁动，飞溅的水珠被封闭在了圆筒式狭窄的网中。两三只螃蟹水淋淋地爬动，其中一只将脚尖像尖刃穿透网壁，立起的两眼怒视着渔人。

芦花在仲秋时就初展花容了，此时芦絮并未开放，只是成束的花穗在不知不觉中散开来，有的棕红，有的淡褐，有的浅紫，一个水湾处，那芦花穗竟是略黄的淡绿。苇在洼里一天天地变，应是哪个隐身的画家把秋阳和风在调色盘搅拌，漫不经心地抹来抹去。不定哪一天早上，那芦花穗便在晨光里闪动起银灿灿的新彩。

大洼深处，一片芦苇遮覆的台地上，忽见一片洁白，如一群低飞的小白鹭，蹚着齐腰深的水，分开茂密如栅篱的苇丛，草茎的断裂声里绕行一个个水鸟的空巢，走进那片白。白花竟是芦荻，白得好不潇洒，如精灵炫舞。这在大洼芦苇的世界里十分罕见，是百年前芦荻花乘着温暖的南风来到这里，抑或北飞的大雁携带芦荻花来此，已不可知。那芦荻过于细瘦与低矮，白得凄清与零落。芦苇是一个大家族，大漠民勤的石羊河滩、达坂城边的水泽、拉萨河畔的湿地、滔滔黄河的入海口，处处有芦苇的身姿在摇。芦苇又因地而异，或虚高而密集，粗大而稀落，或矮小而无彩，细白而轻飘。大苇洼的苇却不然，高者丈余，低者过人，笔直而匀称，硬挺而劲健。洼里人称它们为“铁秆苇”，可做帘做箔、编席编篓、盖房造纸，用途很多。人说，这里的苇如洼里人，爽直而硬朗。

苇莺是喜欢大洼芦苇的。春四月，绿苇如毯在水面铺开，苇莺在修长草尖上跳起飞落，用动听的歌喉吸引着心仪的那一只；夏七月，深沉的绿掩去了众多婉转的声调，苇莺侧身抓住小巢上摇动的苇秆，嘴上的小蚂蚱弹得雀舌好痒；秋十月，绿在茎叶上慢慢消减，苇莺飞过苇梢时着意擦过蓬蓬芦花，几只小莺越过它时叫声已有了清脆的水音。光顾那一片贫瘠无花的芦荡的是那几只雀鹰，苇上的麻雀、苇莺、燕子，台地上跳动的草兔，快捷穿行的仓鼠，都难逃它们的锐眼。那片地高水浅的苇荡，露出一方空旷草地，黄蓿已红得艳艳。那片满是拳头大小芦花的苇荡是骨顶鸡最爱之地，密密芦苇下是它精心营造的家，半浮半沉的草茎堆出水面，小雏出壳就从母亲的翅下跳进水中。芦花盛开时，摇动着在水里投下一团团阴影，小骨顶鸡的白嘴白额已和母亲的一样好看，在苇丛里转进转出，叼一叼草根，追一追仓皇的鱼儿。苍鹭、野鸭每日飞临的是芦花最盛的中心地带，芦花奇大，蓬松得像禽鸟云集。鸟儿们嘲笑这些头重脚轻的苇族，不为芦花下伸开的黄叶的虚张声势所动。水禽们喜欢在芦花旁静静等候游鱼，花的投影总让鱼儿错判这美好的安全地带。

湖面的小风常常不知来自何方，芦花或摇向东，或摇向南，又向西北摇，又冲西南去。芦絮飞扬，怪异地游走，忽左忽右，忽前忽后，或在低处游移，蓦地飞升不知所终。洼里的风从不会保持平静，有时忽地变得快意狂放，芦花一齐倾向一方，前后摇动，躬身又立，下弯又仰，一副不屑于风的肆虐之态。小花絮在风中快速脱离花团，顷刻间飞过如涛似海的芦荡、波浪诡谲的水面，自由地穿行，无羁地扬飞。

昔日洼里人最喜欢深秋风轻月黑之夜，水泊无波，芦花垂垂。十几条小排子缓缓推进，在浩荡无边的大洼里，如十几片树叶慢飘。雁群黑压压如银滩里抹的一片墨，头插入翅膀做着水中捉鱼苇里嬉戏的梦。小船悄悄围成一张大弓，弓上那黝黑的大抬杠如一双双长箭。船尾的洼里汉子铜铃大的眼不再眨动。“拉盖头！”寂静里震耳欲聋的一声大喝，满洼的芦花一齐颤抖，几十条火光烈焰如巨帚向惊飞离水的鸿雁横扫。老洼人不会忘记那个秋雨绵绵的日子，蒙蒙小雨湿了苇洼，湿了洼边的青纱帐，芦花穗分分合合中蹿出一群探头探脑的人，领头的是个两眼透着凶光的男子，敞开的短衫里露出两把黑亮的盒子枪。他们冲进大赵庄一所院子，一阵乱射，正在此地开会的八路军将领黄骅和他的战友倒在血泊中。叛徒冯冠奎和上司邢仁甫投敌作恶，最终被钉在了历史的耻辱柱上。渤海边这英雄的城市以黄骅血染的英名命名。

秋水是芦花的镜。秋的芦花如仙子亭亭玉立，将那茸茸的面、纤纤的腰映在水中，轻摇慢摆，左边端详如痴，右边凝视若醉，牵起伸开的叶，晨听一支秋水的长曲，夕唱一支芦花的和歌。芦花是秋水的挚爱，让那风啊摇得轻轻爽爽，让那云啊霞啊走得歇歇停停，一齐印在水中由芦花仙子低头欣赏。那芦边的鸭、草上的鹬快快飞走，别划破了这一片莹莹明镜。水与芦花相依而美。

秋阳里，满洼芦叶的金黄为芦花装扮起裙裾，托起了芦花的笑靥。叶黄似金，花白如银，秋水之上是金与银编织起的锦绣，非有仙子玉手，不可裁剪这天地间巨幅的绸缎。秋愈深，芦花痛惜地俯视芦叶变得萎黄。叶从茎上分离有些犹豫，风来催促了，才不情愿地断离，叶根向下略斜着进水，一叶叶在水面飘零。湖水似乎不愿接纳落叶，叶片渐渐相叠相压，依偎着苇丛不肯远离。每一枚细小的芦絮都是一柄上仰的小伞，在水面轻盈地行走，对它们来说，滑来滑去的水黾就是一艘艘水面大船，芦絮行走得比之更轻快自如。小鱼在芦絮下追随，时而用嘴轻吻，几多相亲的感动在不言中漫延。

也是那年秋水芦花的季节，那些从浩渺的大苇洼中迁出的洼民站在了水库的大堤上。向北遥望，曾经世代生息的渔村已消失在朦胧的芦花里，消失在迷蒙的水雾中；向南，那稻田隆起的金黄抹去了纵横的阡陌，千年的不毛之地露出镀金的面容。水边菜棵子扬开了炫耀的白花，加入芦絮的飘扬，湖蓝色小巧的碱菀，晚秋艳黄的苣荬菜花，点缀出秋草丛的斑斓。匆匆飞来的雁群鸭群、鹤队鹳队，并不急急启程南飞。宏阔无际的芦花秋水值得流连，芦花瘦秋水寒时南迁不迟。诗人以“秋水与长天”“落霞与孤鹜”描摹出美秋的意境，其实自然之美并不为人类的意志所左右，人类保持一种大爱的情怀何其重要。

那只小游隼悄无声息地从斜刺里飞来，惊散了芦花丛上的几只水鹨鸪，扑啦啦一阵狂舞，弹开纷扬的芦絮，方才安静洗浴的一对凤头鸊鷉瞬间潜入水下。我掐下一片芦叶，叠一只小船俯身轻放于水面，任它随秋水漂去，那立起的帆是一叶金黄。

第二辑　洼里麻雀

洼里麻雀

树叶黄了，小风吹过，树下一夜的积叶翻卷着缓缓落下路坡、落下水渠，在闪动着晨光的水波里飘荡，如悠悠的船队渐渐远去。晨风有些寒意，但早起的麻雀家族的成员们纷纷钻出了看洼人的土屋檐，三三两两落在树杈上，叽叽喳喳地唱着只有它们自己听得懂的歌，赶走一夜的慵懒；时而梳理一下有些杂乱的羽翅，换一个精神百倍的精灵迎接一个新的早晨。千百年了，它们在大洼里生生不息，感谢大洼人那高高低低的屋檐。它们很容易掏去几棵苇秸，啄去一些浮土，衔来草洼的狗尾草、榆树叶和毛茸茸的芦花，絮一个舒舒服服的家。秋阳升得高了，蜘蛛从横逸枝杈上那残破的网里撤离，抑郁地伏在斑驳的树孔下；螳螂呆板地缓缓爬上草尖，静得毫无声息；蚂蚱懵懂地腾起，东一个、西一个，显得那么形单影只。麻雀唱得更响亮了，从一片树丛忽地飞到另一片树丛，它们的小兵团转移起来异常敏捷。有这么多秋虫做伴，它们浑身燥热，不会为积聚过冬的热能担忧。正午，太阳挂上了最高的那棵树的树梢。它们感觉到了阳光的刺目，炎热得似乎又返回到酷夏，只不过没有夏日的溽热。大毛是那只羽毛有些发亮两颊深褐圆点硕大的麻雀，它扇动了几下翅膀，似乎整棵树都在晃动，黄叶簌簌而下。它腾地飞去河边，十几只麻雀快速地跟进，神速得令人惊诧。河水有些涩涩的，但比春天的河水好喝得多。它们躲在树荫下，让光线由身边滑过。千百年了，它们过惯了草洼的生活，还得感谢大洼人的勤劳，栽植起任它们登高远眺的树木。

那场大雪来得悄无声息，大片大片的雪花在雀们回家之后才从天而降。早晨，大毛钻出窝来，一夜间，天地更换，世界凝寒，隐隐的寒气穿透贴身的羽绒，那本来急速跳动的心似乎减慢了许多。立时，十几只麻雀跳出窝来，随大毛飞上树尖。树下草尖上晃动着褐黄的籽粒，雀们一齐由树上降落，草棵上的雪纷纷洒下，闪烁着粒粒金星。树下一只草兔艰难地扒动树根下的积雪，不多时，居然扒出一支蔓菁根来。麻雀们一阵喳喳，嘲笑着这个笨拙的异类，把草枝上的雪花弹向这个没有羽翅的灰头灰脸的家伙。小河已看不见了，雀群象征性地飞临河边，啄几口雪解渴，冰凉的雪水滋润着喉咙，那样的舒适和惬意。小河那边是个小小的村庄，屋顶上炊烟袅袅。有时，大毛带着雀们飞到那些灰色的房山上，将尖利的喙尖扎进墙土，啄食雨水冲刷过的墙泥里残留的麦粒。院子里的那只黑狗常常冲到墙下，愤愤地叫几声，半是友好，半是挑衅，雀们根本不予理睬。墙土飘落在狗的头上，掉进狗的眼里。狗甩动着头，低声呜咽着，跑回院里。勇敢的大毛有时会领着群雀飞进房西的牲口棚，在那匹骡子的四蹄间满是草粪的地上寻觅膨胀的高粱，或是趁着那骡子趴在地上休息，飞进它的大木槽中，在溢满香味的碎草里准确地啄捡高粱粒和豆颗。小毛是大家都喜爱的最乖巧的一个，它已经两天没有出窝了。第三天，在大家的问候下，它慢慢地钻出窝，站在窗台那块青砖上，看着大家飞向树林、飞向小河。中午大家回来，小毛已跌落在洁白的雪窝里，眼合得紧紧地，两只脚褐黄褐黄的。它是吃了那颗地头的麦粒后生病的，那天吃了麦粒的兄弟姐妹们倒下一大片。它挣扎着飞回家，从此再没有打起精神来。群雀在窗台上吱吱哑哑地唱着，如古筝上铮铮奏响的哀婉的和鸣，为可怜的小毛送葬，扒下的雪花很快覆盖了小毛。

春雨洒落的日子来到了，初生的草由残叶中萌出，很快和田里的麦苗一齐织就一席翠色的地毯。雀群落在梨花中，灼灼花朵那么耀眼，像洁白的云朵挂满树枝，与那漫野的冬雪相比，没有了柔软的凛寒；雀群落在桃花中，艳艳的花簇争相绽放，那是对春的爱抚的回报。那浓香是大自然的，当然也有群雀的一份。在草丛中，它们蹦跳着，轻盈得像一根根羽毛，在蓬生的草尖上点下、弹起、又点下、又弹起。惊散的灰色、绿色的小蚱蜢，像细小的水珠溅向四方。大毛飞向一根细弱的旱柳枝，下冲的力使柳枝大幅度地上下颤动后又轻轻地弹动，直至静止。它的歌喉是雄浑的，几乎可以和那棵榆枝上的黄鹂婉转鸣唱媲美。群雀呼地飞起来，加入这合唱。黄鹂羞涩地飞去了，像一片飘零的黄叶。小草洼的水清亮亮的，群雀不时地飞到那里，品味大自然的甘甜，有时含水着意地梳理一身的羽毛，一身散漫着花的香、水的甜。水中的流云慢慢地飞去，又一朵流云飞入水中，雀们不解地观察着这一片晴明的天。它们留恋着春日丰厚的赐予。

一夜燥热的风从大洼深处吹过来，雀们听见了屋檐边风哨的鸣响，梦也是浅浅的。天光初现，勤谨的雀们已经登上树尖，在又一个新的合唱中开始了一天的忙碌。大平原上麦浪卷动着，群雀在为丰收的景象而歌，虽然这是人类的杰作，但在群雀看来，大自然是因它们而存在的。这也是它们最忙碌的日子，檐窝显得那么拥挤，大毛又开挖了一个新的家。麻雀的生命创造来得那么轻易，似乎一夜之间，檐下各家都诞生了新的生命。那些弱小的生命，在檐土的黑暗中啁啁啾啾。那些父亲、母亲辛勤地飞进草丛、树间、田野、水泽，螟虫、飞蝇、蚱蜢、小蜻蜓一齐成为新生命最好的营养。在檐下黯黯的家中，大雀把食物准确地传递给小生灵。幼雀的鸣叫，给它们带来了无比的深情和感动。小雀们看过檐口明亮的天光，听过黑夜里鸣虫的吟唱。一个早晨，在大雀们沙哑嗓音的鼓励下，它们跳出檐下的家，勇敢地一跃，稚嫩的翅膀下温暖的风托着它们飞向树下的一片绿色。一只鼹鼠从坡棱的黑洞中探出头，大雀们惊呼着围了上来。小雀们似乎感觉到了危险，挣扎着从草棵上跳起，落在横生低垂的槐枝上，警觉地望着这个新奇的、危机四伏的世界。大洼的绿色越来越厚重，小雀们也越来越像父辈那般强健。午后，天边的乌云由西北漫过来，很快像大洼里的奔马贴着草尖奔腾，还带着轰隆的奔跑声。道道闪电为灰暗的天幕打开一阵阵光明。群雀呼叫着，像勇士般在草尖上疾飞，敏捷地吞食着洼里的黑蚊。高空中燕群散乱地滑翔，和雀群唱和着，引领着那即将飞洒的急雨。

大洼美鹬

那只长脚鹬由苇丛中飞起时，垂悬的长脚惬意地在苇叶上擦过。长脚是略淡的朱红，红得炫目。它奋力上飞，两脚并拢尽力伸直，仍有一些下垂。晨间一场小雨后，苇荡散发出浓郁的清新。雾霭为大苇洼罩上了一层轻纱，洼边的树丛也就蒙蒙地融进了地平线。草洼边有野花朵朵金盏、点点蓝蕊，更有早熟的花已绽开银絮，只待风的眷顾；茶叶棵子顶花在放，坦荡出一片嫣红的珠玉；荆花则红如烟云，在苇堰中恣意秀出。

千百年了，鹬族和众多的水禽在这片大苇洼里生息，各自把延续生命的根基寄托在苇丛水泽里。它们各自划定自己的临时领地，策划着创建一个安乐的伊甸园。我常去大洼看那些禽鸟飞翔，听它们鸣叫，大洼有了它们竟鲜活无比，每一株苇蒲茎叶都洋溢着昂扬的精神。洼里水大时，黑翅长脚鹬聚集在大洼东部浅水处，条条草堰围起一方方水泊。鹬群时飞时落，飞起时，那黑色的翅膀上下舞动，洁白的身羽配上红脚，自在轻灵，翩翩来去。一只雄鹬在苇边伫立，黑色头颈如披着方巾的侠士，粉红色的眼并无恶意地盯住水面，长喙略略下垂，等待着最喜爱的鱼儿游近。鹬之美，早被古人关注；鹬之性情，也早被古人认定。天将雨时鹬会鸣叫，于是古人将美鹬捕捉，拔其羽饰冠称作鹬冠，作为知晓天文者专用，既美观又具寓意。

两千多年前，赵国将伐燕国，说客苏代劝赵惠王时，说鹬蚌相争渔人得利，恐强秦之为渔父。雄心勃勃的惠王连连称善，遂罢手伐燕。在苏代眼里，鹬似乎是执拗的鸟。其实，那编出来的绘声绘色的故事未必真实。但鸟为了生存却会不惜以生命相拼的。大洼也曾是洼民赖以为生之地，飞禽水鸟是他们的美味来源。龙爷常年在洼里看洼，几百亩水洼苇高鱼肥，他扎下窝棚，由盛夏守到初冬，一杆鸟枪、一把鱼叉和他相伴。一天，在一片水泊里，龙爷把枪筒从一人高的蒲草缝里伸出，一声惊天动地的震响，大洼上空腾起的鸟一片惊鸣。方才那四只鹬挣扎在水里，龙爷毫不费力地抓住，长腿尽数折断，那一顿美味令他多年难忘。耄耋之年的他常去洼边看鸟，那杆枪早被儿子上交。

洼里褐色栈桥改变了鹬族眼中固有的环境，但与水泽组合成一处人们放松心境的憩园。东侧小苇堰上苇丛密密，一只鹬忽地扇动翅膀飞起、点头、落下，又飞起、再落下。那分明是在跳舞，用美姿吸引游人注目。随之，那鹬飞起，在头顶前方忽左忽右飞动，伴之叫声，声如“可、可、可、可……”，又似“睢、睢、睢、睢……”，带着润泽的清脆，带着金铃般的轻击，重音后下滑，急促而轻捷。蓦地，东边北边苇丛中起飞了六七只，西边起飞五六只，组成鹬群。它们在低空往来飞行，叫声此起彼落，令人心跳无不随之加快起来。一只体型略大的鹬在近前水面低飞，忽地落水，速速又起，红脚带起的水在水面撒开，如粒粒珍珠溅落，瞬间小小涟漪又融合无痕。人说，这是长脚鹬的逐客令，人搅动了它们警觉的天性，那苇丛中有它们雌雄相爱的结晶，它们的体温还在那一个个草窝里。人知趣地从草棚处回返，从栈桥上折曲着边走边回望。长脚鹬在低空中紧随着游人，似相送，又似相逐。我倒愿意它们是相送的意图。

两只苇莺翩然而至，不客气地落在木桥扶栏上，稍作停留后又翩然而去，潇洒得快意自然。水黾在水面悠闲地滑动，六脚毫不费力地滑过几丛绿藻，又由几丛三楞草中轻盈地滑过，时有跳行，轻灵莫测。不为美鹬的喧鸣所动，许是听觉天生不敏感吧。豆娘静停在草尖上并不起眼，右边那只深蓝，左边那只淡绿，水面一段苇根上那只又是橙黄。它们小若一段玉簪、一叶嫩柳，那宁静之态让人不忍去捏它们的细尾。

鹬群分散开来，落在苇丛。水面一条窄小泥堰上须臾间停下四只，每两只间几乎相等的一尺之隔，头一致左侧，红腿芊芊，亭亭玉立，如芭蕾起步的美姿。难怪洼民称它们是红腿娘子。大自然里有近80种鹬，中国占了半数之多。丘鹬、林鹬、滨鹬、泽鹬，种群繁多。大杓鹬长喙下弯，背与尾麻褐，长腿灰麻毫无亮彩，且不及长脚鹬的美腿修长；雌彩鹬美过杂斑灰暗的雄鹬，头胸深栗色，背和两翼黛绿，一道白色如绶带绕肩而下，眼圈粉白如画笔描来，五彩斑斓，仍不及长脚鹬黑白翎羽、朱红秀腿之美；那扁勺状黑喙的勺嘴鹬，那喙上弯的翘嘴鹬、反嘴鹬，以及那些缀满珍珠斑、锦羽、芦花羽、茶花羽的鹬，试图别出心裁地在炫耀中取胜，但均无法和秀美身姿的湿地精灵黑翅长脚鹬媲美。

鹬群那个家园终于又平静了，很快被周边诸多鸟声掩盖，“咯咯叽、咯咯叽、咯咯叽……”，满耳呱呱鸡热闹的喧声，杂以骨顶鸡缓慢的“嘎、嘎”声，只闻鸟鸣不见其影。是谈情说爱，还是不倦地争吵？我愿它们是前者之意。海鸥在泊子空旷处翻飞旋舞，不时急落，轻巧地叼出水中一只小鱼；小潜鸭双双潜入水下，良久从不远处懊丧地浮出，相跟着准备再一次下潜；一对凤头鸊鷉不紧不慢地游动，静观潜鸭的劳而无功，分明是在嘲笑它们。

薄雾散去，苇洼由近及远，变得愈加明朗起来，云流在蓝天的背景上向南游动，洼边深绿的树丛、海滩银白的风车已显出清晰的本色。慢飞的苍鹭、疾飞的野鸭、速驰的燕子，成为万顷绿海般苇洼里的点缀。苇丛里有一条小渔船在穿行，苇叶分分合合间，又见鹬群飞起。

（注：南大港湿地与鸟类自然保护区，濒临河北沧州渤海西岸，中国黑翅长脚鹬之乡。）

大鵟飞去又飞来

在一望无际的草洼上空盘旋许是大鵟最惬意的时候，绿的浓酽已到了极致，苇尖开始挂上一层淡淡的紫红，那是新抽的苇穗，在绿的海洋里也十分协调。苇洼里一片片水泊也放着蓝盈盈的光，那几群看得厌了的灰麻色的豆雁、潜鸭在苇叶里进进出出，间或从水里冲出头来，扇动几下翅膀，干涩地叫几声。扇落的水珠虽然细小，大鵟也看得十分清晰，包括那粒抖落在苇叶上的水珠。

在羽族中，大鵟是鹰的一种，逸翰生风，精明竦俊。常去草洼，我总看见它那飒爽的身影，乘风轻劲，礫礫云霄。那盘旋的姿态总使我心生与之共飞的幻觉，它忽地上飞、忽地下飞，忽地低飞而垂上或滑翔而斜垂，那飞翔的技巧是人类望尘莫及的。更多的时候，它展开双翅，气流托浮着它的身躯做大圈的盘旋，每盘旋一圈，圆心就会向北或向东移动，圆心的移动只在它的翅膀间不可察觉的一斜、一仰。它全身一副褐色的主色调，尾部看起来稍显淡些，道道暗色横斑在尾，两翼下各有一条白色横斑格外醒目。它肯定是看见我了，但又不以为然，似乎看透了我并不会对它造成什么威胁。它两眼炯炯有神，我似乎看清了它黑褐的尖喙和隐在身下枯荆般的钩爪。正如“剑翎钩爪目如电，利吻新淬龙泉锋”，古人对鹰的赞美用在它身上也极为合适。那雄姿邈世、鼓翼翚翚之态，与这广袤恢宏的大洼极其融洽。大鵟突然停止了翱翔，从斜刺里俯冲下来，在水泽边激起一团水花，又振翅而起。我看见一条草蛇在它的爪上，尾巴下垂着，极力向上钩动，那蛇也是枯草般的褐色，在大鵟身下可怜地颤抖。大鵟越飞越远，越飞越高，渐渐地飞过了树丛，变作一个黑点。人说，它会把那蛇从高空中扔下，在空旷的大路上，蛇会肝胆俱裂。

秋深了，百鸟都在忙着自己的事业。树丛里啁啁啾啾，苇荡里嘎嘎哑哑。周末，我常去大洼，又见那只大鵟在空中，戛戛雄厉，翩翩动逸。它的身下是苍黄的大苇洼，身后却是蔚蓝的苍穹。大苇洼貌似无边无际，却有形也有界，苍穹则深不可测，无形也无界。它是大地与苍穹创造的生灵，也是大地与苍穹神圣的守卫者。它与苍黄和蔚蓝构成一幅大气美绝的图画。荒野中，惊起一只灰兔，许是大鵟那巨大的翅膀投下的阴影使兔不能平心静气地卧在草丛里，而是沿着草间的大路直奔。一片孤影从九天而下，以“星眸随狡兔，霜爪落飞鸿”之势，如闪电般落进草丛，荒草中扬起一道道翻滚跳腾的灰尘。我无心惊扰大鵟的盛宴，绕行洼里小路，想象着大鵟嗷哮与勇锐的兴奋。

洼民老张第一次与大鵟近距离接触是在一天早晨。绿茵如毯的麦田旁，那只大鵟卧在一堆玉米秸上，老张拾柴走过时，无意间与那双翅塌地勉强抬头的大鸟对视。它身下的秸秆满可做一顿早炊。对这只哄不走的大鸟，老张感觉到了它目光中的期盼。他用外衣从它身后盖了过去，抱起它装入车筐，连同它紧紧抓着的那只血肉模糊的喜鹊。老张的偏房里第一次住进了这只大鸟，兽医扔掉那只被拌种麦粒毒死的喜鹊，给大鸟注射了解毒的针剂。老张从村子小摊上买来牛肉，切给大鸟吃。大鸟放生的那天，我第一次近距离地看到了它。它蜷卧在纸箱里，身上条条暗色横斑，腿毛蓬松而粗大，下露黄色腿和爪趾，利爪似一对黑亮的钢爪，警觉地看着我和人们的一行一动。当网罩伸开，大鵟迫不及待地蹬翻了纸盒，展开两倍于纸盒宽度的健羽，呼扇间腾空而起，划一条斜线升入空中，然后盘旋回转，在人们头顶往来回复。深秋的大苇洼，芦花齐放，在阳光下绽放出片片银彩，那鸟则如同翱翔在连绵飘荡的白云之上。

当大苇洼里苇叶簌簌落在水中，苇茎在秋阳的斜照下镀上了一抹抹金黄。我和朋友骑车到大洼，沿百里大堤缓缓而行。连绵的树木伸向几十里外的海边，半个世纪前栽种下的杨柳、洋槐、白蜡已威武成阵。有的枝尖已干却仍然伸向空中，更像倔强的丛丛鹿角。在一个巨大的槐树枝丫上，一只大鵟威风凛凛地伫立着，观望着百里大洼中苇丛每日里细微的色泽变化，倾听着秋风拂过苇荡海涛般的声响。它终于在我们离它一丈远时飞起来，我们成为打破它遐想的也许并不友好的动物。它向大洼深处飞去，向那春日里一只脚带钢夹的白鹳笨拙地飞过的苇洼飞去，直到远远地和苇洼融在一起。

丹顶鹤之死

天上看不到一丝浮云，它们都被洗去，只留一穹的碧蓝。大地上一派赭黄，青草的萌出也许还要一些时日。霄霄、凌凌和大队丹顶鹤群终于来到了它们的故乡。霄霄在梦里都会想起去年在这里幸福的时光，它和凌凌相识，结下了秦晋之好，今生今世它们不再分离。它们要在这里修筑一个新的爱巢，孵化出一对娇子，深秋待它们羽翼丰满，领着它们一起飞向远方。

去岁那块水草丰满的领地，霄霄也还记得，四壁是密密的苇障，坡上是它们的爱巢，坡下是清澈的苇塘。不远的沟上还有一排浓密的草棵，大队鹤群还在天上盘旋，久久地不能降低高度。霄霄看见了，原来浓烟像飘浮的云一团团、一道道落在苇荡。那云阵从苇荡中不停地生长出，无终无止，时而窜出金黄的火光。看得清了，火苗像一条条金蛇，头尾相接，横行在广阔的苇荡，吞噬着一切，留下的是一片又一片墨色的空旷。水域已小得可怜，黑色的灰烬覆盖着。霄霄、凌凌盘旋着试图落在水泊，但缕缕灰白的烟云从焦土的缝隙里逸出，焦土上还遗留着的那种炙热让它们生畏。它们升高了盘旋，和鹤队一起围绕阔大的家园寻觅。

霄霄、凌凌以及其他几家和大队分散开来，它们顾不上几日的疲惫，要向南飞，回到它们冬日里温暖的家园。大火还在它们身后迅猛地扩展，七天的时间，扎龙核心地带大部分被火无情掠过。那些飞翔的生命离开了，伴着它们的哀歌。也许春天离这里还远，天阴沉下来，纷纷扬扬的雪花洒落，用洁白掩饰着大地上的创伤。当最后一缕烟尘散尽，春天如同已经死去。霄霄、凌凌它们还在向东南飞，沿着返回故乡时的那条飞行线路，不停地飞。霄霄看见凌凌背上还残留了一些芦苇灰烬残渣，它鸣叫一声，示意那里的不洁净。凌凌明白了，奋力地加快了翅膀上下的频率，黑灰果然抖落，飘过霄霄眼前，直到消失在大地的背景里。

雁队迎面而来，“一”字、“人”字，七八队呼叫着飞近。它们翅膀一上一下的幅度显然要快得多，看起来那一往无前的形象令霄霄它们感动。两队相遇，一队向北，一队向南，大雁队不解，头雁大声地鸣叫：“为什么你们回来？”霄霄的父亲回答：“家乡已被烧光。”“那你们去哪里？”“南方的家。”雁队擦身而过，它们心存侥幸，也许，我们的家园还是完好无损。

傍晚，霄霄它们降落在一片水泽边，这里是它们几天前曾经住过的地方。冬日被割去芦苇的苇荡已是一片白茫茫的景象，浅水处看得见露在水面上那丛丛苇茬。水边堆积着厚厚的残苇，一层层被水浪挤压在水边，那里的水边散放着苇秸浸泡的浑黄。群鸭咿咿呀呀地嘈杂着，不解地看见霄霄它们这几只高贵的大鸟由北方飞来。霄霄它们不屑与群鸭为伍，和它们隔开一大片空阔的地带，在水中尽情地洗去一天的风尘，饮饮清凉的水，好解渴。夜里，草洼边的树丛里晃动着星星点点的光，更远些的公路上，车的灯光不断地晃过。鸭群在夜间惊起两次，“呱呱、呱呱”，从霄霄它们宿营的草台上方飞过，上半夜从北飞向南面的水洼，晨曦初起时，又从南洼飞去北洼。霄霄它们没有移动，它们太疲倦了，一夜的休息总算迎来了新的一天。

晨曦下，草洼渐渐露出了本色。洼边的茅草绿了，铺开小小的一片，又铺开一大片，树丛外的麦田已经翠绿得那么的美。在水洼边，它们寻觅着，要抓紧填充一夜的饥饿，恢复神采奕奕的风貌。霄霄在洼边的岸上向凌凌鸣叫，凌凌快步走了过去。岸上，遗留了一些玉米粒，这边一溜儿，那边一片，稀稀拉拉沿着水洼向北，是人们不小心遗落的吧。霄霄和凌凌捡拾着这喷香的黄灿灿的美食，直到父母在好远的水洼里召唤，才一起飞到父母身边。这里的小鱼时而在浅水中浮动，父母捉起鱼儿是那么得心应手。有人从树丛里走出来，将望远镜举在鼻子上向这边望。霄霄警觉地向那边看去，它明亮的眸子清晰地看见那人脸上的阴暗和眼中的狡黠，左看右看一副鬼鬼祟祟的样子。霄霄一阵反感。忽然，那人收起望远镜，脱了鞋，蹚水向北边的洼里走过去，在水里堰棱上弯腰捡拾着，不多会儿，竟一手提起五六只野鸭，又蹚水返回洼边。那些野鸭是怎样死去的，霄霄真是不解。

父亲母亲飞起来了，霄霄它俩也飞起来，要和父母飞向东洼，它们要远离那个令它们担心的人。蓦然间，霄霄的头一阵阵难受，脖颈酸软地下垂，两眼像蒙上了一层雾水。它尽力地跟在父母后面，但感觉到了羽翼的下坠，凌凌怎么没跟上来，它下意识偏过头，凌凌已经坠下去了。它两眼一阵昏花，直直地掉了下去。

霄霄的父母，一对大鹤在天上悲鸣，在霄霄和凌凌坠落的上空悲鸣，它们盘旋着，盘旋着，不愿离去。

它们不知，世间有善恶，人间有真爱，也有邪祟。一些利欲熏心的人为了一己之利，不惜向大自然无情地索取，把毒手伸向那些屈指可数、生存艰难的鸟。多少大雁、多少野鸭甚至大天鹅、丹顶鹤惨死在他们的手中。霄霄的父母还记得，几天前，当鹤队飞到双台河口时，八百平方公里的大草洼迎接它们的到来。但在第二天早晨，一个伙伴因吃了洼边的稻粒倒在了岸边，再也没醒过来。另一只中毒后喘着粗气，不能站立。鹤们在一旁鼓励它，可它已不能飞翔，而是倒在地上，被几个人发现抱起，用车拉走。但愿这个伙伴还能回来。

当天下午，两个看起来很和善的人发现了霄霄和凌凌。他们愤怒地大声骂着，在那洼边捡拾起残留的玉米粒。几天后，霄霄的父母飞走了，它们哀哀地向南飞去，再也没有回旋。

保护区的工作人员把霄霄和凌凌送到了城里。不久，霄霄和凌凌回到了南大港，它们被制成了标本——腿还是那么修长，羽还是那么洁白，颈还是那么高仰，丹顶嫣红，两眼晶亮。

它们凝固在时间和空间里。

飞去的白鹳

早春，苇洼里密密的苇茬插满水面，洼边的坡台子上已抽出新苇的嫩尖。也许，用不上几日，水面就会钻出锥尖般的苇，组成苇洼新一年的图画，替代看厌了的枯枝败叶。车缓缓驶在洼边的大堤上，从车窗望去，大洼深处，冬季刈割过的苇洼一条条呈带状，宽宽窄窄间，有星星点点的水禽游弋，灰的应是豆雁、野鸭，白的应是天鹅。侧耳听来，听得到声声嘎嘎的鸣叫。忽地，在大堤边的坡地上急急飞起两只大鸟，从车上方匆匆而过，与地面成一夹角，然后平稳地向草洼深处飞去。也许是最近距离观察到这两只大鸟了，它们身白如雪，而翅尖却是墨黑，如刚刚在墨池中蘸过。长黑喙与脖颈前伸，双脚肉红向后伸，尽力保持着一种减少空气阻力的流线型。“是白鹳。”同行的小王说。他端起相机，可惜双鸟已飞远，不能摄下最佳的镜头。

最早知晓鹳这个禽鸟名还是幼时读的《登鹳雀楼》，王之涣一首“白日依山尽，黄河入海流。欲穷千里目，更上一层楼”，竟使鹳雀楼传名千古，以鹳命名的楼唯其一处。此后读《诗经》，有“我来自东，零雨其蒙。鹳鸣于垤，妇叹于室”。白鹳的体态优美并不亚于丹顶鹤，古人也不乏赞美之辞。李时珍有“其飞也，奋于层霄，旋绕如阵”。杜甫更有“江鹳巧当幽径浴，邻鸡还过短墙来”之句，赞其美姿。古人的赞誉达到了极致，而今人却再难突破古代丰富的词汇，更多还是因百闻而难以一见吧。

洼里的风变得温和，传递着阳光的暖意。再次进洼，已是半月之后。和几个朋友弃车而行，沿晶亮的湖边土堤走进洼里。也许是和白鹳有缘，走了不远，水边的一只大鸟腾地飞起，缓缓飞去，速度慢得可以赶上几步一把抓住它。原来它一只脚上悬挂了一个硕大的铁夹，脚与流线型的身体构成了一个直角。另一只白鹳已不见踪迹。苇田已被新绿铺满，翠色本该给人以舒坦和快意之感，而此时原本愉悦的心情却渐渐消散在草洼里。心中突地有一种痛楚，鹳脚的铁夹像一个难以解开的结凝在了心上。随后的几天，湿地的经理研究了几个方案：张网抓住那只白鹳，摘下那个讨厌的铁夹。不行！那么大的洼，你把网张在哪里？它会自投罗网吗？晚上，去它歇息的地方抓住它？也不可能，鹳不会在晚上束手待毙。有人说，可以和动物园联系，借来麻醉枪，打中它后为它解除苦难。还真的联系了几个动物园，但他们都从来没这么做过。

鹳是很有灵性的飞禽，它懂得与人这种贪吃的动物保持适当的安全距离。古来洼里就流传着“只吃飞禽一口，不吃走兽半斤”的信条。飞禽的肉香，连癞蛤蟆都想咬天鹅一口，又何况自恃高傲的人呢。也许白鹳脚上的夹不是洼里人所为；也许这只鹳从保护区外飞来；也许在某一天它会被一个人捉住，解下铁夹，让它重获自由；也许这只铁夹很快会锈蚀，白鹳轻而易举地就能蹬掉枷锁。一场春雨淅淅沥沥润湿了大洼，润湿了洼外的麦田，润湿了洼边的林带，苇蒲像一张翠毯盖住了大苇洼。

再去苇洼，问守洼人，他说：“有只鹳前些天从这里往北飞走，脚上没带夹。”苇蒲越长越高，郁郁葱葱，野鸭、长脚鹬、骨顶鸡在苇荡里鸣叫，有时也会遇见几只灰鹤在盘旋。本来静谧的大洼已热闹非凡。之后我又去了大洼几次，直到深秋，再也没有见到白鹳。

大洼之鸟

只有见到大洼的鸟，听到悦耳动听的鸣叫，你才算真正到了大洼。大洼，作为鸟的乐园，任凭百鸟在那里欢歌，从一丛苇叶到另一丛苇叶，从一棵小树到另一棵小树，从一株葵花到另一株葵花。啸侣鸣群，晴飞碧落，“黄鹂隐叶飞，蛱蝶萦空戏”“两个黄鹂鸣翠柳，一行白鹭上青天”，百鸟无忧无虑，自由自在。大洼是鸟的营盘，硕大的生存空间，为它们的栖息、繁衍创造了最佳环境，这环境本来就是天赐。鸟，是大洼的精灵，那一群群的鹤舞，那一队队的鸥翔，那一列列的雁飞，无不搅动着大洼的精神和血脉。那“嘎嘎”雁叫、“咕咕”鸭鸣、“啾啾”莺语、“叽叽”雀噪，伴着苇叶沙沙的窃窃私语，把大洼中的天籁推向极致。如果没有鸟，大洼缺少应有的生机勃勃的精神；如果没有鸟，大洼缺少应具的神韵和灵气。有了鸟，大洼则闪闪有光泽，陡然生长出无限的俊美。大洼的鸟是执着的。每年春，那些大雁、野鸭、丹顶鹤、苍鹭、白鹳等候鸟便从遥远的南方湖泊飞临大洼，寻觅这一片故地，这大洼的轮廓没有变，这大洼的水没有变，那产过卵的草台子依旧。那些留鸟像喜鹊、啄木鸟和麻雀也激动起来，它们苦守着这一片大洼，越过了寒冬，迎来了伙伴，大家庭骤然间热闹非凡。

大洼的鸟是美丽的。大自然给予它们七彩的羽毛，那绿的是夜莺、黄的是黄鹂、白的是海鸥、蓝的是翠鸟、灰的是鹬、黑白相间是鹤、五颜六色的是鸳鸯。乌褐的苍鹰在空中盘旋，以藐视一切的目光注视着鸟族，但它并无敌意，它的主要攻击目标是灰褐的草兔，兔很难逃过那犀利的锐眼。

大洼的鸟是善良的。它们从不破坏环境，它们多以草根为食，以小鱼小虾为食，以蚊虫、牛虻和各种昆虫为食。大洼里的蚊虫又黑又大，咬人又狠又凶，燕子贴着苇尖滑行，一天下来能吃掉上千只。啄木鸟在树丛中往来飞行，自然成为树木的保护神。喜鹊、麻雀等清理庄稼的害虫也是那么神速。大洼为鸟类提供了充足的食物，鸟类也为大洼的纯净、秀美出力。

大雁、野鸭是大洼的常客，类别众多，豆雁、鸿雁、秋沙鸭、绿翅鸭、赤麻鸭等汇聚一湖。历史上，大洼人除了以鱼、苇、盐为重要生活来源外，猎雁、捕鸭即是他们的重要收入来源。大洼的百鸟完成了一年中最重要的繁殖大事，小鸟羽翼丰满独立飞翔觅食。此时，大洼人也开始向大洼索取。苇荡深处排枪轰鸣，水泊浅洼哀鸿遍野，禽鸟在大洼的生存要以惨重的牺牲为代价。

燕子是适应性最强的候鸟，大洼是它们的伊甸园。夏日，大雨将至，它们成群结队，在风雨中穿行，弄风弄雨，潇洒自如，蔚为壮观。

丹顶鹤、白天鹅是大洼的贵宾和贵族。每年早春，它们将大洼作为驿站，溅落在水泽，如仙山来客，群鸟远远恭护，如君如臣。人不可靠近，只可遥遥窥视芳容。丹顶鹤高视阔步，白天鹅洁白无瑕，几日之间，沐浴消乏，修整羽翼，养足精神，然后振翅而起，人和百鸟都以惊愕的目光送它们冲天而去。

大洼的鸟，不下二百五十余种。打开鸟笼，让鸟回归自然，远行山林、大洼，到大自然中观鸟，已渐成时尚。生物学研究生进了大洼，一住就是春、夏、秋三季，在苇丛腹地，在小洼大泊，细心寻觅鸟的身影，为大洼的鸟复制一份永久的身份档案。在互联网上，英国霍特·保罗先生惊喜地得到大洼鸟类的资料，不远万里飞渡重洋，来到大洼，一头扎进苇荡，欣喜若狂，顾不上吃顾不上喝，只要有鸟，什么都可不要。他是太阳鸟旅行社职员，十多年的奔波，世界各大洲的山林、湖泊、海岸、湿地都留下了他的足迹，中国的十几个地方也是他经常观鸟的选点。观鸟家是痴迷于鸟的，辨鸟识鸟是保罗的一绝。鸟由他附近飞过，他能够叫出名称、辨出雌雄；苇丛中一声鸣叫，他能听出公母。那硕大的半米长的高倍望远镜在大洼一支，数百米内，天上、水中，鸟的身影尽收眼底，纤毫毕现。两只黄羽鸟由苇丛中飞起远去，保罗激动异常，拿上望远镜、录音设备，征得同意后去大洼深处追寻。那录音设备十分巧妙，一小锅状塑板，外罩绒布，连接腰间的录音机。他能学各种鸟鸣，以吸引鸟至。终于，他寻到了那两只鸟，录下了它们的鸣叫。他是世界上第一个录下它们叫声的人，这种鸟叫震旦鸦雀，已濒临灭绝，此前中国只在辽宁有发现，大洼中却经他发现了七只。鸟是观鸟家的生命，在印度尼西亚，一个朋友因观鸟被猛虎生撕活啖，而保罗却目睹惨状无法救助。在大洼短短两天，竟然有数千只九十二种鸟进入他的记录。

鸟眷恋着大洼，大洼眷恋着鸟，大洼人对鸟的独特感情也越来越强烈。

鸿雁飞来

草洼的浮冰在残苇拉扯下不便浮游，静静地缩小沉在水中。枯黄的苇叶在水里或沉或浮。西南风在水面柔软无力地滑动，倾情地带着潮湿的惬意穿过堰边的树丛。悬垂的柳枝已鼓胀出花芽，一夜间即挂满枝丫。槐枝乌黑的枝干仍在梦里，春信的呼唤摇响了皴裂树皮上牵牛花藤的枯叶。雁阵在一个晨曦初露的清晨来到，由几组上百只“人”字形长阵突变为横向，如几道乌色的炊烟，咿呀声绵延在大洼上空。乌色的烟云终于飘落进大洼，水面的银亮刹那间变得斑驳。阳光贴着地平线穿透树丛穿透枯苇而来，携带着海浪的咸腥和海鸥的鸣叫。雁群或集或散在水中忙于觅食，洼里的水是神奇的，或许能消散多日的疲惫。晨光里，这是群鸿雁，雁的黑嘴与额被一道白纹分开，显得很有气质，额头的棕褐色一直向后连上背和翅羽的灰褐，除前颈下部到胸部是肉桂色外，大部颈、腹和尾下又都是白色，一双腿脚又是好看的橙黄。旁边那群是豆雁，色调虽灰暗些，但也十分秀气。

少年时对雁的认识是在月夜，听得有咿呀的雁叫，忙跑到屋外，看雁阵在夜空移过，背影是那轮皎洁的寒月。近距离地看雁是在大洼边打草，苇草中有几丛野苜蓿花开得正黄。忽地扑簌簌一声响，两只雁从身前几步远处斜着飞出，一前一后疾速飞远。它们起飞处是一个草窝，两只淡蓝的雁蛋静静地留在那里，窝里有柔软的茅草和几片灰白的雁毛。

春秋时，有人作诗曰："鸿雁于飞，肃肃其羽。之子于征，劬劳于野。"以鸿雁起兴为服苦役的人鸣不平，鸿雁由此列入人们赋诗作文的视野。那个令雄心勃勃的吴王最终误国的美女西施，鱼儿因羡其美而沉入水底；那个令汉元帝悔断肝肠的出塞美女王嫱，南飞的大雁惊其美而忘飞落于她的身旁。两代绝色女子，因鱼儿和鸿雁的陪衬而美艳千秋，汉以后少有丽人能及。而将鸿雁陪衬之美改作自身之美的当数三国曹植，这个曹氏奇才竟也是一代情种，为其嫂挥就一首注定会流芳百世的《洛神赋》，竟写得艳美而悱恻。"翩若惊鸿，婉若游龙"描绘了洛神美妙的神态。惊鸿虽本意是指鸿雁惊飞的窘状，这里曹公子却专用以形容女子轻盈翩飞如雁的身姿。鸿雁因有劲健的羽翎，秋分南飞湖泽，春分则北顾西伯利亚，坚韧不拔不辞千山万水。人们最早把鸿雁当作信使记录在案的当数苏武的故事。苏武作为汉朝使节出使匈奴，却被扣押于冰天雪地，渴饮雪饥吞毡，苦守十九年始得回归。而这功臣据称就是南飞的大雁，是鸿雁携带苏武书信传回了信息。鸿雁成为信使，诗人们更是屡屡落笔抒怀，王昌龄有"莫道蓟门书信少，雁飞犹得到衡阳"句，李清照也有"云中谁寄锦书来，雁字回时，月满西楼"。苏武以后，文献上已再难寻托书于鸿雁之事。而更多的是鸿雁屡遭人枪杀箭伤，以致哀鸿遍野，每当夜空鸿雁哀哀而过，更勾起人们的愁绪，一些诗词也就寄得愁肠百结了。像"雁引愁心去，山衔好月来""雁过也，正伤心，却是旧时相识"，此类诗词比比皆是。

大雁为鸭属，体大如鹅，肉质鲜美。自古大苇洼就是洼里人的后院，内中的虾蟹游鱼、飞禽水鸟、狐獾草兔理所当然是他们的美味佳肴和物产。打雁，洼里人称围雁。申爷从七八岁时就跟着爷爷和爹去围雁，渤海边的大洼无边无际，阔大的草洼里没有几个荒村。申爷从小住的那个小村只有几十户人家，就在大洼深处。每年春秋，申爷的爷爷都要组织十几家人围雁，各家以小排子和大抬杠入股，再凑钱到县城买回火药铁砂。一切准备就绪，只等南雁或北雁归来。一夜围雁少则打到几十只，多则几百只。洼民古来迷信，抄刀剁掉雁一脚，称是雁的自伤，而非洼民残忍。他们将雁脚集于一锅，撒上几把盐，煮熟后大快朵颐，吃剩的残骨带着脚筋、脚甲扔在船边草丛，引得三五家狗争相大嚼。雁肉洼里人是舍不得吃的，他们把雁摆上集市，和吃得起雁的人们讨价还价，争得个面红耳赤，最后将钱揣进怀里，看着人家倒提雁腿摇晃着膀子远去。那些翅断腿伤的活雁用鱼罩扣在里面，大雁哀哀地从罩眼向外看着往来的人们。买雁与卖雁人的恻隐之心早已藏于棉袍内，活雁是可以攀个好价钱的。

儒家在倡导人性伦理的修行时，总结出仁义礼智信的五常标准，按此标准，人当成为完人。或许大雁是一种最愿意与人类和谐相处的禽类，对人类的精神世界有一种通灵的能力，它们以人的标准作为自身和群体的修养，诠释着五常的意义。它们群飞群落，扶孤携幼，是为仁；它们一雌一雄终身为偶，至死不渝，是为义；迁徙万里依序而飞，或“人”字或“一”字排列成阵，可谓礼；群飞时衔芦以避落弓缴避退鹰隼，夜晚老雁守夜以避伤害，可谓智；秋日南迁，春日北飞，义无反顾，从不失信，可谓信也。对于雁的五常，人心中钦佩，将雁称为“仁禽”。但人是以自身的生存为重的高等动物，可以将大自然中的一切动物分为益、害两类，对所谓益者，不仅以其直接有益于人类为判断，而且还要以它们全身的奉献为标准。由此，大雁在人们的所围之列也就顺理成章了。

1974 年，申爷在他经管大洼的单位里也算是个资深的职工。那年春来得早，漫天而来的大雁每日都有新群溅落在大洼，晴飞碧落，嘎嘎和鸣，撩拨得几十条汉子心中火烧不已。头儿让大伙儿打开仓库，把那些五十年代入社时的大抬杠一杆杆抬出，在院子里晾晒。申爷扛起大头将枪筒里的草叶、鸟毛、尘土倒出来，又深吸一口气，胸脯子和脸巴子涨到极限，把嘴对准火眼吹，只见枪口喷出一股尘灰。申爷嘴上已是黢黑，眯起眼笑了，那些汉子也笑了。小排子也称枪排，宽不过四尺、长不过丈余，一条条从会场屋子里被架了出来。船底朝上，申爷指挥人们用桐油、洋灰捣成的腻子和麻丝塞填船板间的缝隙，把缝子填砸得严严实实，再把船刷上一层桐油。申爷打开一层层塑料纸包严的铁桶，扭开盖子，里面的火药还是那么新鲜。药味刺得他鼻子痒痒，他猛地头上仰，两眼闭紧嘴张得大开，向前一伸打了一个嚏喷，震得一院子人又笑起来。

凌晨五更时分，申爷领着十一只排子下水，每船两人架两杆大抬杠。申爷排子上的两杆最长，是他爷爷和爹用过的，每杆一丈有余，枪口小胳膊粗细，枪尾粗比牛腿。下水前，每杆都用铁撮子饱上药，倒进几大把铁砂。抬杠稳在排子上，前后用木夹固定住。点火口撒上火药，用铁皮砸成的盖头盖上。申爷坐在中仓，二虎在后面撑船，一溜小排沿着洼边向西。月黑天，洼里的鸭子、大雁、天鹅，还有苍鹭、骨顶鸡，所有的鸟儿都睡了，隐隐有一两声雁叫断断续续传来，如打更人的敲打。西大洼在石碑河北，是大雁汇集栖息地，白天申爷已经看好，那黑压压的雁群密布那片水泽，几道埂子上的残苇正好可以隐身。申爷一摆手，汉子们轻手轻脚下了排，三月的洼水寒气逼人，从皮衩外直透进棉裤里。申爷小排在中，两边各排开五只，约莫两三丈远拉开距离，排列成一个偌大的弧形扇面。各排子把式引燃好一大股香攥手里隐在船尾下，二人在后瞄着空旷的水面那片黑乎乎的影子缓缓推进。此时的船以最慢的速度行进，几乎一寸寸向前挪动，几个急性子愣头青被申爷派作后续船队，在远远的地方先待着。水下的苇茬子在船头压下在船尾扬起，推船的手能感觉出船底“咔咔”响。申爷推着，忽地一脚踩空，泥地是个深洼，水从胸前衩口灌进来，一下子一身冰凉。好在申爷一手吊在船帮，水没打湿燃香。申爷忍不住骂了一句憋在肚子里。船离那片黑乎乎的影子越来越近，一道高出水面的土堰上一只雁忽地伸长了脖子，警觉地小声叫了几声，雁群里一阵躁动。小船停下纹丝不动，稍许雁群又安静下来，申爷的手才在船尾加上一点儿劲。小船已进入最佳距离，不能再前行了，申爷瞄瞄左右船都到位了。掀开棉袄，露出那把香，猛地直起腰来大吼“拉盖头！”雁群受惊，猛地醒来，啪啪扇动翅膀，纷纷起飞，向无边的黑夜四下冲去。申爷左手麻利地掀开盖头，一把香戳在火药上，火花喷燃连进枪膛，“轰、轰、轰！”“轰轰！”十一条船头冲开二十二道扇形的火舌，凶猛异常地扑向雁群。群雁有的刚刚起飞，有的飞起不足一人高，铁砂如雨带着雷霆带着闪电，穿透雁的翅、雁的胸，击碎雁的头、雁的眼，击碎一支支雁的脚骨。“抄竿子！”汉子们抄起船上的竹篙、木棍，扑向雁群。伤雁奋力地在水面挣扎着、旋转着、拖着残腿在水面疾飞着、半身在水一翅仍在划动着。水面噼啪作响，有伤雁拍水声，有篙棍的击打声。汉子们狂呼大叫，索性扒掉进水的皮衩在水里翻滚，半死的雁脖全被扭断别进翅下扔进船舱。“嘎呀、嘎呀、嘎呀”，雁的哀鸣惊起周边水域所有的水禽。

当东边的天际现出鱼肚白，残杀还在继续。修渠的民工们被排枪震醒，纷纷抄起竿子、棍棒，蹚过齐腰深的石碑河奔向这片屠场。伤雁飞得漫洼四处，拾雁的民工脱下长裤，只穿裤头，在水里横追竖赶，堵截一息尚存的伤雁，或迎头一击，或棍棒齐下，哀鸣渐渐稀疏，闷进了宏阔的水洼。申爷他们撑船回去时，和煦的阳光已普照大洼，小船一拉溜像一条摇头摆尾的龙，大洼似乎看不见一点涟漪，不久就变得宁静。大雁在院子里堆成一座小丘，申爷换上干衣披上油腻的皮袄找人来数，数来竟有一千余只。“他们整了不少去，这帮土匪！”申爷愤愤地骂，民工们拾走了一百多只。大雁羽毛蓬松，每只都显得那么肥硕。厨子咧着嘴挠着头皮说要给大伙炖一锅改善改善。岂知，申爷在这场围雁后两腿疼了好久，吃药扎针贴膏药折腾了几个月。单位围雁从此停止，排枪被拉去卖了废铁，这次竟成了大洼里最后一场壮观的围雁。

三十年后，我随意翻看民国版《沧县志》，见载有：同治初年，琅琊口东某村有猎雁者，伤了一雁提回家，另一雁离群哀鸣飞随猎人而来，落于屋檐上哀鸣不止。那人把雁放在门庭，雁飞下来，两雁两颈相交两嘴相衔，不久竟死于一处。猎人哀叹，即将两雁埋葬，从此改业。文末曰："夫雁随阳鸟也，于人无害，义不再耦，弋雁者宁不知乎。知之而复杀之，不仁甚矣。其改业者，尤为仁心未尽亡也。"雁能殉情而死，堪比人类情深，此文言之凿凿，不可不信。

申爷退休后因腿病卧床数年，慢慢能起床溜达，就去大洼边，坐在大堰上听洼里的鸟鸣。春天雁来时，他扬着脖子往天上看。洼里的雁每年归来的越来越少，即使有雁来，也少有大群，它们只是匆匆在大洼里停留几日又匆忙北上。申爷呆立在看洼人的小屋子檐下，一双老花眼已看不清苇梢上飞来飞去的鸟，还在期盼着那雁阵遮天蔽日的日子。

守候冰原

入冬来的第一场雪改变了灰黄斑驳的大草洼。草洼里空旷得无边无垠，冰面上白雪覆盖了割过芦苇的苇茬，密密地、均匀地露着黑褐色的根，像洼里汉子刚刚剃过的脸颊。洼边的树没有树叶的遮覆，裸露的枝条极力伸展，顺着洼堤伸得很远，构成那蒙蒙隐约的树冠。水泊已静止地和整个大洼连在一起，还有芦苇稀疏地点缀在冰面。风不大，芦穗倾斜向南，每支穗的北面残留的些许白雪已凝结，它们在风中起伏，犹如一群起起落落的麻雀。洼里的雪厚厚薄薄，雪岭的背风处，风已把雪堆积成一层层雪岩。水深的洼沟两侧雪隆得厚些，中间露出青亮的冰面。

在一丛枯苇旁，一只褐色的大鸟静静守在那里，它身前即是那道露了青亮色的冰面。大鸟的羽色是一身深秋芦色，如不是站在冰雪边，很难分辨出。它的身羽如成年鸡的大小，见有人走过，黑褐的脖向前上方伸直；喙很尖，肯定像钢铁一般坚硬和锋利。那是一只大麻鳽，洼里人叫它“老等”。春夏到大洼时，水草边总能发现它以这种姿势静候水边。两腿长，但比之草鹭要短，色却极像绿色的苇秆。人还来不及靠近它，它已在极短的时间里敏锐地理解了我双手合抱它的意图。但它的理解还是错误的，我只是想近距离地看看它。它眼珠的亮点出奇地刺向我，双翅下压、上举，又下压、上举，在离冰面两米多高的上方轻盈地飞去。阳光用逆光的方式在冰面折射出断续和不规则的亮块。我的眼很快迷离，那只老等顷刻间已不知去向。洼里人说：鸟吃惯了洼里的鱼，不愿飞去。茫茫冰面上，洼里人正在装车，拖拉机开进了冰面，捆好的苇铺满了冰原，每捆的大小、均匀的间隔给人精心为之的感觉。这就如同农人夏收的麦地、秋割的稻田，只是田地的底色洁白、晶莹，没有夏秋的苍绿和橙黄。

苇田深处，可见身着红衣的油田工人，深冬里他们在冰原上布下导线，钻冰入地，勘探这大草洼几千米下油层的含量和分布。这无异于在上万公顷的大苇洼上织起一张巨大的网。“咚咚、咚咚”，远处有声音传来，由脚下的冰感受地底的颤抖，这声音给原本寂寥的大洼增添了威严。踏上沟边的苇茬，鞋底躲闪着和草茎保持一个斜角踩下，一根根苇茬看起来如同朝天的利剑。小心翼翼地走过深沟，冰下果然可见游动的鱼，那是一副副安详自在的神态。深沟边雪地上一只鸟的脚迹伸去很远，那一个个倒写的“个”字清晰地一直向南。旁边有一道椭圆的脚迹时而在左时而在右，与鸟迹相伴而去。洼里人说，那椭圆的是狐狸留下的，水草边又常有散落的干鱼。

几天前，雪花飘落，覆盖了整个大洼。许是在那个早晨，阳光刚刚翻过沟棱，是那只老等从这里踽踽走过，也许它的轻得像苇叶落下的脚步声惊动了草窝里的狐狸，狐狸尾随着那只硕大的鸟，很想避开那乌褐头颈向后传来的眼的余光。它时而静止，时而快行几步。也许，我见到的就是那只鸟，它能拣拾洼边残留的一枚干鱼、一只冻虾，渴时啄一口松软的雪，守候在薄些的冰面旁，看游鱼寂寞地在冰下游弋。也许，不久后，早春的暖风带来春信，雪化了，冰化了，大鸟和大洼一同又会恢复生机，它和那些从南方匆匆回来的机灵的小骨顶鸡们一起唱和。也许，它等不到新春来临的那一天，那只狐狸时而在草丛中伸出头来，时而又在那座小桥下的荒草中飞一般的射出，当大鸟急速扇动羽翅时，右脚被狐狸拖住，“咔”的断裂。它在冰原上挣扎，它的喉咙猛然撕裂般疼痛，它闭上那双美丽的眼，让窒息来得快些，它感觉它已在大洼上空飞翔。

卡车、小拖拉机上芦苇捆扎得很紧，装得如同一座座草山，横断了前行的土路。挤过苇车，踏着路边的苇，“嚓嚓”的声响又让人十分惬意。一只鹰从一株小榆树上飞起，展开的双翼下有一对白色的圈印。它略一倾斜，静止的身羽向洼里滑翔过去，一群麻雀不知从哪里“呼”的飞临，立即占据了方才鹰踏过的枝条，那株幸运的榆树蓦然间如同挂满了树叶。那只老等出现在进水闸旁，伸出脖颈，和苇草的颜色融合在一起，冰面还是那么晶亮。

有鸟于飞

大草洼的东沿一条横渠由南向北延伸十几里，右边的盐田汪子蓝得有一种莫名的凉意。晚春时候，缓缓而来的风涌动了田中的水，卷起的水花白沫拥在围堰，这里是鸥群的天地，黑翅长脚鹬也常和它们和睦相处。但更多的时候，长脚鹬由水中飞起，那飞起的姿态很是洒脱。两羽的肩部迎着风的方向，两条修长的腿顺势伸在尾后，翅膀扇动的幅度很大但频率又低，在风的作用下，它们轻巧地飞来，落在左边的草洼里。那里，新绿的芦草已遮住上一个寒冬留下的残枝败叶，水中的鲫鱼、草鱼已开始贴着嫩草根产下一团团小生命。水深处，几只鹬收敛了羽翅。波浪荡着它们，当土堰旁的芦苇挡住它们时，它们又扇动翅膀拖着长腿落在上风的一个泊子里。浅水的地方，它们一步步向前迈进，黑色尖细的长喙随脚步一下下前伸，下意识地向水中寻觅。这里是它们最为熟悉的故地，肥美的水草地是它们生存的家园。

大洼里每一只飞禽的飞翔都以它们驾驭风的能力来展示。大雁是坚韧的飞行者，它们从头顶飞过，速度缓慢，仰头便可见它们组成一个小型的“人”字。那浑圆的体态、极力前伸的脖颈、有条不紊的飞行，让人不由地担心它们那奋力扇动的翅膀还能飞翔多久。它们离地的距离在一箭之内，难怪古人会发明带绳的箭，当忠诚守纪的大雁飞临，会“思缘弓缴而射之”。燕子是最潇洒的飞行者，它们总是以群体的形式出现，看似纷乱无序，却在急速的滑行中表演出惊人的技巧，穿行、翱翔、钻云、俯冲，速度之快、技巧之娴熟令人瞠目结舌。苇莺是离地最近的飞行者，它们从苇丛里飞来，贴着草地，双翅的快速振动使羽翅成为虚幻，有时它们离地面的距离仅仅十几厘米。金雕是离天最近的飞行者，它从太行山里飞来，从大森林里飞来，盘旋在大草洼上空。它善于借用气流的浮力，只用身体的一倾一斜来调整飞行的方向和高度。当它静止时，人们仰望它，往往会误认为那是形单影只的风筝。人们只能从那羽尖的几片被风拂动的羽毛认定它是一个活体。草洼里每一棵芦苇的摇曳、每一只鸟的躁动、每一个洼民脸上的喜怒，都被它一一过目。

大洼里百鸟的飞翔姿态与它们形体的大小、羽翼的强弱、活动的距离有关，它们总是会选择适合自己的最少消耗的飞行姿势。“鸿雁于飞，肃肃其羽”“雄雉于飞，泄泄其羽”，两千年前，人们就以最美的语言形容鸟的美姿。但鸟并不在乎人类是否欣赏，也不为人类的欣赏意识所左右，它们的飞翔完全是生存的需要使然。西方宗教在创造天使时，将洁白的鸟羽安置在天真的儿童天使后背，使之从天而降，为人类带来快乐和福音。因了双羽，天使来去那么自然和快捷。造物主虽然能创造包括鸟族在内的世间万物，却不能阻止在人的意识下鸟的永逝。20 世纪，新西兰那片孤岛上生存的高三四米、重达四百余斤的巨型恐鸟终于被人类剿灭了，因为它弱小的羽翼已无力带动那庞大的身躯。1681 年的一天，世界上最后一只已无羽翅、肉质鲜美的渡渡鸟也终于在狂吼声里倒在了毛里求斯。它们诠释了达尔文那个老人所推崇的物竞天择的论调。不知哪一天，被人们长期关在笼中的百灵、鹦鹉、八哥、黄雀，也将失去飞翔的能力，肥胖的身躯会使它们婉转的歌喉变得粗拙和嘶哑。

沿大渠边行走，一个水泊里四只长脚鹬站成了整齐的一排，它们之间三个空，每空几乎都是精确的两只鸟的距离。它们的脚下是一道浅水的泥堰，它们的头向着南面刮来的风，羽尾削尖，体态修长，眼以上的头部和两翅又黛黑如墨，颈腹洁白似雪，脚五分之四露出水面呈艳丽的粉红。亭亭玉立的四只美禽，称作“鸟中模特”真不为过。在晶莹的水面上，四只鸟又如四个五线音符，那是草洼里天籁在这里的凝固。它们是在安静地守候，抑或恬静地小憩。当它们飞起时，草洼里自会流动一曲美妙的音乐。我不忍扰动这洼里由它们和水草构建的氛围，轻轻地走过苇丛。

有鸟和鸣

洼里的鸟鸣声由稀疏到密集，随着草洼的绿由浅到深的变化。你站在草洼任意一道小堰或是一丛浓密的马绊子上，都会听到各种声调的鸟鸣，“呤呤、呤呤”“嘻嘻叽叽、嘻嘻叽叽”“喳喳啾啾”“噼噼、噼噼”“吱哩、吱哩”……不知在前还是在后，也许又在左或是在右。在那此起彼伏中细细分辨，最悠长、最婉转的是鹌拉儿的声音，“唧唧啾啾、唧唧啾啾、唧啾啾唧啾啾、唧啾唧啾唧……啾”。洼里人把小百灵叫鹌拉儿，羽毛虽不美艳，叫声却带着洼里的水灵。鸟儿的声音是美妙的，作家很难在纸上再现鸟的鸣叫，一些所谓的描绘也会显得干涩和贫乏。口技艺术家似乎能再现鸟鸣，但准确地说，那也只能算作蹩脚的模仿。因鸟鸣的美妙，作家又不得不搜索枯肠，写下诸如“笙簧百啭”“嘤嘤成韵”，或是“入春解作千般语，拂曙能先百鸟啼”这样的概念化诗句。

近距离听最婉转的鸟鸣是在一天清晨，我上班走过小树林时，小槐树叶尖上方一只鸟叫得正响，“叽叽呢、叽叽呢、叽呢叽呢、叽呢叽呢、叽……呢”，短音显得有些急促，最后的长音又十分舒缓，音调高低起码跨越两个音阶，每两个音符之间都有滑音相随。鸟的鸣唱，中国古代最高明的乐师不能用宫商角徵羽来写成，当代著名音乐家的五线谱又能够谱就吗？不得而知。我轻轻走过小树，生怕惊动了那只三道眉，生怕打断了它那倾情的歌唱，也许它的伴侣就在不远的树丛里。这也许是我听到的最为复杂的野外鸟鸣了，但村子里养鸟的老刘说，叫声复杂的有绣眼鸟，叫声低而不喧，又花样奇多，叫得好听的还有画眉，而最出色的当数百灵。他爱鸟爱得痴迷，曾花四千二百元买过一只坝上的百灵，能叫“十三套”呢。

那年，在四川的一个山洼，我住在表哥家那栋小阁楼上。早晨，人还在梦中就听到窗外的鸟鸣，“叽叽、叽叽”。起来扶窗看去，窗下荔枝叶梢的一枚细小枝条上落了一只小鸟，碧蓝色，鸣叫时黑眼圈随头部敏捷地弹动，跳转身时，露出洁白的腹羽。小鸟着实太小，恐怕一手握去手心即可攥合。鸟声不大，却带着一种饮过清泉的润泽，带着一种敲击玻璃的清脆。大型的鸟一般叫声都简单，也许是因为身体笨重，声带粗大，嗓喉宽阔。在草洼，你像只鸟一般藏在芦苇，会听见“嘎嘎、嘎嘎”的声音，那是大雁，“呱呱、呱呱”的是野鸭。一次傍晚和朋友在草洼，忽地听见“呜……呜……”一阵阵的沉闷鸟鸣声。那声音发自芦苇深处，震动着穿过芦苇，被每一根芦苇碰撞后又增强了颤音，贴着洼里的水面传来。问洼民，答是“蚊母”，叫一声吐蚊一斗。蚊母到底是什么鸟？洼民说就是长脖老等，牛皮纸色，傻得很，原来打鸟时一枪撂一个。古人早在《尔雅》等书中记载，蚊母“声如人呕吐，每吐辄出蚊一二升”。有称蚊母即鸱或夜鹰。食蚊可信，吐蚊则难解。但不管是哪种鸟，这是我听过的最为雄浑的鸟鸣。

一年春深，常看见麻雀成群结队地在草洼里。“喳喳、喳喳、喳喳”，声音虽然单调却也热烈，不时两只搅在一起，忽地它在上，忽地它在下，翅膀飞快地拍打，从空中落到草窝，又从草窝翻至空中。那是搏击还是拥抱，是情侣还是对手，人们很难探究。人们是崇尚美的高等动物，鸟鸣的优雅自然会引得人类的青睐，乌鸦“喳、喳、喳、喳”的叫声以及一身黑羽，当然不会获得人们的好感。但对乌鸦来说，自认为已唱出了最美妙的歌声，至于人喜欢与否，则和它们无关。鸟的聪明，会使它们的叫声变成人类的语言，从而融入人类的生活。美丽的鹦鹉会说话，极尽取悦人之能事。

鸟的鸣叫是鸟的语言，有其确定的意义，既可用于宣告势力范围，又可用以招引异性。前者是生存的必须，后者是繁衍的必须。每一声鸟鸣在世界里都应该是美好的，但却也有特殊的声音传在了本应美好的世界。孩提时，住在母亲单位的宿舍楼，看见宽大的楼梯屋角飞来一对燕子，它们贴在窗户上端详了又端详、设计了又设计，终于开始了辛勤的劳作。它们从很远的长江边衔来湿泥，一口口筑起了一个硕大的巢，那巢只留了一个口，显然是它们即将诞生的小生命的温暖的家。就在新家筑成的那天，我放学回来，却不见了那个硕大的巢。屋角上只有泥的湿印，楼梯上只剩下扫过的泥迹。两只燕子在窗外飞来飞去，“叽喊……、叽喊……、叽喊……、叽喊……”前音短促，后音很长，尖锐刺耳。不知是谁做了件让人痛心的事。

洼边的村子里的小蛋子从草里捧回一只小鹌拉儿。他用一只纸盒给它做了个家，给它放上一只小酒盅，装上些小米，放个大酒杯，倒进些水。慢慢地，小鸟长满了羽毛。每天去打草时，它要飞上小蛋子的肩、站上他的草筐；吃饭时，它要飞到桌子边上，啄食小蛋子夹给它的米粒。小鹌拉儿慢慢地会叫了，叫声引来了左邻右舍的小马娃、小狗剩。一天黄昏，小鹌拉儿在门槛下跳来跳去，小蛋子的爹进屋一脚踩上了小鹌拉儿。“咭”，蛋子爹那条腿是一座巨大的山峰，触电般挪在了一边，但小鹌拉儿的叫声已成了世界上最为短促的鸟的叫声，瞬间消散得无影无踪。

有鸟粲羽

铺了沙粒的土路在大草洼边蜿蜒，多少年前洼里人在这两边密密地种下榆槐，用洼里的甜水浇了两遍。遇到绵绵的雨，又在这松软的坡棱上埋下许多柳树橛子。几十年过去，树干高过了坡上浓密的苇，野藤攀缘而上，翠草铺地而生，草洼边成了一条环绕百里的林带。两侧的树梢慢慢搭在一起，走在路上，需要透过摇动的碎叶才能见到天幕，树下的螳螂、瓢虫和那些花里胡哨杂色的毛虫，也就只能从树叶的空隙间享受到一丝一缕吝啬的阳光。走在林间的路上，脚下的沙沙声带给人一种轻盈的感觉。由树丛望过去，秋日的大洼仍然是一种无法望到边际的空阔，只是色泽由夏苇的墨绿变作了秋芦的银白。

前方不远处竟然有两只双手可捧的鸟在路中站立，腹部前倾些，羽毛灰黄的底色，背部和双羽黑白相间的条纹像画上去的一样。它们脖子极力挺高以显得细些，头上那一簇放射状散开的冠羽立即让人产生了更多的爱意。那长喙随脖颈以最快的频率左右转动时，它们的机敏已表达得极为充分。这是一对戴胜，看起来也是一对恩爱的情侣。它们看见人的脚步没有停下的趋势，在不足一丈远的距离，能清晰地看见右边那只鸟眼中闪亮瞳仁反射出人的身影，这大概是戴胜能容忍人或动物距离的极限。它们忽地飞起，瞬间消失在树林里。我敢说，戴胜是最美丽的鸟之一。

鸟羽的美来得自然，它们将自然中的七彩引入它们的灵感。早春，小天鹅由遥远的南方回来，落在这片刚刚有些绿意的大洼，梳洗羽毛上黏附的沿路灰尘，舒展有些疲乏的筋骨。在水泊中，它们洁白的羽毛如一片闪亮的雪，映得水洼泛起银光，显出它们的高贵。白鹤、白鹳虽很少光顾草洼，但它们若来，则如白衣仙子，飘然而来又飘然而去；而丹顶鹤则年年来到这片故地，在水泽深处整理它们令人炫目的羽翼。黑颈和长长的黑羽尖与大部洁白羽毛形成强烈的反差，头顶的那点彤红又是非上帝奇思妙想而不可的赐予。洼里的鸟几乎都有一身美羽，黄鹂黄中带绿的羽色是伴着歌声的；而翠鸟那湛蓝中涂了一层亮色，当它静立在水边的一枝苇茬上时，你真会把它当作一块蓝玉；野鸭游弋水中，或茶褐中带灰麻，或绿中带黑；最漂亮的当数绿翅鸭，黄嘴绿头下一圈白色颈环，白身紫胸配墨绿的羽翅，飞起时可见它那一双橙黄的脚；苍鹭并不以色泽的单调而逊色，它那一身灰又浮着浅蓝浮着银灰。在草洼里，我曾在杂沓的苇丛里追上一只“小桃核”，这小柳莺大概是洼里最小的鸟了。它在我轻轻握住它的手心里没有挣扎，灰白的肚腹，橄榄色的羽毛，尾上抹一层红褐，眼眉极像画笔描上的一道柔白。当从我伸开的手里飞去时，也只是轻轻一跳钻进了苇丛。

人类从洪荒时期就开始欣赏鸟羽的美丽，部落的首领们把美羽插在头冠上，作为美丽和威严的装饰。因了鸟羽的美，华夏的祖先们集所有鸟之美为一身创造了凤、鸾，凤、鸾是神鸟的化身。最早的凤凰图绘制在七千四百年前湖南高庙遗址的陶瓷上。凤是百鸟之王，雄为凤、雌为凰，亦统称为凤。凤有雄鸡的红冠和金爪、雉的长尾和五彩美羽。《诗经》中有“凤凰于飞，翙翙其羽”“凤凰秋秋，其翼若干，其声若箫。有凤有凰，乐帝之心”。古人对凤凰的赞美可见一斑。凤凰之美，在于祥瑞，又借喻帝王。凤凰的美用于民间广而大之，形容小眼角向上的美目称凤目，丽人的头饰称凤冠，文辞美妙称作凤采，美好情侣称凤侣，连植物都有凤尾竹、凤眼莲、凤尾蕨，鱼中还有凤尾鱼。鸾与凤凰是一类，其状如翟而五彩文，见之则天下安宁。其与凤凰不同之处，则多与神仙相伴。

“聿采毛之英丽兮，有五色之名翚”“羽族函奇、镂羽凝香”，自古文人笔下多少绚烂的词汇均难以书写鸟的美，画家也对鸟的奇彩穷尽世间颜料而难以描绘。鸟羽的色彩来自天然，人工的造作自然有极限。人类的创造在造物主面前理应自愧不如。

鸟的艳丽是生殖繁衍的需要，雄鸟的美能够吸引雌鸟的情欲。如花的艳丽会引来更多的蜂蝶为之授粉。百鸟披挂一身的秀色并不在乎人类的青睐，它们自有它们生存的法则和审美价值。人站在欣赏的角度来审视鸟的美丽，出于人类自我的需要。何时这种浅薄的意识能变得更加厚重？

秋日的阳光无力地横穿过树林，林间土路上金沙闪烁。又见两只戴胜一前一后迎在路中，为它们的俏皮感到一种愉悦，它们又是否在审视我脸上的善意？“泼泼、泼泼”，短促的声音混杂在树叶、苇叶的沙沙声中是那么微弱。

有鸟慧德

洼边那条河折了几折又向东南，沿路流过浓密的槐树林。因很少有人走过，河沿两侧的芦苇长得能遮住偶然闯过的牛群、羊队。秋日的雨慷慨地泼洒过后，芦苇常常被河水亲密地拥抱，留下那碧绿的摇曳的苇梢。

一天，有个洼里人发现河边有两只大鹅，荒野里肯定不是家养。其中一只静止不动，脖颈扎在水中，身子侧歪，没有一点游动的迹象。另一只则在旁边游来游去，黄色的喙，唯有尖上像蘸了些墨，脖颈很长，与身子组成一个好看的“S”形。洼里人明白了，这是一对天鹅，那只没有动静的显然已经死去。他想象着这只带伤的天鹅从遥远的地方飞来，突然坠落在河边。一连几天，洼里人都要到河边打草，看那只天鹅在水草边游来游去，草丛里那片洁白还是那么耀眼。三天过后，一场大雨把死去的天鹅荡在了岸边，另一只天鹅还在水草边游来游去。洼里人捞起那死去的天鹅，天鹅的眼合得紧紧地，羽毛还是那么洁白。他在河边挖了一个小坑，割了一大把洁净的翠色芦叶尖盖上天鹅，像盖上了一片白亮的雪。另一只天鹅从水里飞起来，从树丛边芦苇摇动的一个小小土堆上空飞过，须臾间又飞回。傍晚，天幕渐渐昏暗，它向大草洼深处飞去，带走一串“呵……呵……”的鸣叫。

像天鹅一样对爱情忠贞的鸟很多，典型的还有形影不离的鸳鸯。在大草洼里，乘小排子缓缓扎进苇荡深处的水泊，可偷偷地窥视鸟中情侣的幽会。雄鸳鸯头羽如雄鸡般金黄，只是没有高突的威武的红冠，修长的眼周配有修长的白羽，尾背腹羽是深褐色，三只结实宽大的长羽呈褐、黄和青灰色，肩部下垂羽毛的白痕犹如两道绶带。而雌鸳鸯却像只灰头灰脸的花脸鸭，只是眼周修长的白痕有些妩媚，像用画笔精心描过。雄鸳鸯至死不会抛弃长相平淡的雌鸟。难怪古诗人皮日休以“翠浪万回同过影，玉沙千处共栖痕”赞美鸳鸯。因有鸳鸯，古人还创造出“比翼鸟”来表达对爱情忠贞不贰。此鸟本分为双，各一翼一目，一青一赤，相得乃飞，翻能合翮。比翼鸟长相如凫，鸳鸯也是凫族，看来古人的创造仍然未能脱离鸳鸯的原型，只是比翼鸟双体各一翼，合则能飞，甚奇。

洼里的鸟来了又去，去了又来，它们沿着固定的路线飞临祖辈生息的故土，终于发现这片故地越来越小，那些自喻是世界主宰的人类一点点蚕食了大洼，还不断地扰乱它们宁静的家园。一个初夏，几个城里人把汽车沿土堰开进了大草洼。一个母亲、两个七八岁的孩子听见“呀呀呀”的叫声，他们循着叫声一步步扒开苇丛，在水草边，用横七竖八的草秸架起的大草窝里，居然有四只小鸭。小鸭黄黄的、茸茸的，在从没有见过的动物面前惊慌失措，瑟瑟地缩在窝里。当几只小手伸向它们时，它们本能地跳向窝外，试图跳进不远的水里。母亲和孩子轻易地追上它们，两两地捧在两个孩子手里。几只绿头鸭飞来了，在人去窝空的草丛上空飞过来飞过去，“呱呱、呱呱”的鸣叫是愤怒，还是试图唤醒人们已经麻痹的怜悯？汽车开走很远又慢慢开回，还是那个母亲捧着小纸盒，把小鸭送回了草洼里那个硕大的草窝。也许鸟的亲情无意中触动了那个母亲的亲情神经。亲情是动物的本能，在基因里已经牢牢地刻印下。人们厌烦的乌鸦却是最具亲情的代表，古人讲“夫乌之为瑞久矣，以其反哺识养，故为吉鸟”，鸟有老的时候，乌鸦却能反哺，怎不得古人尊重呢？

鸟又是忠诚的动物。鸽子自从被人类驯养后就成了人类忠实的朋友，它们有飞行能力，最早的贡献是在战火纷飞的环境里传送军事情报。在和平年代，鸽子又成为人们放飞竞赛的工具和宠物，被迫飞行的距离有几百里、上千里，甚至几千里之遥。而鸽子似乎甘愿做这种工具和宠物，忠诚地去博得人们的欢心，哪怕迷失方向飞入歧途，甚或在饥饿和劳累中由天空中栽下。

鸟又是执着坚贞的动物。洼里的麻雀是执着的，它们年复一年、日复一日，坚守着那个屋檐，坚守着那片草洼。无论是寒风透过薄瓦、激雨浇湿羽毛，还是大雪覆盖百里草洼、炎阳烤干每一方泥坑，它们都寸土不离地厮守。洼里的大雁是执着的，它们寒暑易节，冬去春来，背天俯地，在天与地之间穿行万里，为的是回到这一片世世代代生生不息让它们眷恋着的家园。虽然它们的队伍在日月轮回里越来越小，但它们心中的磁针却总是指向这里。传说炎帝的女儿叫娃，去东海游泳时溺水而死，化作精卫鸟，常衔来西山树枝和石块填东海，深信大海总会有被她填满的那一天。精卫不就是执着坚贞的化身？人类有关鸟的神话是如此的凄美。

人是善于模仿自然的动物，因模仿鸟的飞翔而发明了滑翔、制造了飞机，能够在几层天中自由自在地穿行。但人们却没有学会鸟儿的优良品德。人的爱情多有虚假，在卿卿我我中突然另有新欢、反目为仇。不能“在天愿做比翼鸟”，只能“风雨一来各自飞”；人的亲情又多做作，大难临头之时，或为一己之利，就会抛妻弃子、六亲不认，如刘备战场上扔掉糜夫人和儿子、霸王无奈使虞姬自刎；人的诚信常常失落，有唯利是图、为富不仁者，更有奸诈失信、假货盈市者，因诚信失落，以致腐败猖行、人欲横流；人的执着也常移位，有遇难而萎、逢险而退者，也有谋事多变、意志不坚者，以致畏首畏尾、大业难成。人类的自尊自大迟早会使他们丢弃掉鸟儿这一良师益友。

又是一个早春，浩茫的大草洼里已钻出芦苇的嫩尖，一群小天鹅由海滩边盘旋着飞来，像一片浮动的白云，更像一条飘荡的哈达。它们迟疑地飘动着，良久，终于降落在水泊里，算起来上年也正是这个日子。

泄泄雉飞

芦花绽放的时候，银装素裹的大洼格外凉爽。草丛里蛐蛐降低了清唱的声调，“嚁嚁嚁嚁、嚁嚁……”，长吟短唱，富有节奏感，显示出它们的音乐天才。狗尾草一丛丛静默着，谦恭地和着蛐蛐们的节奏摇曳，极力上扬的叶感受着秋风的平和。

环颈雉也称雉鸡，显得极有修养，三五成群地在土路上或走或停，轻轻地啄食一片野菜叶、一只青虫、一个蜘蛛。有一男一女唱着歌沿路走来，雉群顺路向前疾走，“咯咯、咯咯”，表露出不满，在不远处停下向后观望动向。男女欢快地手指着它们追来，风愤愤地将女子的裙子扬起，女子才喘息着放慢脚步。雉群倏然不见，已敏捷地隐身在芦花中。

环颈雉最留恋的是春阳下的大洼。四月的清晨，在苇莺肆无忌惮的调情声里，在麻雀群来群去叽叽喳喳的争吵声里，细听有“咯咯咯咯……咯咯咯咯”的鸣叫，像家鸡，但不如家鸡嗓音洪亮，更掺了些洼里的水湿。一条荒芜的边沟上，三只褐羽素颜不言不语的雌雉低头啄着新发的嫩草、刨食残留的草籽，对旁边两只雄雉的争斗置若罔闻。两雄雉争得面红耳赤，嘴啄爪蹬，上下翻飞，在“咯咯、咯咯”的恐吓声里，各自炫耀着一身的华彩。忽地，一只脸上被啄出了血点，颈羽也被揪掉了一些，仓皇钻进草丛。另一只也不恋战，昂首挺胸向雌雉走去。

阳光照得洼水暖暖的，出水的苇摇着翠叶。雄雉围着一只安详的雌雉转走，忽地加快。右翅拖地左翅上仰，长尾翘起，冠羽上竖，如家鸡垂翅扑扑旋于母鸡旁的献媚，苍天作证湖水映影，任它们倾泻着无拘无束的情愫。

雄雉的炫耀并不为过，栗红的上背、灰绿色下背又描绘着黄黑的波浪横斑，腰上闪出蓝灰。飞起时，展开那斑斓的飞羽，黄灰的长尾修长而飘逸，上有黑、栗横斑交错。胸部的紫铜色点缀得黑斑熠熠闪光，腹羽又由黑转到棕色。雄雉最注重头部的打扮，蓝绿闪光的额，白色突显的眉纹，眼周羞赧的绯红，眉下眼下秀出蓝黑短羽，更像绅士的风采。颈上绕一道光亮的泛出绿光的黑色横带，下套一圈前宽后窄的白环。雄雉的精彩是由造物主用十余种色彩精心调抹出的，很少再有这样多彩的飞禽。凤凰虽美，只是古人冥思苦想拼凑描绘出的瑞鸟。

古人对雉鸡情有独钟，用这自然间美艳的禽鸟表达征夫怨妇的相思情怀。“雄雉于飞，泄泄其羽。我之怀矣，自诒伊阻。雄雉于飞，下上其音。展矣君子，实劳我心。”那“瞻彼日月，悠悠我思”的思恋感染着两千年来多少怨女痴男！

雉鸡以亚欧美等大陆诸多国家作为栖身的家园，它们温和善良，无力像候鸟一样高飞远行，只能艰辛地固守在险情四伏的土地上，躲避着人类和动物残忍的杀戮，以旺盛的繁殖力抵消着物种灭亡的危机。

深秋漆黑的夜幕下，皮卡车上聚光灯射出贼亮的寒光，秋收后空旷的田野里草兔袒露无遗，细狗如箭跳出车厢扑倒惊慌失措的灰兔。荒草中的雉群被惊醒，无目的地飞离地面，细狗轻巧地腾起腰身咬住长尾的雄雉。洼里的小路上，一只只雉鸡倒毙在草丛边，露出绚丽的长尾。守洼人心痛地抱起来，咒骂着撒毒的黑心人。一只雄雉被制成了标本，站立在博物馆的玻璃箱里，神采奕奕地看着人们。

酷夏，水泊边，一雌一雄两只环颈雉左右走动着，十几只毛茸茸的小雉鸡紧跟在身前身后。这里只有它们嘤嘤的鸣叫，坡上的芦苇已高过人头。

海鸥戏水

古人在故事中说，遥远的海边，一个喜欢海鸥的人，每天迎着海上初升的太阳和一群群海鸥嬉戏，鸟儿在他身边飞舞，人鸟成了好朋友。其父知道后，就让他捉几只来赏玩。他听从父亲大人的话，第二天早早来到海边，等候着鸟儿，但鸟儿却离他远远地，只在高空盘旋，没有一只再来贴近他了。诚心得友谊，弃义失友朋。此事被人写进战国时的《列子》，成为两千多年来启智的典籍。

海鸥，不仅是追求自由的飞禽，还是飞舞的能手。在渤海湾边，由早春至初冬，由冰凌初解到冰甲方凝时，都能见到它们的身影，在人们心目中，它们总是在不停歇地飞行，少有停在水面。看似杂乱的队形，飞速运动之间，却从不会相撞。它们或轻盈地滑翔，或瞬间直上飞升，又陡折向左或向右。一群在盐汪子上穿行的上百只海鸥，穿插、横过、上行、下降，穿行、翻转、跟进、斜飞，自会让人无法探寻那飞行的诀窍，眼花缭乱间无法凝视其中的一只。鸥鸟最为自豪与精彩处，是它们俯冲的绝技。那鸟儿在空中，以斜向或几乎垂直的角度冲向水面，在人们欣赏那溅飞的水花时，又以迅雷不及掩耳之势一个猛然的折弯已到空中，喙上紧叼着的鱼虾自是它的美味收获。

春深，海鸥会结伴飞到临海的大苇洼里，碧绿的水草里初生的鱼儿、虾儿懵懂地在水泊里游弋。鸥群里的海鸥，无尘般的洁白，唯背肩和覆羽是石板灰色、飞羽银灰。嘴、脚是调和的黄绿。时常会见到红嘴鸥，嘴与脚的红色是其鲜明标志，头颈部的打扮也很别致，夏季为咖啡色和浅灰，冬季则变成白色。老洼民们说，过去常有黑嘴鸥飞临，那黑色的头和嘴，那环眼眶半圆的星月白斑楚楚动人。赞美海鸥的诗人甚众，但还是杜甫观察得到位："江浦寒鸥戏，无他亦自饶。却思翻玉羽，随意点春苗。雪暗还须浴，风生一任飘。几群沧海上，清影日萧萧。"简捷几笔，已尽显海鸥风姿。

一队银鸥不知何时也落在盐田汪子和苇洼交界的渠岸，硕大的体型显出肥壮，银灰色的背和翼，黄色的尖嘴下还点上了红斑，在黄蓿丛丛的堰顶排成蔚为壮观的一行。虾池如一块块明镜镶嵌在海滩，海鸥喜欢光顾这些水面。增氧机搅动着池水，泛起丛丛花朵，海鸥的影子在水面游荡。渔民们吼叫着驱赶，这些讨厌的"鱼鹰子"是他们轰不走的鸟儿。他们怎会不知，这里是海鸥们昔日的家园。夏日大洼的芦草台地是海鸥们孵化的伊甸园，小生命们在这里一代代出生、长大，从这里飞向大海，飞向更远的海滩。它们和父辈一起追逐着海浪，在浪花上表演精彩的舞姿，哪里有它们，哪里就是生机勃勃的世界。

初秋一场雨后，东北风骤起，大苇洼北郊近海的拐角处，成了鸟儿聚会的水域，那是高堰下避风的草湾：深水里嘤嘤的鸭群、雁群，浅水处高挑静立的白鹭群，还有堤上顶风列队的鹬群。鸥群飞来了，仍然没有停息的意思，搅动了水湾里鸟群安闲的氛围。一时大洼里躁动起来，群鸟飞起，白的、黑的、灰麻的、银灰的、褐黄的，遮蔽了苇洼上大片天空。

雨后的河水在扬水站闸口卷起雪色的浪，鸥群不失时机地闻着水中的草腥飞来，尽情旋舞着，尖厉地欢叫着，一场盛宴撩拨着它们的食欲。白鹭飞来了，毫无声响地在水边静候；苍鹭也来了，躲在苇边呆呆地盯着眼前的水面出神；几只小鸊鷉游来了，在水里潜下潜上，从苇中钻进钻出。水族们尽其所能描绘出一个灵动的大洼。

戴胜炫彩

先秦的《山海经》记载了女神西王母的形象，说她“豹尾虎齿而善啸，蓬发戴胜”，所戴之“胜”即是这个神通广大的老太太的头饰。“胜”也称“华胜”“花胜”，古代巧女制成花草样插于髻上或缀于额前，在正月初七“人日”时，女子们即剪彩布为“华胜”戴在头上为美。人类是富有联想的，当看到山林中的这种头上有羽冠招人喜欢的鸟儿时，就给它们命名为“戴胜”了。

戴胜鸟是不负这美称的，它的羽冠张开时，如一把棕红或沙粉红的折扇，扇边还镶点着黑白斑点。淡棕的颈，灰棕的上肩背，从后面看，鸟儿下背就如罩上一件黑白横斑的大披肩。鸟儿是喜欢展开飞羽炫彩的，那最简单的黑白色彩画出的道道横斑使它自信不已，白腹并不单调，也描抹上了褐色纵纹，细长下弯的黑色长喙也饶有风度。

处暑末，夜雨后的大洼格外洁净，小风轻拂着一洼淡紫的苇穗，清新的空气已有了一些凉意。洼堤上，榆槐恣意伸长的枝叶在上空交叉，阳光透下时已被绿叶滤得柔弱了许多。路边草地上，三只戴胜一步步在行走，边走边点头，像在商议着洼里的事。看似高视阔步，但湿漉漉的草根下一条棕红的蚯蚓、一只草绿的螳螂并没能躲过它们的眼睛，长喙啄去，猎物已夹在喙上做起了无用的挣扎。人来，它们并不惊慌失措，只是越来越近，达到它们心中划定的界限时才不情愿地飞起。它们缓缓贴着地面一上一下作波浪状飞，展开那华丽的翅膀，有意让人们投去惊愕的目光。“咕咕咕、咕咕咕……”，三音一节的鸣叫声里，它们飞上自认为安全的树丫。

戴胜把最美丽的风姿展示给自然，但在背后却是种又脏又臭的鸟儿。在林间那些粗大的树上，一些洞穴便是戴胜的巢。春天里，在土路上偶尔会见到争打不休的两只雄鸟，它们扑打着，死缠硬拼，美羽被抓落，直到有一只沮丧而去。在一旁若无其事观战的雌鸟自然会把胜利者作为心上郎君。雌鸟在窝中寸步不离地孵化后代，雄鸟四处觅食，雌鸟只需伸起脖子就能吃到送来之食。小鸟出巢后，也是雌雄鸟最快乐的日子，它们轮番捉来虫子喂雏，那些辛劳已被兴奋消抵无寻。

鸟儿把粪便尽情地倾泻在窝里，雌鸟还把尾部特臭的黏液排在里面，母子们在臭气熏熏里乐得其所、安之若素。这正是鸟儿智慧的体现，它们以最肮脏的气味使那些狠毒的天敌闻而却步，不愿惹得一身臭，屏息逃离。戴胜宁可得到“臭姑姑”“胡哼哼”“山和尚”的俗名，使它们的宝贝们安然无恙。唐代诗人贾岛见到戴胜鸟，兴奋异常，欣然写下“星点花冠道士衣，紫阳宫女化身飞。能传上界春消息，若到蓬山莫放归”。王建则盛赞鸟儿知时，与贾岛一唱一和：“紫冠采采褐羽斑，衔得蜻蜓飞过屋。可怜白鹭满绿池，不如戴胜知天时。”

中国在新千年时看中了戴胜鸟，发行金银纪念币。正面，一只戴胜踏玉兰花枝向左回望，寓意“千年伊始，戴胜如意”。无独有偶，八年后，戴胜的美丽和繁育的尽责，深得以色列人的爱戴，他们将戴胜鸟选为国鸟，这成为戴胜鸟最荣耀的大事。翌年，以色列发行金银纪念币纪念独立 61 周年，即以戴胜等珍禽为图案。东西方两个友好的国度对戴胜鸟的认可达成共识。

秋渐浓，洼里早开的芦花匆匆抢先飘扬起花絮，引得满洼的芦穗都想在一夜间怒放。那些洼间幽静的土路上、堤堰的浅草里，有戴胜在从从容容地走、起起伏伏地飞，比起春日，戴胜显然又多了许多。

鹡鸰飞飞

鹡鸰天生是极易引起人们注意的鸟儿。在大洼旁的一条水渠边，春日和暖的风已经染绿了渠上的杨柳，那柳丝优雅地轻扬，在静止的渠水里映照出清晰的灵动。水线与石坡交汇的地方，一只白鹡鸰在轻快地行走。那是一溜儿地走动，看不清它迈动的步伐，它每一步落地的时间极短，感觉像古装戏台上那速速碎步的青衣。石板间的缝隙里已经长出了嫩绿的野菜，在它的眼里均可忽略不计，它略偏向水边的头或许正在注视着爬动的小虫。直到人临近，它倏然飞起，贴着堤岸转瞬间已飞去渠岸的远处。

大洼里的鹡鸰并不常见，它小巧清瘦的身姿让人顿生怜惜之心。它的家族在欧亚大陆和非洲繁衍，在中国就有白鹡鸰、灰鹡鸰、黄鹡鸰等多种。对于白鹡鸰，造物主虽然吝啬地只用黑白两色打扮它，却也是精美相宜：上体是灰色，下体则白净如雪，两翼和尾部是黑白相间，嘴、脚和眼是一水儿的黑。

水边的鹡鸰转眼间成了两只，它们巡视式溜行水岸，边走边鸣，忽地又飞起贴着草尖一前一后、起起伏伏，把身下的气流幻化成波浪。它们停在一片泥地边，这里初生的芦苇已伸展出几片柔美的苇叶。鹡鸰的长尾随头部的点头一上一下地摆动，悠然自得又警觉灵动。汉代毛亨称这种鸟“飞则鸣，行则摇”，确是再形象不过。洼里人给它们起了点水雀、白颤儿的名字，确也恰当。唐玄宗李隆基是个典型的鸟儿观察家，曾写过一篇《鹡鸰颂》，观察云集的鸟儿，抒兄弟情怀：“秋九月辛酉，有鹡鸰千数，栖集於麟德之庭树，竟旬焉。飞鸣行摇，得在原之趣，昆季相乐，纵目而观者久之，逼之不惧，翔集自若。”如今已难见千只聚集的鹡鸰群。

其实早在春秋时，周人观察鹡鸰这种鸟就很细心。那时这种鸟非常多，它们群体意识很强，其中一只离群，其他的鸟儿都会鸣叫着去寻找。兄弟情是人类最珍贵的情义之一，于是由鸟及人、由鸟寄情，便有了《诗经·棠棣》篇。周人在兄弟聚宴时以鸟喻人，团结一心、群情激奋的场景十分感人。诗曰：“脊令在原，兄弟急难。每有良朋，况也永叹。兄弟阋于墙，外御其务。每有良朋，烝也无戎……”此后，由《诗经》起，后代诗人便多以鹡鸰喻兄弟了。孟浩然有“俱怀鸿鹄志，昔有鹡鸰心”。韩愈亦有“囧囧抱瑚琏，飞飞联鹡鸰”。杜甫诗以鹡鸰抒情较多，和朋友唱和时多用鹡鸰表达兄弟情谊：“鸿雁影来连峡内，鹡鸰飞急到沙头”“草黄骐骥病，沙晚鹡鸰寒”。

人与鸟的情谊虽然只是人类的一厢情愿，但人类丰富的情感给这种鸟赋予了人文的精神，确也应该。

鸟儿的叫声“叽里、叽里、叽里……”，含铜质般，急切而紧促、尖厉而清晰，此鸟名“鹡鸰”或由鸟音而来。人们将那些鸟音婉转、羽毛艳丽的鸟儿擒之驯养，作闲情逸致的享乐；或将能学人语的鸟儿捉于笼中，修舌训练，逼之就范，取悦于人，如画眉、鹦鹉、八哥。鹡鸰其色不艳丽，其音亦不婉转，大多逃过人们捕捉的视野，也实属大幸。

春日的大洼，日复一日，绿色由淡黄到浓绿。在大洼的南岸，几只鹡鸰在疾疾轻捷地行走，泥地上留下一串串细密的脚印，直直弯弯，隐隐约约，直到芦苇密集的阻隔处。“叽里、叽里……”，那一声声清脆的鸣叫被苇叶的沙沙声瞬间淹没。

地鹬华彩

春来，清新的气味在翠色的苇荡弥漫。有些凉意的洼里，鸟儿的喧闹经绿苇过滤后更加清脆。地鹬，也称大鸨，不知何时飞来落在洼边的麦田边，洼里人已经很多年没有看见七八只这种鸟一起飞来了。人还是吝啬的，不愿麦苗被鸟儿揪吃。当人凑近鸟群时，鸟儿快速地在麦地里抬起头大步助跑，双翅奋力扇动起飞，向着更远的麦田和树丛飞去。雄鸨的身子在鸟族中最为沉重，肥硕者可达三十斤，但一旦行空则飞翔自如。展开那宽大而半圆的翅膀，左右各有一根羽毛伸出浮动在健羽上，羽上的白斑炫出亮彩，白尾飘飘，羽声噱噱。地鹬群虽飞离，仍然避不开人们那贪恋的目光。

鸟群停落在荒草地上。那唯一的雄鸟，在雌鸟心目中是最帅气的王子，它灰色的头、灰中掺了蓝的前颈直下前胸连接下部的栗棕和白色，身上还有一道道黑色的斑纹，杂有虫咬样的细横斑，嘴角、喉部向两侧伸出白色须状羽毛，硬朗地挺直，又增添几分的威猛。看起来比它体型小得多的雌鸟很是温顺，表现出羞怯的安静。

刺猬从一堆腐烂的玉米秸秆中钻出来，鼻子嗅着地面，半睁半闭惺忪的眼，从一只地鹬身边爬过。地鹬不能容忍地低下头紧紧地盯着这位不速之客，弓起背来尾巴像开屏的孔雀张开，两腿下蹲，双翅略张蓬松成更大的个体，“哈——哈——”，它喉咙里发出的声音分明是在威吓。刺猬不和这大鸟计较，转身退走，其实它有一身戎装，是无所畏惧的。

古代传说中，这种鸟群飞群落，总是七十只为群，于是给它们命名时就以七十加在鸟前，称作鸨。古人用人类的道德观念来衡量这种艳丽的大鸟，一些老夫子们观察后认为大鸨是百鸟之妻，“为众鸟所淫，相传老娼呼鸨出于此”实属荒唐臆断。其实，大鸨遵循的是“母系社会”原则，雌雄平时分群而居，雌雄比例悬殊，二十五只雌鸟中仅有一只雄鸟。繁殖期，雄鸟在雌鸟群中只是短暂地住一段，交配后忘却恩爱离开雌鸟群另寻新欢，实属鸟中“花花公子”。此后，雌鸟独自孵育幼雏，独当惊扰，历尽辛苦，背着“淫鸟”的污名实在冤枉。

古来，人们一边向地鹬美丽的羽毛上泼污水，一边垂涎其肉。说起飞禽，洼里人眉飞色舞惺惺地说“天鹅地鹬鹞鸬子肉，最香不过”，那洼里美味让他们垂涎三尺、梦里磨牙。昔日的大洼，常有大排枪的轰鸣，天鹅折羽、地鹬断喙、鸬鹞裂腹。所幸那些鸟的梦魇已经远去，但地鹬这一大型飞禽在中国已不足五百只。

一个明媚的春日，十几只地鹬在和风里飞走了，一片返青的麦田里两只雌鸟倒在地上，无力随大队鸟儿起飞。一个洼里人抱起它们，用草筐把它们送到林业部门。人们腾出一间仓库做它们临时的家，买来菜叶，打来清水。两只鸟费力地站起来又卧下，勉强地抬起头，闪亮着感恩的眼神。几天后，它们还是没能站起来，双双倒在地板上，嘴角流着白色的涎液，剧毒的农药已侵入它们的脏腑。

又一度春风，洼里的朋友打来电话，七八只地鹬落在西洼的麦地。我骑车前往去看那些久违的鸟儿，耳边仿佛有个两千多年前的古人在吟诵着相随：“肃肃鸨羽，集于苞栩……肃肃鸨行，集于苞桑……”或许，那些鸟儿在树丛中、在田野里正扇动翅膀，肃肃有声。

天鹅凌空

草洼上空的暖气流托着它们看似笨重的身子，那一副副阔翼轻盈地伸展。当墨黑的两脚贴上水面时，瞬间的凉意带着温馨传遍全身。毕竟这片大洼是它们世代的驿站，鹅群分散，溅起的水花像珍珠般撒落。与其说水上是天鹅向配偶炫美的地方，毋宁说是它们向自然展示美丽的院落。洁白的身子浮在水面是一个温和的椭圆，弯曲的脖颈构成一个动人的弧线。褐色的眼，半黑半黄的嘴，都是洁白精灵头部的装饰。水珠由稍小的天鹅颈后滚落，它们是第一次随父母亲飞向北方的故乡。

大自然中的天鹅，唯大天鹅体型最大，展翼可达一点五米，羽毛如冰雪之白净，如乳玉之清润。细心者发现，它们与小天鹅的区别在于体型大小，还有那嘴上的黑与黄。前者黄多黑少，黄色由嘴基延至鼻孔下，后者的黄仅在嘴基两侧，嘴端均为黑色。但黄与黑在全身白的主色调中已被忽略。

南排河，一道浅浅的银亮直通海湾，南岸尚有积雪在春风里默默地消融。清晨，几个洼里人惊喜地看见河中心那十几只天鹅，它们安静地游动，寻觅着水中小得可怜的鱼虾。几日的长途飞翔，使它们已无力腾空。洼里人远远地在相机里留下它们的倩影美姿。两个背着布包的男子将摩托停在杨树林，扶着树干悄声走来。脚下枯黄的芦苇、干燥的树叶惨然断裂，他们眼中透出阴郁的凶光。洼里人知道，这段河道是盗猎者时常光顾的地方。古人曾垂涎天鹅的肉，用系长丝绳的箭射杀它们。连向奕秋学弈的也不安心，“一心以为有鸿鹄将至，思缘弓缴而射之”。民间有言“癞蛤蟆想吃天鹅肉”，奇丑的癞蛤蟆也异想天开地动起了贪婪心思。现代的盗猎者手段翻新，更心怀鬼胎会伺机下手。一连几天，洼里人顶着晨星而来，望着朗月回家，直到看着天鹅群向北飞去了大洼。

天鹅是大洼里早春的先至者，修长的脖颈时而钻入水中寻觅，时而露出水面，一副高雅的神态。那一对对的是恩爱的天鹅夫妻，情爱胜过人类，像鸳鸯、大雁、丹顶鹤等飞禽一样，终身相守，至死不渝。它们在水中缠绵，梳羽修翎，交颈摩挲。在亲吻瞬间，组合成一个“心”的形状，竟成经典的美图。水中翩翩起舞，为爱情而舞，为自然感恩。说它们是纯真、善良与高贵的化身，实不为过。俄罗斯柴可夫斯基的芭蕾舞剧《天鹅湖》描写了王子与天鹅的爱情，他们以爱情与正义战胜邪恶，艺术的魅力感动着善良和正直的人们。

古称天鹅为鹄、鸿鹄等，因其美，两千多年前《诗经》即用“白鸟洁白肥泽”为之赞；因其高翔，屈原即以“黄鹄之一举兮，知山川之纡曲；再举兮，睹天地之圜方”来讴歌。更如“双翮凌长风，须臾万里逝”“拔弦警火凤，交扇拂天鹅”，赞美甚多。天鹅能飞昆仑、越珠峰，让人仰首惊叹。天鹅的凌空远飞，多少有识之士望之胸怀激荡，以“举头向苍天，安得骑鸿鹄”“燕雀安知鸿鹄之志”“壮志吞鸿鹄”等寄托其高远情操与英雄气度。汉刘邦也曾吟唱“鸿鹄高飞，一举千里。羽翮已就，横绝四海……”，气势不凡，豪情万丈。

春天的大洼，浩浩荡荡，天鹅游动，为阔野点缀出一年中最早的精彩。天鹅每年常落的水域，洼里人称作天鹅湖，鹅群在这里安详地游弋。几日后的清晨，一只健壮的天鹅一次比一次有力地扑打起翅膀，由水面斜斜起飞。它的身后两侧是紧随的鹅群，如行空的白云，向着北方的蓝天，高昂的鸣叫在大洼渐渐消散。

骁勇金雕

那只金雕从大纸盒打开的一刹那，心情豁然开朗。阳光暖融融地扑面而来，苇地上芦苇青青，每一支展开了三四片叶，每一片叶是由春风染绿还是春雨洗绿，它不想去思忖。坡堰前湖水蓝盈盈的，散发着草的清香和雨后的清幽。水的波纹无休止地变幻着，或是重复着前一瞬间凝视过的影像。它向倾斜的纸盒外走出几步，扫视周边探身望过来的一张张笑脸、一双双带着善意的眸子，本能地振了几下翅，一下比一下有力，伤处已感觉不出疼痛，迎着暖意的风腾起。它展开那黑褐色杂以灰褐斑纹的羽翅，头颈后引以为豪的柳叶状羽毛向后蓬松开，在阳光下发出一丛耀眼的金黄，前颈部、尾部的白羽十分醒目。它在水面的投影移动着，渐渐变小。它在风温情的举托里越升越高。

雕与鹰同科，在鸟族中是最为凶猛的飞禽。在雕的家族中，还有海雕、鱼雕、蛇雕、林雕、白肩雕、鹰雕等。它们共同的特点是嗜杀成性，威风无比。

金雕身下的大洼是它熟悉的水泽，虽然每年只是随意地飞到这里待一段时间，但这里满洼的芦苇、水中的游鱼、洼边环绕的林带，仍让它记忆犹新。当飞行到大洼的中心地带时，它习惯性地停止扇动，让双翅展开两米多的距离，飞羽向上扬起和身子组成一个大型的“V”字。它左膀的肌肉带动羽翅轻盈下压，尾羽略一倾侧，身子飘浮着大环旋转。突然，它凝视大地的双目像电光投向百米下的台地，那里几只斑斓的雉鸡飞起。金雕像一支天神射下的利箭，呼啸着射向雉鸡群。喜欢在春阳里领头翩飞的雄雉未及将心里的歌唱出喉，金雕左爪的利刃已刺穿它的脑部，剩下的几只仓皇地钻进新陈相杂的苇丛。瞬间，金雕和爪下的雉鸡已腾空远去，雉鸡美丽的长尾在空中飘动。

在中华大地上，雕是常见的禽鸟，见惯了雕之威猛、雕之肃杀的文人写下不少诗文赞颂它。“万里寒空只一日，金眸玉爪不凡材”“爪毛吻血百鸟逝，独立四顾时激昂”，雕翅疾如风，爪利如锥，云披雾裂，霹雳掣电。更有“天马追风齐八骏，彤弓弦月落双雕”，大气非凡。古武士崇尚雕之骁悍，塞外以射雕为乐。“回看射雕处，千里暮云平”“落日思轻骑，高天忆射雕”“一代天骄，成吉思汗，只识弯弓射大雕”，烈烈豪气，激越山河。可以想见，大漠之处，金雕盘旋，勇士弯弓搭箭，利箭飞鸣，血溅长空，大雕惨然落地。

因了雕的凶残，元人陶宗仪用寓言《雕传》讽世。从前黄帝、少昊时期，凤凰被任命为禽鸟之首。雕凶猛而矫健，贪婪而狡猾。鹰、鹯、鸢、隼、鹞、鹘、鸟戎、鹗等助雕为虐，残杀众禽，禽类逃散。凤凰被雕谗言迷惑，命爽鸠氏治众禽之罪。雕和爽鸠内外勾结，禽类遭殃。后凤凰醒悟，向天帝请奏。天帝命天下不留雕，派虞人用弓箭大网擒雕碎尸万段。此文影射帝王放纵贪官的恶果，期盼政坛清廉、长治久安。雕作为一种飞禽，被人的好恶贬斥实为冤枉。

在新疆西白杨沟的草原上，一只大雕安静地伏身在木栏上，两爪抓住木框，腿脚上厚厚的羽毛遮盖了腿脚，头上眼罩前青光闪亮的嘴向下弯钩着。人们可近距离观看，但那威风凛凛的姿态令人生畏，绝不敢贸然触摸。千百年来，哈萨克人、蒙古族人驯养金雕捕猎、看护羊群，金雕是他们生存的好伙伴。村里，一场鹰舞正在表演，两只由人装扮的大鹰跳跃着、飞翔着、打斗着，大雕正是哈萨克人的图腾和不可或缺的成员。

晚秋，天高云淡时，我常去大洼，很想再见到那剽疾雄健的大雕。时有一二只大鸶、苍鹰或隼飞起，再没有金雕那凌空翱翔、俯瞰大地的身影。

恋恋鸳鸯

当大雁迎着仍有寒意的春风来到大洼时，野鸭群也相跟着落在大洼。眼尖的看洼人发现鸭群里还掺杂着一小群漂亮的水鸟，头戴着毡窝帽的老汉向后摆摆手，示意身后头上满是苇毛的后生不要出声。他们隐在一棵荆条树下，向洼里看去，后生眼神炯炯舍不得再眨一眨。

那鸟着实太美了。年年看惯洼里的鸟，那雁过于灰麻没有一点亮彩，天鹅又是一味呆板的白，偶尔群飞而过的老鸦是令人生厌的焦黑，落如群蚁的鹬则是一色的土灰。唯有这群鸟，让人顿生几多欣喜。后生问：这是啥？老汉两眼不离鸟说：傻小子，鸳鸯，是鸳鸯。

雄性鸳鸯俊美异常，翠绿和赤铜色华丽的冠羽，金色颈，暗红扁嘴，精心描绘般的白眉纹在眼后，翅上一对栗黄的帆状羽向上立着，更像飞机尾翼。棕栗的颊，暗褐的背腰，飞羽褐褐，羽端有绿有白。胸侧绒黑，两条白带格外醒目。色彩斑斓，熠熠生辉。洼里人见过丽彩的中华秋沙鸭、花荣俊气的大鸨，但它们在鸳鸯面前也都相形见绌。雄鸳鸯身旁游动的雌鸳鸯，虽是一副灰褐淡妆的面目，但白色眼圈楚楚动人，胸胁上点缀着密密的淡斑，显示出公主般的高雅和静美。

鸳鸯们与野鸭平和相处，不时扎入水中追逐鱼儿小虾，在苇叶上寻觅三五成群的蜘蛛，三棱草的草根常被它们拔起吞吃，好在广袤的大洼是它们祖祖辈辈来过的地方，这里水草肥美，它们骨子里并不生疏。吃饱了，它们会一对对的在苇丛里缓缓畅游，在西下的阳光里眯上眼睛，无须划动脚蹼，任其在水上漂浮，或成群站在沙堰上晾晒清洗过的羽翎。

雄鸳鸯以英姿飒爽惊人美貌赢得雌鸟的好感，它们继而成双捉对、心心相印、相濡以沫、一生厮守，感动着人类，也就自然成为人们对忠贞不渝的爱情幻梦的寄托。其实，在鸟族，许多鸟都有着雌雄相守一生的组合，像知更鸟、相思鸟、丹顶鹤、大雁，它们一旦结合即生死相伴。或许是鸳鸯之美更能引起人们的关注，它们情爱的特性更会进入人类爱情文化里。

春秋时，最早把鸳鸯写进诗里的是一个佚名的诗人，“鸳鸯于飞，毕之罗之。君子万年，福禄宜之。鸳鸯在梁，戢其左翼。君子万年，宜其遐福。……”后人释此诗意为贺婚诗，赞美男女双方才貌匹配、爱情忠贞，祝福其生活富足美满。

最早在诗中以鸳鸯比作相亲相爱夫妻的，是唐诗人卢照邻，他写出“得成比目何辞死，愿作鸳鸯不羡仙”的诗句，把情侣情深意切、超越生死的情愫表达得淋漓尽致。鸳鸯具有了人类爱情永恒的象征意义，可谓切中人们追寻爱情的共鸣心音，由此首开先河，文人竞相效仿。像“天下真成长会合，昆明池上两鸳鸯”“尽日无人看微雨，鸳鸯相对浴红衣”，有景有情。唐代诗人李益放情写下“鸳鸯绿浦上，翡翠锦屏中”“赵瑟初停凤凰柱，蜀琴欲奏鸳鸯弦”，寄情诗中。鸳鸯渐渐被赋予事物美好、和谐的多种寄托，像鸳侣、鸳盟、鸳衾、鸳鸯枕、鸳鸯剑、鸳鸯瓦等。揉入男女情爱，由鸳鸯衍生的纯真爱情传说和神话故事更是比比皆是。

大洼里，鸳鸯随着野鸭群启程北飞了，在冰雪未尽的东北、内蒙古的森林边，在长白山下的溪水旁，双双对对开始营造新一年的爱情生活。深秋，千里迢迢飞回温暖南方，在山林静谧的屏南鸳鸯溪，在美丽如画的婺源鸳鸯湖，度过它们冬日的温馨。

年复一年，春去秋来，大洼里再难见到成群的鸳鸯。秋阳夕照里，守洼老汉坐在洼堰上，昏花的眼仰望空中稀疏的雁行、形单影只的苍鹭，洼里的雾霭渐渐迷蒙了他的双眼。

第三辑　洼里黄牛

洼里黄牛

那头小牛是什么时候看懂世界的，只有它和它的母亲知道。那是个阳光明媚的早晨，太阳像一个金盘暖烘烘地悬在望不到边的大洼上空，悬在那参差不齐的苇草尖上。小牛左膝上雪白的一块和它母亲的一般，它下意识地颤动了几下腿，膝旁苇叶上挂满的露水抖落了，像十几枚小巧金亮的珍珠，霎时滑进草丛里。一两只黑蚁敏捷地爬上它那琥珀色的前蹄，又爬上满是金色绒毛的小腿，小牛感到有些痒，但并不讨厌它们。它向草丛深处跳一般地跑去，它喜欢闻那一阵阵飘荡过来的草香。它想爬上那道高高的长堤，有着一排歪歪扭扭榆槐的长堤。“哞儿”，它听到母亲的呼唤，只有它能听懂，这是在喊它。它折回来，极不情愿地回到这个有着牛驴骡马的大家庭里。哞儿听见母亲用牙撸掉草尖的声音，蓦地感到肚中有些空荡，母亲腿间那硕大的乳房在草丛中时隐时现。哞儿跳过去，用嘴含住了那只喜爱的乳头，它想用牙紧紧地咬住，但牙的萌出还要等一些天。它两只前腿跪在草上，那块美丽的白色被隐在膝下。它将温暖的乳汁含在嘴里，再一口口咽下。

一头小叫驴漫不经心地踱过来，白唇、白眼环和白肚皮十分耀眼。它看见小牛甜甜吮奶的样子，顿生几分嫉妒，用富有弹性的白唇拱了拱小牛后腿前最敏感的肌肤。哞儿停下吮吸，侧身望着这个不速之客。那家伙不知趣地张开白唇，露出一排洁白整齐的牙，似有几分讥笑，又有几分调侃。哞儿有些愤愤然，站起前腿，猛地向这个白眼圈的家伙顶了过去，它想象着头上有着母亲那对有力而锋利的角。小驴踉跄地后退两步，身子转过半圈，侧过头望着这个不知情的小东西。母牛似乎觉察到了什么，回转过来，口里没有停下“嚓嚓”的声响，向哞儿和小驴之间插了过去。小驴轻快地弹起前腿，敏捷地跑开。那边，那头大草驴警觉地扬起头，卷叶般的耳朵竖得好高。

哞儿真正孤独的时候，是在母亲最劳累的时候。它不明白，为什么母亲要拉上沉重的犁铧，迈着沉重的脚步，顺着翻开的黑土似乎永无休止地前进着。有时，哞儿跟在母亲和那人的后面，机械地亦步亦趋；有时，它停下来，嗅一嗅油亮亮的泥垡上的清香；有时，它叼起一根芦草根，用刚刚长出的几颗臼齿嚼嚼，觉得甜丝丝的。更多的时候，是看着土垡里蠕动的蛴螬仓皇地爬进爬出，它用鼻子贴得近近地抚摩一下它们，心中也慢慢懂得了惬意的含义。

哞儿记不清母亲的模样已经很久了，随着四腿有力地支撑起日渐壮大的身体，身上金黄的绒毛更加细密有光泽，前腿上的白花斑更耀眼夺目。肩上的肉岭不断鼓胀，头上渐渐隆出的锋刃般的利角已让人不敢轻易冒犯。草地里旋复花一片片，如撒下的金盏；苇草伸出了长穗，一簇簇的黯红；茅花在悄无声息间漫开在草地上，如洼里大片飘来荡去的雾。夏日的洼，不能说是绿色主宰的世界，它更是七彩塑造的世界。

哞儿感到真正的压力和不公是在一个早晨，人把那具被称作勾槽的弯木套上了它的肩。勾槽是用坚硬的槐木砍成的，绳索穿过上面的浅槽向身后两边延伸，拉动那辆该死的大车。它魁梧的身躯被紧紧地夹住，铁瓦大轮似乎高过了它的脊梁。哞儿极不情愿地驾着车散漫地向大路走去。走得有些乏，口有些发干。它加快了脚步，恨不得从绳套中逸出，铁环的勒紧使它回忆起鼻膈被穿破时那撕心裂肺般的疼痛，脚步渐渐慢下来，频率仅仅只能维持车轮的最慢运动。"啪！啪！"哞儿心中一阵悸痛，背上美丽的皮毛仿佛已经断裂，那根用它父辈肌肤拧成的鞭子传递的力，像刀子一样切割着它的肋骨。哞儿尾根下感到一阵松弛，粪便带着体温流出，它听见它们落地的"啪、啪"声，嗅到了飘来的一缕熟悉的气味。

满洼的红粱、棒子高过哞儿两眼的时候，往往是它能够小歇一段的日子。哞儿和那些牛马驴骡往往也会欢聚一起。草地上，它和那头叫驴相遇了，叫驴亲热地用白唇蹭着它的脸。哞儿毫无表情的脸也热乎乎的，血液在血管里奔流着。那叫驴是最富有激情的，时而扬脖狂吼几声，时而撒开四蹄奔跑一阵。哞儿跟着它吼叫，听起来只是难听的、低沉的一声闷响；哞儿跟着它奔跑，又只是跌跌撞撞乱了步伐。

而哞儿感到最幸福的时候是在雨中吃草，小雨轻盈地击打着脊背、脖颈，在身上汇成细流顺腿缓缓而下。踏着润泽的青草垫子，宁静的树木、宁静的苇塘、宁静的天宇，一切是那么和谐和兼容。

哞儿和那头母牛在红粱地边完成了有生以来最伟大的创举。天也在飘洒着小雨，草地也是那么宁静，它把全部的希望倾注在与母牛身心相融的一瞬间。在天地之间，它们感到那样坦坦荡荡、无遮无拦。那头蠢驴惊恐地目睹了这一切，又一阵狂吼，似在向世界昭示，又似在祝贺。

满洼的草由绿变黄，满洼的庄稼由绿变成金，那都是阳光着的色。每年秋日，火辣辣的秋阳笼罩着大地，那是哞儿最忙碌的季节。它不知用铁瓦车拉走了多少如山的红粱、棒子秸，也不知拉回了多少如山的秋草和大豆棵。有一天，哞儿终于感觉到身上的汗淌得多了，早晨从松软的牛粪铺垫的地上站起时，它感到了昨日浑身留下的酸痛。一出草棚，十几只牛虻闻风而来，死死地叮在它柔软的肚腹、胯下，尾巴的轰赶显得那么无力。

哞儿发现，牛槽中铡拌过的草料里高粱粒子越来越少，简直可以一一数清。它庆幸拉了十几年铁瓦车的它，被那个牤牛蛋子顶替了，那是个头芯上有块白毛总爱顶仗的家伙。不几日，哞儿被牵到一间土屋，两块巨大的圆石对合在一起，拉动上面的一块没白没黑地转圈，它感觉有粉末从巨石间簌簌而下。最初的头晕目眩即便被笼上了眼罩也没能减轻，肚囊里的草团翻卷着返回口中，差点吐出来。几天过去，渐渐习惯，它机械地迈着脚步。时不时有小童稚嫩的声音软软地威吓着，“打、打、打”，小竹竿也时不时地落在早已麻木的高耸的胯骨上。

不知是哪一天，卸下磨摘下眼罩，很长时间哞儿的眼还是昏花的。咬草秸时，臼齿的牙面忽然感到了钻心的酸痛。磨坊里昏黄摇曳的煤油灯终于在一天熄灭了。哞儿离开磨坊的那天，磨坊里安装了一台电磨，人们进进出出，手舞足蹈地议论着。又一个早晨，哞儿从昏花的眼眶里，看见两人进了草棚，在它的肩部、臀部、脖颈、腋窝摸了几遍，抓得它浑身上下不舒服。人们“五百”“三百”地争论着。下午，从草棚的窗口，它看见那人把磨刀石放在半截碌碡上，那把尺把长的尖刀在上面蹭来蹭去，闪亮的光线刺得它的眼要流出泪来。那人弯腰用刀从草洼里撩起浑水，洒在石面，又用刀根“咔咔”地在石面上磕出麻坑，刀与石的“嚓嚓”声又响起。哞儿的眼泪终于不自禁地滚了下来，流到嘴角，咸咸的。一个长髯老汉过来了，把手杵的拐杖指向那人的鼻子，一阵数说后，那人的脸红一阵白一阵，腾地站起把刀猛地扎在了草棚檐子下。

哞儿被扔在了草洼，十几天再没人管它。深秋的草地，处处是一片片的水洼，走过时，看得见水中的小蛤蟆，看得见水中的流云。一队花白奶牛昂扬地走过它的面前，溅起的泥点立即布满了它的脸。哞儿看看自己腿上的那片白花，和它们比起来，毕竟是太小。哞儿尾随着它们，才走了几步，身后几声狗吠传来，一只和它有着相同的黄毛不过要鲜亮得多的笨狗蹿到身旁，向它愤愤地警示着。哞儿停下脚步，小牧童甩着挂了几道花布条的长鞭光脚走过，不时传来几声悦耳的口哨声。

大洼治蝗

阳春三月，春风拂过渤海边的百里大洼，春雨淅淅沥沥地飘下，千丝万线般渗进大洼的黑土里，芦苇刺破土层，万针朝天。去冬未下大雪，饥渴的黑土终于得到滋润，舒展了一副鹅绿色的笑脸。雨滴也随着苇茎滋润了坚硬的蚂蚱卵，不几日，嘈嘈声起，一个个如褐色芝麻粒般的蝗蝻爬出地面，顷刻爬上了绿苇。

蚂蚱官称蝗虫，这“蝗”字似与皇家有关。蝗虫家族可谓庞大，有几十种。飞蝗羽翅强健，可群起飞迁，如声势浩大的正规飞行军队；土蝗，有的身材笨拙，有的瘦小枯干，有的鲜如翠叶，有的垢面如土，它们是散兵游勇，各自为政，势如地痞流氓，草洼土匪。

刘老汉如今已是耄耋之年。那年夏，闹蚂蚱了，大洼腾起了蚂蚱大军，由此向南唰唰地过，洼里的芦草一片片成了光刷刷，无一片绿叶。园子地里五六亩棒子正抽穗扬花，缨子红红地牵着他爹他娘和他的心系子。他爹在地边扎上窝棚，带领他们，还有四岁的小弟弟，举着扫帚、抡着褂子，在人把高的棒子棵里抡啊、轰啊、赶啊。家什在地东头抡，蚂蚱呼地飞到西头；人到西头轰，蚂蚱又呼地扑到南沿；南边一赶，又涌去北垄。村子边上这样的庄稼地没有几片，葱绿喜人也让虫喜欢，怎能越而不顾。一天下来，一家人筋疲力尽，倒进窝棚里，骨头架子早已松了扣。天一亮，又起来轰，间或“喔嗬”“喔嗬”几声，在苍凉的大洼响起，与村里的鸡鸣此起彼伏。地垄里，他爹抓起棒子叶上的蚂蚱，往地上摔，用牛鼻子硬底布鞋一脚一脚地踩，嘴里还一声连一声地咒骂着。秋后，在早已放弃的光刷刷的棒子地里掰下了一堆秕子轴，搓下来不足一口袋。

大洼的蚂蚱同全国许多著名蝗虫一样，比新疆飞蝗、华南飞蝗有个更漂亮的名字，叫东亚飞蝗。其实，蝗虫并不欣赏人的命名，你叫它蝗虫也好、蚂蚱也好，与它几乎无关。它只是一种昆虫，它要吃，它要生存，它要交配，它要产卵，也要飞翔。

大洼赋予它们灵性，它们因此具有了高度的组织性，它们的集体活动就难免冲犯了人的利益，于是人就在书上记录下它们的劣迹。《黄骅县志》就写道：唐开元二年七月，蝗虫成灾；北宋淳化三年七月，蝗成灾，蔽空遮日；元至元十九年，蝗灾；明崇祯十三年，三月至秋久旱不雨，禾苗枯死，飞蝗遍野，树皮草根剥掘俱尽，饥民食之，有甚者人相食；清康熙十八年，大旱，蝗灾，自十七年冬无雪，入春至夏未雨，蝗蝻遍地，人多流亡。一千二百年间，大蝗灾即达十九次。民国三十二年秋的一个夜晚，刘老汉当时十二三岁，半夜里，他爹他娘闹闹嚷嚷把他惊醒，爹说：“听，过蚂蚱了。”土屋顶子上，只听“扑扑”的音，窗户纸上“沙沙”有声，房门上“嚓嚓”乱响。早起，他跑到院子里，天黑蒙蒙的，大房小房、门洞墙头、鸡窝狗圈，密密地落了一层蚂蚱，大门前苇塘里，苇草上坠满了蚂蚱。突然，他喊起来：“爹，房檐子啃没了！”爹开门出来，边骂边抄起大扫帚在房檐上扑打。它们便和沙土一起哗哗掉落，房檐是苇子压排的。蚂蚱黑压压地过了三天三夜，天也黑沉沉地不见太阳三天三夜，人们也躲在屋里三天三夜。刘老汉家的窗户纸全被啃光了，房檐也被啃光了，村里小三家一岁的婴儿耳朵被咬出了血，哇哇地哭了一天。

飞蝗初起时为扇形阵式，规模越来越大，铺天盖地，渐成巨大的方片形阵式。领头蝗是聪明的，它竟然能组织起成千上万的蝗虫向一个方向迁移，它是头雁、是头羊、是狼王，又是谁给它的这种智慧呢?

同其他生物上千万年的进化一样，大洼的蝗虫细胞里变异了一种基因，那就是倔强。据说，蝗卵块在水泡的泥地下十几年也还有生存能力，一遇适宜的土壤湿度和气候环境即倾巢而出。蝗蝻群居而生，向着同一方向移动，遇岗过岗，遇堰越堰，如遇到住房，则从房基直爬上房顶，过房脊由后墙下，绝不绕一尺之便过房。历朝历代，百姓的生存是天下第一大事，于是官家也不敢怠慢，敲锣鸣示，组织洼下各村男女老幼治蝗。大洼里，蝗蝻如一片片红潮浩浩荡荡漫来，大洼人挖下深壕断绝其路，红潮流进壕里，覆土掩埋，人跳进去踏实，但往往红潮溢满堑壕继续流动。大洼人挖上土灶，支起六印大锅，小孩在锅下架起干柴燃起烈火，锅中水沸泡响。蝗蝻涌来了，老汉用簸箕就地收蝗倾锅，顷刻间，那蠕动的、蹦跳的、令人头晕目眩的蝻虫在沸汤中停止了运动。老太太用笊篱一下下打出晾在一旁，晾干后装上粮袋运回家，可当度荒之粮，吃多了虽有些麻嘴，却也是高蛋白，此时的大洼如同一幅秋收图。大洼人也在蝗蝻行路上燃起火岭，这些小虫们义无反顾、赴汤蹈火在所不惜，大队奋进，气势磅礴，前赴后继，视死如归。那红潮往往压过了火海，在噼噼啪啪的动人声响中爬上叉秆、爬上人腿、爬上人脸，钻入人的衣服里。那势不可挡的气势令人胆寒。人们的沟埋、锅煮、火烧，甚或装袋水淹、碌碡碾压、锨拍人踏，用尽了金木水火土所有人能想出的办法，造就了这小生灵暂时的死，却不能阻止它们永久的生。明代大将刘猛奉旨治蝗，率领千军万马开进大洼，纵有万夫不当之勇却无奈小虫何，无颜再见帝王，愧而投海。多亏风神感其诚，狂风大作刮蝗于海；多亏海神感其诚，巨浪涛天葬蝗于海；多亏帝皇感其诚，封刘猛为蚂蚱神，修庙祭祀以镇一方之蝗。翻阅史料，见有刘猛降蝗图。刘猛大将铁盔铁甲，手伏蝗妖，怒目而视，蝗妖面目狰狞。刘猛治蝗在沿海民间流传甚广，寄托了百姓降伏蝗虫的愿望。

作为一种顽强的昆虫，蝗虫始终没有放弃与世界上最聪明的生物——人进行抗争。在它们面前，智慧的人类是笨拙的，目空一切的人类是被动的。大洼中，人们背起喷粉器，排成几十上百米的“一”字形队伍，一时，大洼里粉烟滚滚，机器吼叫。苇叶上、苇茎上的蝗蝻纷纷跌落在地，痛苦地抽搐着，无声地呻吟着；大洼上空，安–2 型、运–8 型飞机几乎贴着苇尖滑过，药液如急雨落下，蝗蝻振动着弱小的翅膀、无声地号叫着跌落在地、窒息在草根旁。往往在微风的呼唤下，那些健壮的小生灵又有了心跳、又有了视力、又有了呼吸，利齿的摩擦声似乎更加响亮。而大洼里睡去的小鸟、小蛙、小甲虫，却再也没有醒来。

人用“水火无情”来展示水与火巨大的威力。早春，烧荒的火在大洼中燃起，风卷残云般掠过枯枝败叶，瞬间的高温使浅层的蝗卵几秒钟内在卵洞里炸裂开来；但小生灵是以数量取胜的，它们延续生命的法宝就是数量。水压似乎是人类消灭蝗虫最好的办法，在大洼所有的低洼地全部放满水，让它们没有喘息的空间；但事与愿违，干渴的北方已经很难维持水乡泽国的幻想。这小生灵们经历了水与火的考验，以它们的生生不息实践着那条著名的“物质不灭定律”。

那年，我第一次看见蝗蝻的阵势。当我驱车十几里赶到大洼堤旁，蹚进一人高的苇丛时，即被那种阵势惊着了。那有些令人恐惧的褐红的三龄蝗蝻，层层叠叠，簇拥着、疯狂地向西边更加茂密的苇丛拥进着，一副万劫不灭、所向披靡的阵势，一副永不屈服、生死度外的阵势。初听，如微风吹苇摇曳有声；细闻，如急雨袭林，水响聚音。地上蝗粪铺地，绿如翠毯。捧起一捧蝗蝻，如褐红的流水淌下指缝。这一片更像战场上殷红的血。“流血及屦”“左轮朱殷”，忽地在脑际中闪动。世间有潮湿、花粉等千奇百怪过敏者，不知有无蝗蝻过敏者，如有，在此时必定晕倒无疑。人说，此处蝗蝻已达每平方米六千头。我似有芒刺在背，浑身上下鸡皮疙瘩顿生，脚下红流已漫上鞋面，我即将成为过敏者，慌得分开苇丛，跑上大堤，如突出重围。那年的蝗灾经十一架次飞机喷药后才结束。

世间也有与蝗虫亲近从不过敏者。防蝗站刘站长在家中大院里搭起一个塑料大棚，棚中种麦苗，在大洼里逮来飞蝗养在大棚，大棚竟成了“蝗家乐园”，一龄的、二龄的、三龄的，直至五龄的、六龄的，应有尽有。他把它们做成漂亮的标本，销往国内各大专院校，国外大学的订单也长期不断。世上发什么财的都有，刘站长竟然发了“蝗”财。不知何时，这飞蝗竟飞上了餐桌，人们像大洼先辈那样把蝗虫用咸水煮了、用油炸了，扔进嘴里连头带尾“嚓嚓”嚼响，品尝着先辈们品尝过的美味。在人们吃“虫”的时代，蚕蛹、水虿、油克螂，抑或蝎子、肉蛆都列入佳肴的范围，何况这满洼都是的小蚂蚱呢。

又一个芦花飞舞、芦荡金黄的日子，在大洼里又见到刘老汉领着小孙子捉秋蝗。在路上，蚂蚱用坚硬的尾部钻开地面，深深地扎在小洞里，全身大部分露在地上。小孙子趺趺撞撞跑过去，手到擒来，那肥硕的蝗虫不情愿地蹬着腿，尾部还悬吊着几粒金黄的米粒般的蝗卵。老汉手中的塑料袋已装有沉甸甸的一截，透过袋壁，可见蝗虫在袋中上上下下地挣扎，老汉说：“家里养了几只鸟，很爱吃。吃不完喂鸡，肯下蛋。”

路旁草根下，密密麻麻豆大的小洞如同筛子眼，明年又将有一场夏蝗。

大洼之鱼

大洼是九河下梢，千百年来洼连洼、水连水，水草肥美，历来就为鱼的生存提供了良好的环境。有水就有鱼，水存鱼生，鱼随水行。人说，鱼的籽在泥地里十数年不死，遇水而出。不是吗？大洼的鱼土生土长，不死不灭。鱼是大洼的子民，大洼是鱼的故乡。那波光潋滟下是一个水族的世界，鱼翔浅底，浮光掠金，鳞光鬣动，锦鱼腾波。小排进泊，伏舷探水，可见小鱼委委，细若绣针，大鱼缓缓，长如卧剑。轻舟慢行，水族连翩云际，瀺灂漪澜；小船疾进，众鱼跳波荡天，扬鬐奋鬣。将舟静停于苇荡深处，可闻鱼儿饮啜之声。风平浪静，可见鱼儿圉圉洋洋上浮下潜，穿蒲入苇。大洼的鱼 ，味最鲜美，古字“鲜”即以“鱼”为偏旁，大洼水草榛荣、浮游生物密布，为鱼的生长提供了天然的富饵，草、鲢、鳙、鲫，鲤、鳊、鲈、鲶，各居其层，各得其食，静宓、富足的环境下，草鱼、鲢鱼可长至二尺，黑鱼、鲶鱼能长一米。六十年代，大洼人曾捉黄钻，竟重五六十斤。大洼的鱼你最好不要去钓，天然食胜过人工饵，鱼怎能心动？

大洼的鱼性格最刚强，它们吸取了大洼的精华，像大洼人一样粗犷豪放。梭鱼穿行如箭，草鱼分水如船，黑鱼一触即发，黄钻可跃大堤，白鲢曾飞进船中击倒游人，嘎鱼会背鳍奋张扎得你疼痛难挨。厚子（草鱼）是水中的莽汉，生就一副粗壮身段，长就一副铁嘴钢牙，肚囊奇大，胃口极好，不仅水中觅食，还是草食动物，红日西沉或晨曦初起，跃水衔芦，吞草如羊。黑鱼是水中的刀客，它如林中的虎豹，占据水中的霸主地位，弱小的鱼类闻之避之三舍，见之敛鳍收尾屏息于草根。黑鱼吻尖牙硬，口大如鲶，凡小于口的鱼儿均可作美味佳肴，但它如狮一样，每日腹饱就在草中歇息，还鱼儿一些自由自在的时光。那年秋，稻菽黄，是抓鱼的好季节，我在沟中双手潜水贴泥，慢慢搜寻着每一个洼、每一棵草，用牙叼着布袋，水不清正好浑水摸鱼。突然，手摸着一段滑滑的鱼身，"黑鱼"，心中一喜，按大人嘱咐过的那样，手缓缓地摸到鱼头，两手猛然下按，鱼头入泥，鱼身左晃右拧，劲大如牛。稍缓，双手托出鱼头猛地扔上沟堰，大鱼足有六七斤重。麦穗鱼是水中的少爷，它还有两个名字，一是刺孬，一是小地主，身材不足二寸，却长得肥肥胖胖一身是肉，貌若傻小，身手却敏捷异常，遇有天敌黑鱼急卧泥底，身黑与泥同，可隐身躲过劫难。那年夏秋时节，果园每日的菜就是麦穗鱼，大锅里烧开水，抓把盐，将鱼活蹦乱跳地倾入，小火熬来，骨软如绵，鲜味浓浓。我们在小河上拦腰设箔，每日晨，脱得精光下水倒鱼，托起"密缝子"沉甸甸的，往桶中一倒，顷刻盈满，小鱼欢蹦，人喜狗乐。

大洼人捉鱼的方法很多，这与他们的生存需要密切相关，箔、罩、叉、网、摸、淘，样样得心应手。古来大洼人下箔，由"箔头"带领，各家以箔入股。箔头选好洼地，顺洼的深浅、地势、水流布箔成阵，有"凤凰单展翅""担担窝""两盖""三盖"等，花样奇多。用印板先在水下插出泥缝，后插箔踏严底缝。鱼由大圈入中圈，进小圈，最后入"旋"，鱼贯而入，已无退路。大洼最大的箔阵可达好几里地长，气势宏大。常有鱼儿“撞旋”，大鱼小鱼层层叠叠、密密匝匝，小排子贴在旋旁捞鱼不迭。遇有黄钻进旋，一怒冲破牢笼激浪而去，渔人无可奈何哭笑不得。大洼人制的网有拉网、挂网、流网、旋网、抢网、提网。一人可在小沟小汊用提网、抢网、旋网捉鱼；二人即可在小河上布挂网，鱼过时头小身大，鳃鳍挂线难逃。冬来，用冰镩凿开厚冰，丈余一洞连成长长椭圆圈，以竹竿引网，两侧人拉，收圆起网，银鱼出水顷刻即成冰坨。叉鱼要用小排子进洼，人站船头，后有人撑，一般以大鱼为目标。船前鱼游泛起浪花，一叉飞去正中鱼身，鱼带叉急行数丈，小船紧随其后，鱼叉扑倒，人俯身挑鱼上船。大洼人叉鱼待客最为及时。鱼罩直径三尺，高不过米，以竹篾为罩纬，铁丝为罩经，罩眼核桃大小，上细下粗。大洼人罩鱼仅穿裤头，腰系鱼袋，在小泊中举罩扣出，鱼在罩中左冲右突，人可凭手感即知鱼类别、大小，屈身摸去，手到擒来。罩鱼只罩大鱼，小鱼会由网眼中窜出，这也是大洼人的精明之处。

食鱼的民族是聪明的民族，远古时代，人类即知结网而渔，以鱼为食。大洼的先民们，择水而居，靠水吃水，以水为生。从某种意义上说，古来大洼的历史就是一部大洼人和鱼的历史，大洼人和鱼有割不断的情缘。到大洼，一定忘不掉那大洼和鱼。

蛇蛙为邻

当玉米苗盖住了田垄中的细草，高粱的长叶已抢先组成了洼里的青纱帐，被草洼的风戏弄出的声响，似在嘲笑那些在残留麦秸垄缝里生出的低矮豆棵。一场急雨过去，平原上的绿已翠得诱人，几乎占领了整个广袤的大洼，只把一点空隙留给了路上行走的车马，留给了蓝盈盈的那一湾湾河水。

半个甲子前的那个工厂，在退水后干涸的草洼淀里拔地而出，仍然深陷在夏日绿的浓情怀抱里。昔日的苇荡大堤在槐花落尽后槐叶的浓荫下弯转延伸。围墙边有塘，芦苇苍苍，把红砖墙尽情掩去。旋复花丛丛、蛇床花片片，一齐与小菜畦边蓝的茄花、黄的瓜蕊比试着艳丽。生产淡季的糖厂、车间楼静呈在西下的骄阳里。蝉的鸣叫统治着偌大院落，走向东听的是蝉声，走向南也是蝉响，荒草丛丛的西院更是蝉唱。冬日曾经把甜菜堆成山的储场也是一片绿草的天地。靠切丝车间厂房外的草地上，一方水泥池汪汪的雨水还有些混浊，水的透明度绝对超不过十厘米。小池宽不过一米，长仅两步，人若跳进去不过齐腰深，池面宽宽与地面相平。生产季节，这里是甜菜清洗前清理泥土的地方。池上搭上铁栅，泥土碎草抖落进池，如今铁栅掀在一旁，确如一处小儿洗澡极好的澡池。

池水仅仅低于池内一指，仔细看去，水中竟有黑黑的蝌蚪在游。那些小生命浑圆如扣，但比扣要鼓胀、要稍长，而且还有一条飘动不已的尾。蝌蚪黑中透着一种油润，在水中翻转时腹部有些许灰黑。它们大小均匀，区别不出孰大孰小。看来这群蝌蚪是一母所生、一父之后。它们在水中忽上忽下，左浮右潜，尾部频频摆动，表达着舒适和欢快。阳光把小池西南方几棵狗尾巴草摇曳的影扔进池水，蝌蚪们如在草中进进出出，为燥热增添了几分凉意。

我对小蝌蚪的认识是在孩提时代，那时的一篇《小蝌蚪找妈妈》让人心生怜悯。去乡下表娘家时，在水田边捧起一只小蝌蚪，细细地贴在眼前，看它极小的眼、一个劲儿摇动的尾，水从指缝流走，小蝌蚪在手掌合弯中用尾快速地撑起身子左拧右转，又停止不动。此时，我会把手掌再浸入水田中放开，看它舒展地一游，未留下一丁点儿记恨我的愤懑。蝌蚪是蛙幼时的形状，世界上的蛙不下4800种，江河湖汊、流溪密林，蛙总是伴着水而生、伴着草而长。古人对蛙是赞誉的。我曾在川南故乡深山里听到"叮咚、叮咚"之声由林湖边传出，朋友讲：那是琴蛙。音若琴响，在幽谷间传送。我低头向湖边寻去，果见琴蛙，却不如琴声的美妙，只是黝黑的泥黑，貌并不惊人。草洼里蛙很多，也有数种，绿花的、黑花的、麻花的、赭花的，拳大的奇丑的癞蛤蟆远远地避开人们，但黑灰的蟾蜍却四处可见，这些青蛙的近亲总和它们一起放开喉咙唱响盛夏的大洼。

又一个午后，听见苇塘的蛙鸣，忽又想起那一池的蝌蚪。池水已渗下一拃的深度，露出东半部的泥土。红泥土松软地自然形成了一个延伸半池又沉没水中的坡地。水清凉了许多。水中可见那几十只蝌蚪，椭圆身子的两侧已经各长出两条瘦小的腿，有了青蛙的雏形，只是比蛙多了一条长尾。它们有的游动，有的将腹贴在温软的水底或是泥上，更多的则漂浮在水面，不时露一下嘴，身上已见明显的斑点。那泥土的斜坡上不知何时长出几笼稗草，一棵新发的甜菜叶翠绿诱人，自然地发出嫩黄油亮的光。忽地，分明看见菜叶下有一条绿色的蛇在爬动，旁边还有一条，如一般的筷子粗细，盘成一团在叶的阴影下。那蛇口中还含着一只蝌蚪，努力地一毫米一毫米地往下咽。蛇肯定是在这片泥土露出后下到池中的，这一方小池有“岛”、有水、有草，俨然一处微缩的山水佳地。池中的蛇是虎斑蛇，像草茎一样的绿色，横向一环环红色花纹，腹部鳞甲发白。

洼里草多蛇多，洼民将蛇统称为草蛇，因多无毒，且也未见大蛇，洼民也就不甚当事。但多数人还是谈蛇色变，见蛇避之三舍，唯恐其尖利的牙齿咬住脚趾，或被冰凉的蛇身缠住腿脖。蛇善水，喜草喜潮湿阴凉。洼里人下洼时总要拿一根竹竿或一柄长镰，且行且抡，打草惊蛇，变人避蛇为蛇避人。

第三次去小池时，池中的“岛屿”“陆地”又加长了一尺之多，也高峻了许多。“山”与“湖”各自占了一半面积。“岛”上的泥土晒得干裂，稗草和新增的灰菜棵蓬蓬地遮盖了“岛屿”的一多半。两条蛇已明显长大，两条薄薄的蛇蜕挂在灰菜棵的尖刺上，又细又长。两条蛇挨在一起各自盘成一圈，头搭在中心位置，腹部鼓得好高，警觉地看着池外晃动的生物，分叉的红信子在口中进进出出。陡直的池壁对于它们已是无法攀登的绝壁，它们在这凉爽的家园中已乐不思蜀。一池的蝌蚪已都不见，水中的蛙露着尖突的嘴。在“岛”的近水部，五六只蛙面水而斜立，阔嘴的下部翕动着，对身后的威胁视而不见。见有人来，它们忽地跃起，斜斜入水，几声穿破水面的声响，水点溅在我的手臂上。蛙在水中游姿很美，前后肢一齐向身体中部收拢，又前后伸展，身子就如箭一般向前潜进。人在学习游泳时，也一定像我这样近距离观察过。池中的蛙数来也不过十几只，前不久蝌蚪队伍的盛况已无存，出现了萧条冷落的景象。蛙最凄厉的叫声总会使人头皮发麻，那是被捏紧脖子挤出的细长声调。“呱……啊”，间隔的时间又长得让人难以等待。我去看蛙时，那条蛇已将一只蛙缠紧在草边，蛙的每一声鸣叫，蛇就会将身子的力度加强一点，收紧的幅度也仅仅一至两毫米，直到蛙不再喊出声来。草已高出了池沿，岛屿又加长了一些，七八只蛙都有七八厘米长，它们在蛙的哀鸣中默然，四肢伸开在水面自由地漂浮，身体的比重已接近水。蓦然，另一条蛇悄无声息地下“山”来，细长的身子进入水中，如一条绿色的飘带，径直向水中的一只蛙飘了过去，蛙们快速下潜。蛇头抵上西壁时，又折返，蛙们露在水上的头又迅疾不见。蛇在水中四处游动终无所获，疲惫地游向岸边。

小池中的稗草、灰菜都结出籽时，秋虫在露水悬挂的草棵里鸣叫得更响了，草茎的根部已有些许的黄叶。车间管道检修休息时，我又到小池边去看。池角只剩下一捧泥汤，池中只有两只青蛙。其中一只跳上已干缩的甜菜叶，奋力向池边跳起，但身子撞在池壁上掉落在土坡上。另一只在池的一角，似乎在瑟瑟发抖。草棵下两个圆洞像一双黑森森的眼眶。我把平锹伸在坡底，那只蛙知趣地跳上锹板，锹板一扬，它飞进了池外的草丛里，另一只却跳进泥汤里，露出泥糊的眼和嘴尖，惧怕得不再出来。

寒霜降临了，场院里的甜菜很快成了一条长长的山岭，场院的草全被斩伐干净。老田师傅跳进小池里，用铁锹把泥土一锹锹扔出。池外的小刘一声惊叫，土堡里一段蛇身还在蠕动，试图与蛇头衔接，显然已身首两处，蛇的意图已是徒劳。随着土堡又一次扔出，第二条蛇像草带飞出池外，“啪”的一声着地后，没有一秒的停顿即向甜菜堆快速行进。老田一个箭步上了池沿，握住锹把，锹头飞出两米，与地面呈四十五度切入，那蛇头回过来望了一眼，有力地弹起在一边。飞锹人手中传出一声脆响，那是得意的。

跑过大道的兔子

晨霜贴附在田埂有些发红的茅草丛上，贴附在未及砍倒卷曲的白菜叶上，贴附的还有那沿河槐树枝，以及树下几乎每一棵干缩的草叶。原野白茫茫一片，像雪，但显然比雪薄了许多，也细了许多，但大平原已由此表示了冬日的到来。

车驶上沿河公路，路中因车轮的碾压已现出柏油路面的本色，路两侧却还残留着薄霜，看起来其厚度比田野、槐树上要薄些。车向左敏捷地偏了一下又恢复到路中行驶。前方并无车辆驶来，我回过头，路中偏向河的一边一只小动物已经死去，看得出那是只草兔，大草洼里常见的那种——灰麻色的皮毛，耳朵很长耷在路上，身子一段已经皮肉分离，腹皮有些灰白，有肠挤出身子一侧，暗青色，显然是肠中的草。“是兔子。”司机肯定地说。“是，是兔子。”我也回应。之后，两人再也没说什么。

公正地说，兔比人在地球上生存的时间要长得多，它们腿部的肌肉十分强健，耳朵的听觉神经也出奇地敏锐，那超常的性功能使其繁殖力远远超过人类。兔的祖先们跑上山麓，兔就成了山兔；跑进草原、草洼，也就成了草兔；人抓住了小兔，把它们关进笼子养起来，又成了家兔。山里的兔、洼里的兔虽然总想和人保持距离，但人类逐渐缩小了山林、草洼的面积，并将其作为自己的后花园，兔理所当然又归为人类所有。

洼里的兔肉很香，以致洼里人总会想起这些蹦蹦跳跳的小家伙。那年，我在一个大队的林业队劳动，一个早晨，和森爷去打兔子。也是这样一个下了霜的早晨，森爷头戴旧式的毡帽，把那支擦得一尘不染的鸟枪扛在右肩，“一”字形白胡须下咬一根小烟杆，他让我走在他的右侧。越过两块桃树地，当我们蹦过一道排沟时，空旷的草地上箭一样地飞驰着一只草兔。我看得很清楚，它是从我们脚下飞出的。森爷向右一侧身，右眼一合，左手托枪杆，右手在右耳后扣动了扳机。炮子打击出的火花点燃了火药，带着枪筒里高粱粒大小的铁砂冲出枪口。我敢说，森爷这些动作在零点三秒钟之内就完成了，而那只可怜的草兔虽然以每小时二百公里的速度飞出，却只跑出了二十米的距离。那只矫捷的兔子向前一个空翻，停在了几棵高粱茬子间。森爷提起它那两只耳朵时，兔子一只后腿还蹬动了一下，但眼并没有睁开，显然对我们已不屑一顾。冬日有雪时，森爷也常用细铁丝下扣套兔。套得多了，吃不了时，拴在后墙的木橛子上，任北风把它们吹成冰坨。给几里外的村子捎个信，他那十来岁的孙子就会骑车来拿走。兔子吃草长大，肉很香，今人爱吃，古人更爱吃。一千七百多年前，曹魏家族的公子曹植就爱打兔解馋，打兔后兴奋地写下“驱驰未能半，双兔过我前。揽弓捷鸣镝，长驱上南山”，但曹植的弓镝仍不及千年后森爷的鸟枪来得快捷和准确。

秋收后，兔子体内聚积的脂肪达到高峰，也是洼里人精米白面使胃口发腻的时候。近年，洼里人养起了细狗，夜晚，用小拖车拉上三五只，行进到荒僻的田野上，打开车顶的小型探照灯前行。夜晚，也是草兔外出觅食的好时机。雪亮灯光的扫射惊动了它们敏感的神经，转身飞奔暴露了目标，这是它们犯下的一大错误。细狗们从车上飞身弹出，草兔腿部的肌肉和细狗腿部的肌肉在野地上角逐。显然兔子的体力、步伐的频率和跨度都比细狗稍稍小了一点。洼里汉有时会接过狗嘴叼回的草兔，当场用一枚锋利的刀破开兔肚，扔给那细狗一挂肠子，或是还在蹦跳的兔心。街上的烤肉店火爆了，店掌柜有时一次从洼里汉子那里就可收得二三十只草兔。

狗逐兔来源于狼逐兔，狼驯化成了狗，自然秉承了祖先的性格和技能。狗的追逐也锻炼了兔的意志和躲避天敌的技巧。《异苑》上记有“纵良犬，逐狡兔，三日而获之，其肠似铁”。这只兔可能是有史以来最为坚强不屈的生灵。北魏时，契胡部落酋长出身的尔朱荣每临战即以猎物为誓。一次讨伐敌军葛荣前夕，见有双兔起于马前，弯弓而誓之曰：“中之则擒葛荣，不中则否。”兔应弦而殪，三军欢腾，后大军果然获胜。尔朱荣即立双兔碑以示纪念，是双兔的牺牲给了他获胜的信心和魔力。这碑恐怕是古来唯一的兔碑，一千五百年后的今天，此碑又到何处去寻？想必兔们也不会以此碑为荣的。

人类敬畏兔只是在看见月亮时，才突然醒悟。因日中有上天的金翅鸟，月中有嫦娥的玉兔，古人便将日称为“金乌”、将月称为“玉兔”。“兔走乌飞，星移物换”，兔也就成为宇宙中永恒的神灵，人类又不得不十二分崇敬。但人类还是能把天上洁白的玉兔和洼里灰麻的草兔截然区分开的。草兔还是在人类不断追杀、骚扰的环境里忍受着，顽强地生儿育女。

那日下午，我乘的车返回，又路过河边。我着意地看看路面，黢黑的路面上，早晨那只兔子倒下的地方已经干净，只有往来印下的粗大的载重车轮印。那只草兔没有留下一点痕迹。

与一条小鳝鱼相遇

秋凉了，洼里的芦苇在浅水中摇曳，苇叶已褪去绿色，换上一副似黄似红的艳妆。芦花披散开来，逆光看去，一片片的银白，在风的轻柔里，远远地，像草原上漫开的羊群。

昨夜小雨，路还有些潮湿，踏着洼边土路，惊起几头蚂蚱“扑、扑”地贴上路边的衰草。路上留有一大片湿迹，车辙里留下两个小水洼。渔人刚刚离去，他们在洼里箔旋中捞过鱼，这是在路边停歇留下的痕迹。我无意中看见车辙的一个小水洼里游动着一条金色的小鳝鱼。我支上车子，蹲在路边，从有些混浊的水洼里捧起这个小生命。水很快顺着指缝滴落，回归到水洼。小鳝鱼太小了，它细小得像小学生随意扔掉的一根皮筋。它轻快地滑动着，顺着指缝像水一样流出。我用另一掌心接应着它，它又轻柔地顺指缝而下。有时，它停下游动，抬头看着我贴得很近的眼，似乎在问：你要做什么？它的眼小得勉强能看清，头上的斑点更小，那是它漂亮的头饰，我想象着金钱豹那身美丽的斑点。

它虽然小得可怜，却被我和见过的鳝鱼联系起来。二十世纪似乎已经十分遥远，在故乡的田塍上，看着田边泛起的一片白沫，我和几个顽童围在一起，看孩子头王二狗伸手下潜，将一条拇指粗细的鳝鱼从泥里掏出来。那鳝鱼有力地晃动着头和尾，在人的中指、食指、无名指的三角箍中艰难地滑动。把它扔进竹篾的鱼篓，它竟然安静下来。乡下的四叔更会捉鳝，他用硬头黄竹片做成一把大竹夹，夹头刻成锯齿状，像两排尖利的鲨鱼牙。冬日，山乡的夜静静的，平整过的水田也是静静的。我提盏马灯跟在四叔后面，轻轻地走在田坎上。“往这里照。”四叔轻声说。果然，浅水里横陈着一条大鳝。他轻轻地把竹夹头探进水里，在鳝头部位下夹，两手一用力，那鳝离开水面，扭曲着滑进鱼篓。繁星满天，唯独缺少皎月。四叔说:“月圆时，黄鳝都要出来看月亮，那时好捉得很。”

小街上的鳝鱼摊前人流熙熙攘攘，是我们时常驻足的地方。四叔捉了鳝鱼总要卖给这个摊主，那是个长了双鳝鱼一般圆眼的壮汉。他在一条脏兮兮的条凳上坐下，手里拿着一根二尺长的烟杆，烟锅里燃着卷好的叶子烟，悠闲地等着买主。买主常常是街场上的饭店老板。称好斤两，谈好价钱，摊主把烟杆头在长凳腿上磕下烟灰，像磨刀人一样骑跨在条凳上，然后从万头攒动的鱼篓里抄起一根鳝鱼，一手把鱼头按在凳子一端，另一手用一根锋利的长钉把鳝头固定在凳上，我听见长钉刺破鳝头的脆响。汉子右手一把闪亮的剔骨刀随着左手在鳝头至鳝尾的滑动，一架鳝骨暴出，头、骨与肉顷刻分离。“啪、啪”几刃，肉段即由刀收入盆中。只一两袋烟工夫，一篓鲜活的鳝鱼全部分解。饭店老板捧着荷叶包好的鳝段离去，两眼常眯成一条线。我在心中常模仿汉子庖丁解牛般的手段，却一次也没有亲手一试，那凳上凳下血淋淋的场面总在眼前晃动。

我亲手杀一条鳝是在大洼的毛沟里。那年一个春暖花开的日子，中学生们在校院地里清淤，为即将进水的稻田准备一条畅通的小渠。当我的锹轻快地切下一垡泥土，我的手敏锐地感觉到由锹头传来的一声断裂，虽然那声音只凭感觉。土垡挖开，一条鳝鱼被分成两段，那殷红的血即刻流出，渗进湿润的泥土。几个同学跑过来，欢快地提起鳝的两段，把血一滴滴地淌在一张即将用为手纸的报纸上，直到鳝鱼瘫软如绳，才被同学随手扔进草丛。同学说，镰割破手，用纸贴上就好。以后同学们用起这“刀伤药”还真屡试不爽。

小鳝还在我掌中钻来钻去，疲倦了，就停下来，圈成一个金环，手掌是温暖的，它已不愿挣扎。记得一篇故事说：一个渔夫打到一条小鳝鱼，把它放回河里。谁知这条鳝鱼竟是龙王三太子，后来知恩图报，渔夫得到了财富。

我又放它到哪里呢？它以后会报答我吗？不远处是洼沟，窄窄的，水也很浅。渔人打到它，还会把它抛弃在这里，一辆铁瓦牛车隆隆从这里驶过，碗大的牛蹄会毫不留情地把它踏进泥里，它会被沾在铁轮上一圈圈地向前碾压。我右手推自行车，左手虚空地攥着它，它用身子轻轻地抚摩着我的手。我向几百米外的大苇洼走去，迎面一个骑车的黑汉过来，擦身而过时，诧异地看着我的手。

小鳝鱼在大洼边如同跳进了碧绿的水中，大苇洼浩浩荡荡、一望无际。野鸭、大雁、鸥鸟，在苇荡中起起伏伏。它轻盈得像一条金线，在金黄苇茎的庇护下很快隐没了。小鳝，但愿你能变成一条龙。

头羊跑虎

洼里的风开始变得柔和的时候，洼堤边的树林感觉到了春日的暖意，枝上初露的新芽，还在被去岁残留的枯叶纠缠。水塘茫茫游荡着晨间的雾霭，苇尖的嫩色是褐中有绿、绿中有褐，在水面高高低低地刺破静谧的苇洼。鸥群轻盈地游荡，那么自在和舒展。雁群分成零落的三五小队，在水面或停或游。间或有雁的群鸣、鸥的尖啸。群鸟像大洼上空的霞带飘动开去。

羊群像一片灰蒙蒙的并不洁亮的云朵游动在树丛、草坡，青绿的草一小片一小片极力点缀着漫野的荒寂。那是最先钻出草地的茅叶，还有偶然在阳坡显露的婆婆丁、苦苦菜的青翠，在枯黄的草秸、黝黑的树干间格外耀眼。羊们并未因有心动的葱绿而食欲大振，只是像几天前走出恶臭的围栏一样兴奋，机械地拣拾着草洼边的碎草、稀疏草茎上残存的无有色感的叶片。

跑虎走在羊群的前面，它一身雪样的长毛垂在脖项、脊梁的两侧，看起来有些成绺状，每一束都有着油亮的光泽。它的胡须好长，脸上一双好看的杏眼，但它那对向上弯曲又略内合的角却十分有威慑力。它作为领队是昨天确定的。那头跟在羊群尾后的公羊着实老了，身材看起来也还威猛，但一身毛皮邋遢不堪，如几年未曾洗过的皮袍，油腻污垢令羊们恶心。它的头低垂着，只在地上拣拾着其他羊拾漏的草叶。昨日的一场大战惊心动魄，跑虎鼓起勇气，向这个羊中之王挑衅。跑虎乘它不防备，猛地低头冲向前去，公羊被跑虎的双角撞了个趔趄，气愤地站稳，向跑虎还击。当四只角在空中相交，跑虎感觉全身的力量在双角上凝结，“咔、咔！”它的角向前带着它冲出了五步远，似乎听见了那公羊骨骼断裂的不易察觉出的“嚓、嚓”声。公羊愤怒地抬起坐在土坎上的尾巴，怒目面对这个敢向它挑战的愣小子。六七年了，还没有哪个后生敢对它不恭。它的两条后腿突然有些轻微地抖动，蓦然间抖动得剧烈起来。“咔、咔！”当两对大角再次猛烈地在空中相遇，公羊眼前金星乱晃，它试图将四蹄扎进土里，但一阵眩晕，头向一侧转动半圈，带着沉重的身躯訇然倒下。在两只羊恶斗的时间里，所有的羊都停止了脚步，散漫地半围着让开了一片偌大的空地。

跑虎不再与老公羊恶战，它昂首走在了羊群前面，羊们静静地跟着它向前移动，一寸寸地踏过草场。树干上稀疏的横枝梳理了跑虎的左侧体毛，它感到从未有过的惬意。跑虎率领的这群羊，浩浩荡荡一百多只，几乎都是和跑虎一般的山羊。那十几只小头、小角、长脖的波尔山羊，还是主人去年冬天不知从什么地方领来的。它们脖颈上和身上的咖啡色块，总给跑虎一种轻佻的感觉，但跑虎从来不愿多看它们一眼。任那个猥琐的小公羊在那几只母羊身后爬上爬下。还有十几只肥硕的绵羊也令跑虎生厌，那毛皮绒绒团团，挂满了圈里粪便的黄污。走过它的身边时，总会传来一股难闻的骚臭。那几只公绵羊，角小，身材小，毫无男子汉的伟壮和魅力。

跑虎在羊群中很快树立了绝对权威。那主人是个老态龙钟的老汉，一身破棉袄加一根长鞭，鞭上系着几条褪了色的红布条，在羊群后面亦步亦趋。一顶破棉帽遮住了他的半截脸，帽耳向下耷拉，露出下巴下面的一撮白须，更像一头直立的山羊。间或一声“嚯、嚯”，听起来有气无力，不及跑虎一声“咩”的悠长，并在长音结尾时猛地一个“噗噜”，其威力能传到羊群中的最后一只。有时它会蹬上河岸的高岗，低头俯视羊群，眼光扫过每一只羊背，最后扫向远处三条跟在两个人身后的细狗，判断它们的行走路线，确信它们不会绕行过来，才又将目光转向坐在大柳树下总是无精打采的主人。两只波尔山羊又在顶架，短小的角在两头相抵时摩擦作响。它冲向坡下，用角从两羊脖间上扬，两羊惊恐，自觉地各自跑开。

中午，跑虎领着群羊在小河边喝水，河水清清，雨后的水比几日前甜了许多。芦苇在水上摇，柳枝在岸上飘，水中的芦苇、柳枝摇动在白云上。跑虎像所有羊们一样噘起嘴，轻轻地扎进水面，吸走口中的气体，让甘洌的水流进喉咙里。它看到了水中的自己，健硕中有几分剽悍。它突然感觉祖先们在水中幽深难测的空间里窥视着它的意识。它惊悚地抬头，水面的涟漪渐渐扩大消散。

跑虎的祖先是原羊，几百万年前它们已生活在蒙古大草原和黄河流域的山地间，它们能和风雷涌过的群马并肩奔驰，能和尖牙利爪的狼群对垒。它们自由自在地在草丛中、树丛下生儿育女。在那遥远的山地里、平原上、河岸旁、湖泊边，跑虎的同类、近亲们有着它们古老的领地。那些白山羊、无角山羊、盘羊、岩羊，还有那些五花十色的黄羊、麻羊们，喝着母亲的乳汁站起，咀嚼着那一方的青草长大。跑虎的祖先们是何时被人类据为己有的，跑虎已无从知晓。星移斗转，那已经是遥不可及的时光。从那时起，上帝似乎已把羊的命运交给了人类。动物从一出生落地就需要解决温饱，羊们鲜美的肉、温暖的毛皮，一身双存，正好达到了贪婪的人类的要求。羊是温顺的，在千万次基因的传承时，已经丢失掉善奔的碱基。跑虎的近亲藏羚羊，还有着它祖先们的基因。但在人类这一无处不在、无所不能的地球主宰的统治下，也只能在划定的贫瘠的狭窄圈子里苟延残喘。

阳光从柳枝的空隙间投射下片片闪烁不定的光影，羊们挤在几棵树下小憩，或趴，或立。那头老公羊趴在羊群边上，任由光焰未经柳枝的筛过直射两眼，它两眼眯起，似在回忆什么。跑虎走向羊群尾部，有意在老公羊的身上挤擦了一下。老公羊睁开眼又厌倦地合上眼，舌与鼻腔间发出一声短促的“噗噜”声。

那母羊的叫声是从后半夜开始的，“咩、咩、咩”，由最初的稀疏到天明时的密集。“咩、咩”“ 咩、咩”，一声连上一声。母羊尾后掉出了一只小羊腿，母羊已筋疲力尽，无力将新生命顺利送到世界上。“咩、咩”“ 咩、咩”，跑虎在呼叫，整个羊群在呼叫。老主人终于揉着惺忪的睡眼来到羊圈，他看见了地上的羊，小羊的腿已粘上了地上的浮草和几十粒黑豆样的粪粒。

学过兽医的刘老师赶到了，他是老主人的亲戚。他蹲在母羊身边，用手在羊腹上摸了摸、压了压。跑虎它们唰地让出一片空地，一齐向这个救星投来尊敬的目光。母羊的头扬了扬，“咩”，声音颤抖着，一种期望的含义十分明显。刘老师挽起袖子，抓住小羊的腿向外拉，每拉一下，母羊“咩”的凄楚地叫一声。约莫一小时过去，小羊仍然不能产出，刘老师额上的汗顺着额头中部渗出流下，在鼻尖上流出了晶亮的水点。“咩”，小羊的腿被刘老师向母羊子宫里填进，刘老师的前臂伸了进去，在里面费力地转动牵拉，母羊的叫声时而洪亮时而微弱。时间又过去一个多小时，小羊仍不露面，母羊的叫声变成了嘶哑的弱声，血水顺着刘老师胳膊流出，很快洇红了身下的乱草。太阳已升起很高了，老主人把羊群赶出了羊圈，只留下刘老师和那只母羊。跑虎在羊圈门口不再向外走，回头看着可怜的母羊，母羊勉强地看看它，又无力地合上了眼。老主人抡起鞭杆抽向它，跑虎向前跳起，仍然回头不愿外出。主人的鞭杆再次抡起，跑虎身上白净的毛皮弹暴起来，它走出了羊圈。傍晚羊群返回时，跑虎看见羊圈恢复了往日的平静。主人把一张母羊皮反搭在篱笆上，一股血腥的味道刺激着跑虎的鼻腔。那两只小羊被扔在了沟里，主人在上面吝啬地扔了几锹土。主人小厨房里熟羊肉的热气弥漫出来。

那天，那头老公羊被拉走时也是清晨。老主人在它脖颈上搭上一根手指粗的麻绳，一手从厚实羊毛脖下掏过，把绳子拴了个结，拉着羊向外走。老羊“咩咩咩咩”的声音听起来有几分哀痛。跑虎目送着它，没有叫声。那绳拉得很直，好一阵老羊才拐出大门。

一个早春的中午，羊群在大片的槐树林里歇息。主人在草坡上啃了两个棒子饼，从一个发黑的旧挎包里拿出一瓶水，仰起头来喝了个底朝天，用棉大衣盖住脸，睡了。阳坡上暖烘烘的，不经意间，像瞌睡虫爬上了每一只羊的眼皮。突然，跑虎闻见一股呛鼻的烟味。树林北头一片浓烟升得很高，可见火苗越过树梢顺着风势席卷而来。跑虎“咩咩”惊叫，羊们一跃而起，从主人的棉袄上踏过。跑虎领着羊群向前奔跑。浓烟越来越近，火苗吱吱地将树下的荒草一扫而光。跑虎勇敢地跳下一道宽大的沟底，羊群一起杂沓跳下。火球呼呼地越过沟，点燃荒草，槐枝在火中扭曲着，像奇形怪状的黑蟒。大火过去，主人拍着还燃着烟的棉大衣找到这条沟。羊一只未少，主人抱着跑虎，用右手在跑虎背上拍了又拍，撸了又撸，把怀中半块玉米饼掏出来，托在手里看着跑虎一口口吃掉。

使跑虎感到最为痛心的日子终于来到。那天，主人领来一辆汽车。下来两个身穿白大褂的男子，他们手拿亮锃锃的针管，在羊群里一只只地扎针。一人抓住一只羊，另一人在羊屁股毛上狠狠地把手中的针管扎下。那人最后抓住了跑虎的两只角，跑虎一甩头，那人的手自然松开，一屁股坐在地上。跑虎心里在笑，那人嘴里不知骂了句什么，爬起来，跑虎看见他屁股上粘上了新鲜的羊粪蛋。跑虎脖子上被扎了一下，痛得钻心，但它还是坦然地忍住了。几天后的早晨，羊圈里的羊们大部分都倒下了。跑虎勉强支起身子，四肢在打战，牙关在磨响，眼前有些模糊不清。它听见主人在号啕大哭：“骗子，骗子，哇哇！”那场瘟疫剩下了跑虎，还有十几只健壮的羊，其中两只是小头小脸的波尔山羊。跑虎和羊们回返原野时，草洼又是一派浓绿。

大雨过后，大草洼里总是水汪汪的，草地被洗得清新，树丛被洗得清新，连清晨的阳光也被洗得清新。五年前那片烧过的树林发出的新枝已经密密地布满了河堤草坡，树丛中的草遮住了大队的羊群。“咩咩”声在草丛中此起彼伏。那只眼角有些上挑、毛色的亮度胜过跑虎的公羊，在走到它的面前时，口中气流从舌面和上颚喷出，发出几声有力的“噗噜”声，像是不屑跑虎的一种挑衅。

跑虎终于感到对越来越庞大的羊群有些力不从心，常常机械地跟在羊群里，那只公羊总在羊群前疯跑。主人换成了主人的儿子，一个走起路来噔噔响的汉子，抡起的长鞭总落在跑虎已有些尖棱的脊背上。

洼里仓官儿

洼里黄了，每年这种色彩总是代表秋的到来。洼里的黄不声不响地爬上宏阔的苇荡里每一支芦苇。水面上那昔日还显示出繁茂与浩荡的绿色悄然隐去，苇叶伸展在各自的空间相互摩擦着。洼里的黄也无声无息地爬上高粱的秸秆，原本油亮光泽的条叶一时间萎缩了许多，只是秆顶的那一簇簇红让人目眩，也是它们值得炫耀的地方。洼里的黄屏声静气地爬上玉米粗壮的秸秆，原本弯转下垂的阔叶仍然保持着自豪的弧形。顶花白中掺黄，潇洒地披散开，秸秆中部一两个玉米轴鼓胀得诱人，坚挺地向前上方伸出。顶端干缩的红樱固执地下垂，试图遮掩已绽露出的那一排排黄玉般的籽粒。

豆菽在冀东平坦的大洼里低矮得不事张扬，立体地展示着一种成熟的阵势。鲜亮些椭圆的黄叶早已不情愿地从秸秆上跌落，铺得一地的金黄。人偶尔走进豆垄，软软地竟生出文人的几许虚伪的心痛。

这是农家即将忙碌的季节，长把的麦镰、粗把的翻镰、细把的草镰已磨快，插在院边的篱上，任锈水在镰刃上结成红迹。农人把马车的两个黑壮的轱辘，用气管一下下地把空气注入，直到硬得不能再硬，抡起铁棍敲得轮胎嘣嘣山响。驾辕的、拉套的挽具绳索也一根根的摆布开，换去起了花的几棵，此时的庄稼汉子没有一丝的吝啬。槽里那匹青骡臀部很圆，毛皮闪着油亮，低着头一个劲儿地搜寻木槽中碎草下的粱粒，嘴里两排坚硬无比的牙像磨一般不停地压破粱粒，和那匹老马一起创造香甜的氛围。

此时，最忙的当数仓官儿，它们已在农人前捷足先登。仓官儿是有学名的，是那些多事的文人起的，叫田鼠，即田里的老鼠。老百姓称仓官儿，顾名思义，就是粮仓的官儿。这一把可握的灰皮动物让人不可小觑。《诗经》是最早记载这种小动物劣迹的，“硕鼠硕鼠，无食我黍”“硕鼠硕鼠，无食我麦”，两千五百年前，不知哪位文人的诗竟被孔老夫子欣喜地收进几大捆竹片里，从此流传下来。而这可怜的小动物竟像五行山下的孙猴子，被压住身躯不得翻身。

秋来的仓官儿不去计较与文人的恩怨，它们已经忙得不可开交。仓官儿的第一要务是修筑仓库，否则不是空有其名？粮田的沟堰、场边的大岭、树行的草坡都是它们的绝佳选地，这些地方干燥利水，有茅草、红荆隐蔽，不会被讨厌的人一眼看破。仓官儿的建筑技能是无师自通的，它们的父母都责无旁贷地把这一技能的基因传承下去，以至不会像人类，建筑技能需后天再行培养。它们的仓库标准设计是一室配二，即一仓配一卧一厕，有道相通，每室有气孔将地面的空气放入，室相接、出两口。这标准式设计的优点是仓房、住室分开，茅厕又将污秽远离，体现出洁净的本色。每室它们都要用臀部、掌部一下下夯实压光，使之坚实而不松散。出口、入口气孔尽量减小，直径小到仅容一身的出入。仓房设计往往又被勤谨、壮硕的仓官儿改进，农田的粮食品种如果较多，仓库也会随之增加，仓官儿是不会吝惜体力的。夜色里，仓官儿辛苦地劳作，将碎土由洞里一爪爪向身后抛，又一段段抛撒至洞口，再一爪爪抛出，形成一小坡面的松土。仓官儿奋力挖掘挥汗如雨，健壮的前臂敏捷而准确地运动着。几日里，建筑大功告成，即将迎来仓库的盈满。

仓官儿的收获比农人要早，它们敏锐地感觉到农人蠢蠢欲动时，早已开始毫不客气地收获。对它们来说，满洼的庄稼是因它们而生长，它们并不在乎是谁种下。它们有惊人的攀爬能力，可以像猴一样。对它们来说，攀上近乎参天大树的高粱梢或硕大的玉米轴，更多的时候还是那些倾侧的秸秆上的粱穗、玉米轴，省去不少体力，往返的间隔也紧凑了许多。夜空里的月轮把光洒下原野，仓官儿们在这温柔的光亮下更加勤奋地往返于粮与仓的途中。最便捷的还是豆菽地，只需抬起上肢即可轻易地咬开豆荚，那些圆润的还有些扁软的青色豆粒很快填满双颊，洼里的丰稔也是它们无比喜悦的依托。

仓官儿属啮齿目仓鼠科，仓鼠有一个庞大的家系，七大洲中除冰天雪地的南极，大部分地区都有其近亲成员，什么禾鼠、鼢鼠、冠鼠、沙鼠、竹鼠，种类达600多种。它们像人类一样，只在肤色、高矮、体型大小上有区别，其本性就是以掘洞为己任、以生存为目的。田鼠体型虽小，却极聪明。虎豹、象狮、蟒羊，都不会储藏，而鼠却知。暖秋思寒、富足思贫、饱暖思饥，鼠的前瞻性优于其他动物。草洼里，土质黏重，草根盘结，为它们的巢穴建设打下了良好基础。鼠能因地制宜，其适应性为写下《物种起源》的那个长须老汉做了极好的诠释。

仓官儿的储粮防饥是一种生存的本能，本无可指责，但却引起一些人的嫉妒和垂涎。他们的祖辈或自身经历过饥荒的年代，懂得去仓库搬粮是多么快意的满足，于是残秋时节，庄稼地净场光之时，扛起铁锨，踏着衰草，寻觅那草丛间、树根下拳大的黑森森的洞穴。这些洞穴会给他们带来意想不到的不义之财的狂喜。

老刘是穴中寻粮的高手，每年秋后，他都早早地将那把齐头的钢锨擦得铮亮，锨刃用油石打磨得很薄，把锨绑在车梁上，锨头冲后像车子的尾。一只蛇皮袋夹车后，顶着晨光下了洼地。

仓官儿极易犯的一大错误就是把洞土堆在洞口外。那一片松软颗粒状的黄土暴露了它们，老刘的锨唰地顺洞而下，斜缓的坡度深下一米有余，洞穴再横向前伸，仓官儿通途突然中断，莫非此穴未及完工？又沿松土前挖，终于又见洞道。仓官儿及时封堵洞穴，未能奏效。粮仓终于暴露在光天化日之下：那裸豆挤得紧紧的，还泛着青色；那高粱小穗相叠，齐齐整整；那玉米粒干干净净，金黄灿灿；卧室铺上了一层厚厚的软草，如席梦思床；茅厕不大，却实用无疑。仓官儿见守粮无望，由尾道仓皇逃出。老刘常不忍追杀，任它们而去。但仍有仓官儿不愿离去，它们守土有责。老刘则用一只口袋一并装入，抡袋猛摔，十余鼠立时毙命。带回家中，口袋一倒，硕鼠们神奇般地复生四窜，一阵猛砸打得数只。用泥封糊，填灶中。估摸已熟，掏出剥泥见肉，鲜嫩喷香。几年后，老刘听人说鼠多传染病，方停了吃鼠的念头。一日，老刘挖鼠洞横向挖出数米，洞底无粮，却见洞底一鼠大若半大猫，毛色褐黄。老刘胆大下手抓出，扔口袋中带回。用绳拴脚，任它在院中徜徉。院中豆秸有豆，那鼠每日藏秸中乐不思返。两眼硕大，两前爪大于后爪。人告之是大眼贼。老刘不忍打死，媳妇趁他外出时，将鼠扔出数里以外。当夜，大眼贼又回，如弃猫归家、家犬恋主，还在墙头下打一深洞以此为家了。

老李不像老刘那般仁慈，对老刘每年只能挖得百八十斤粮豆不屑。他的收获平平常常也可五六百斤，能掘得二亩庄稼的收成。他将挖来的豆先用水洗净，日下暴晒。媳妇、孩子一家几口一粒粒地扒拉，分拣三类，驮到油坊换油。对于十分拮据的家庭，这是一项不小的收益。一天晨曦里，老李已在一片豆子地堰下插下了第一锨。突然，一只大鼠从豆子地里探出头来，径直跑到他面前，两眼放着亮光，狠狠地盯着他，两腮鼓得很高、很满。老李一想，是这家的主人回来了。掘人家粮仓心中自有三分虚。他扬扬锨，对鼠说道：快走吧，我不打你，我要粮。那鼠毫不退缩，围着他闪亮的钢锨转圈不已，口中吱吱作声，似在说：锨下留情，锨下留情。老李火起，一锨猛然平拍下去，那鼠变作肉饼陷入土中。老李抠出鼠嘴中豆粒，足足一大捧。

老吴年轻时兄弟姐妹七八个，家中口粮不足，挖鼠得粮也就成了每年秋深补足。兄弟几个一齐上阵，围追堵截常有收获。粮仓整洁的夫妻鼠常被大锨一锨腰斩，粮仓邋遢的卧厕混用的单鼠却在飞锨铲下时倏地逃生远遁。老吴挖得多了，双手抓粮时，被困守死战的鼠抓得伤痕累累、血溅粱豆。鼠们拼死一搏不为苟活，使他掘鼠的信心也愈来愈弱。终于，在一年挖洞时，直挖了几个小时，才见洞底。那鼠的卧房绒草蓬松着，老吴伸臂向里一手抓去，把绒草一团带出洞外。在他欣喜地一看之际，虎口处像几枚铁钉扎进般刺痛。一条花绿长蛇唰地跃出草团，头部先着地，在老吴惊异的一秒钟里，在草丛中转瞬消失，只闻一阵草响。老吴掐着肿大的手腕，咬得牙齿即将碎裂。从此，老吴不再挖鼠，踩上草绳也有些心惊胆战。草洼里，挖鼠的人时隐时现，鼠洞却越来越多。人们到场边去寻时，惊讶地发现鼠洞几乎一步一洞，地下的粮仓远远多于地上的粮仓。

一年，当洞庭湖水涨，湖中岛猛然间浮出了十几亿只田鼠，一起冲向岸边。它们毫不畏惧人类的杀戮，前赴后继，力图冲破人们猎杀、药毒、棒打、脚踏的围剿。浩浩荡荡、惊心动魄，死去的鼠竟达九十吨。猫食毒死之鼠毙命的达两千余只。鼠为生存而倾巢出动，为生存而被动迎战。人的胜利却也只能赢得一时的苟安。作家阎连科精彩的《年月日》，写一老汉先爷在大旱时，与一小盲狗苦守一株玉米。无粮时掘鼠、打鼠，与鼠夺粮争水。最终，老人与狗在玉米株下死去，寓意灾后民众的复生。而鼠在与人的斗争中却永远不会灭绝。在考古学家看来，鼠作为啮齿类动物生存于世已有两亿多年；在生物学家看来，广义的啮齿类动物都可以归为鼠，在哺乳动物中占了几乎半数之多，种类近两千种，其数量当然远比人类多，与人类又是有一定渊源的哺乳动物。鼠在影响人类生活的过程中已把自己塑造成机警、聪慧、灵巧的象征。因了它爬上牛背，在上天十二生肖的选拔中脱颖而出，成为首席之兽。人不能不佩服它的聪明和机智。因了鼠的智慧，引得猫的嫉恨，家猫捉鼠成为寄人篱下延续生命的理由。

洼里的鼠越来越多，农人讨厌挖鼠者刨松了堤堰，造成漏水的隐患，杜绝了挖鼠者的欲望。粗放的耕种使遗粮在地万千之多。农人常施剧毒的农药毒虫、毒鼠、毒鸟、毒鱼。于是，洼里的蛇越来越少，洼里的鼠也越来越稀，渐渐地也很难见到堰上的洞穴、沟边的窟窿。一天，一只大鸶从树上一头跌落在地，嘴里是半只撕开的仓官儿。春日的大洼里，平整的土地上新播下的豆种正胀满了土壤中的水分，即将伸开子叶。一股扑鼻的农药味在田野上空飘散开来。

月黑夜里的狡兔

蛾眉月很细，上弯着更像美人不经意的一抿笑唇。白日那繁盛的草洼一任沉睡在黯淡的夜幕里。星仍然灿亮在一年中最晴明的夜空。远处村落的灯群在地平线上浮动起一段亮色，偶有过往的卡车拉起一条条时断时续的银线。

皮卡车沿着田间排干渠上的土路行进，车很稳，时快时慢向前。车灯把路前的坑洼、车辙、撒落的马粪、草秸照得清楚。车上是四条细狗，一条黄狗叫大黄，一条乌灰的叫小灰，一条白底梨花斑的是小梨，还有一条略小的黄狗黄黄。两个灯手在车厢站立，狗们站在车厢里向两侧探望。车座里司机和小州在前，后排左边是瘦高的老杨、右边是敦实的猛子。细狗是灵缇犬的杂交种，多日未下地了，时不时急得在左右摇晃的车上叫几声。

草洼自古是草兔的伊甸园，兔们乐得在这里刨窝打洞、生儿育女。洼民驾鹰牵狗的时代越来越远，留在终日在墙根下晒太阳的老汉们的记忆细胞里。兔们窃喜的是，耳膜再也不会被令它们肝胆俱裂的枪声震破，但阴险的人们还是常常牵着那些身长腿细的狗们来骚扰。更歹毒的是夜晚在田间的围剿，让兔们白日不得安宁夜晚不能清静。

皮卡车随着两束白炽灯光开进一块清理完秫秸的玉米地，地边缓缓跳动的两只兔，灰色的皮毛在灯手的锐眼下格外清晰。车向前开进，撞在一座坟边上，四狗蹬着车帮鱼跃而下，兔们从坟边跃身进了坟场，狗们跳跃着又转回来。大概幽灵们喜爱它们，保佑了两只兔子伉俪。灯手的灯柱在空田里横扫，二百米内罩满惨淡的寒光。车摇动着拐进一条地开到另一头，又悻悻地拐回进入下一条白地。一无所获并没有给这场夜晚的行动组织者带来失望，小州用手指着前面漆黑的旷野说，往那面转。车轮在一条翻过的地里印出两道轨迹，地边几支竹竿拉上了一道雾。小州说那是鸟网，黄雀飞来很难将网住的爪子退下。捉鸟人会把它们换成钱，黄雀是壮阳物，出价高得令人咋舌。车轮前惊起四五只鸟儿，它们不知所措地飞进一侧的黑暗中。

车轮碾着半人深的草棵，断裂的声响很惬意地弥散开。这是一片瓜地，昔日的西瓜早已在人们的肚子里，地里只有干缩的瓜藤。忽地一只偌大的鸟儿飞起又缓慢地在前面贴地滑翔。车顶双灯罩住那鸟，像如来佛手中小钵放出的光罩住了调皮的猴王。狗们不等灯手的暗示，唰唰飞出车厢，顷刻间，大黄已按住了那鸟。猛子冲过去从狗嘴下要过鸟儿抱回车来。这是一只雄雉，尾翎很长，颈上一道白环，羽上的绿色很艳。小州将它揽在怀里，看来狗很会掌握牙齿的力度，这活着的大鸟可以养着。狗们兴奋得不肯上车，随着车向前冲。车前忽地惊起一大群野雉，狗们在荒草丛里跃起，却一一落空，张开的嘴也一张张沮丧地合上，鸟儿钻进夜的保护色里早已不知去向。第一个猎物到手刺激了人们的眼神经，忽地变得如同猫眼在夜里的敏锐。前方那两盏灯泡般的眼在车顶灯的照耀下忽地一闪照进了草丛，那是黄鼬，它没有等待狗们的到来就匆匆离开，不值得用那令异族作呕的气味熏翻细狗。

大黄、小灰和小梨是猛子的，今晚带两个朋友做灯手来找小州，看看他的细狗惊人的捉兔能力。他的大黄每秒曾可疾驰 17 米，常令乡野的细狗和狗主人艳羡不已。顶灯由汽车灯改造成，连着蓄电池，强劲的光线照在地间芦苇上，芦苇澄绿的茎叶要还原白日的色泽已很困难，怒放的芦花摇曳着充满暖意的大穗，花絮在灯光里像蚊虫曼舞式自在地游弋。忽地车顶被灯手急切地拍打几下，前方白地里移动的兔子进入视力所及范围。兔子不大，在光影下移动得也不快，车后厢一阵躁动，狗们已在零点一秒里踏上松软的土地狂奔。那兔神智已经错乱，径直在光圈指引下忙乱地左奔右突。大黄并没放开最快的步伐已按倒那兔。兔很小，不足二斤，扔在车里人的脚下，鞋挨上它感觉到温暖的气息。这只应是今年春天诞生的，半年的时间还没有遇到过天敌吧，第一次这种迅猛而至的教训对它来说已毫无意义。不断有兔子倒毙在大黄、小灰的利齿下，猛子不时把它们软沓的肉体扔进车里。

车轮碾过十几条条地擦着一条晚熟玉米地而过，嫩玉米在叶苞里鼓胀出诱人的形状。进入一条耙过的白地，丛丛苣荬菜在车轮边闪过。小州让停车，下车把野菜大把地拔出放在脚前，苦菜的清香味扑进每个人的鼻孔，那是佐餐的好菜。那雉鸡早已听不见咕咕声，想来已气息全无。顶灯忽地聚焦在前方，车上人眼与狗眼几乎同时看见了那只倒霉的兔子。车突然换挡快速向前充当狗们追上一段，那兔借便利的光线顺地疾驰，狗们在车放慢时瞬间跃出车厢，如四道流线直取狡兔。兔体很大，车内人估计此兔应在 4 斤以上。兔向条地中心猛然折奔，四狗像它拖长的影子紧随其后。兔又在狗几乎把鼻息喷上后腿时向右急转，狗们前冲扑空并未被兔的技巧折服。兔忽地脱离开灯光的引导，在飞腾的瞬间将头向左侧的苇丛钻入。老杨和一个灯手跳出车，在苇丛密集的浅沟里蹚进蹚出。那只兔终于屏不住呼吸、稳不住激烈跳动的心率，跃出草丛由车前冲过，这致命的错误又一次给狗的立功提供了方便。四狗目标顿时明晰，急促的叫声逼近倒霉的兔。大黄显然把它带进死亡的永恒里，在兔头上留下杂乱的齿印。车里人们的脚下渐渐堆满了缺少灵魂的兔子。大片的条地在车后远去。

秋日的棉花绿叶在灯光里反射出舒适的油润，棉桃累累，银花绽放。此时，棉田枝叶下就是兔们最坚固的避风港，棉地边也是大兔、老兔出没频率最高处。那只曾被狗们追逐过的老兔在地头警觉地发现车灯时，已为时过晚。一百迈的车速轻松撵上老兔瞬间加速的步伐，车未停稳，狗已迫不及待地如四支开弓的利箭。兔已明确地意识到棉地的边界已成为生命的界限，车内人恨不能变作鹰飞去，还是猛子极有把握地咬着自信的嘴角。老兔遗憾的是肚中尚未吃饱苣荬菜叶，像杰克·伦敦《一块牛排》中汤姆·金那无力一拳的遗憾。它的头已挨上最近的棉叶，仅一步之遥就能拯救自己的生命。它的头被大黄狠命地咬了一口，昏厥在地。大黄叼回大兔，猛子在它头上爱抚地划拉了几下，大黄舒服地站稳，摇动着那条长尾。

其实，兔的逃跑术是多姿多样的，直线跑、弧形跑、折转跑、钻草迂回、静卧避敌等，唯一的反抗是在即将被狗抓获时以后腿猛蹬狰狞的狗脸，这招儿常常奏效，狗们往往面目全非。老兔的肾上腺素虽不及青春年少时迅速分泌，但它们的脑部横沟记载了经历过的凶险、危急，总能做一些避险的预测，其智力当胜过依仗人势的细狗们。

小排干上的苇草已有些枯黄的干燥，细小的几棵榆树看起来被草丛欺负得很难拔高。灯光闪过，雨季存积在沟里的雨水闪亮得动人。猛然，小州指着沟沿示意那里草动，其中有兔。猛子下车蹑手蹑脚地走到沟沿，猛地将宽厚的身子扑下去，身下的草托着他的身子在坡上成了头朝下方的四十五度。那兔早已逃之夭夭。空手捉兔看来是猛子的惯用伎俩，这一绝技不久果然见到效果。夜空似乎又刷上一遍漆色，愈加黑起来，而灯下的兔却也感觉更加明亮。大村南的玉米地挺立着干黄的秸秆，车轮压进地里如同钻进了胡同，七拐八拐费力地钻出地来。草中的蟋蟀无视轰隆车声的侵扰，一味有节奏地唱着单调的歌。车在狭窄的岔路上来往寻找着大路，当临近一块棉田时，猛子示意让车停下，顶灯锁定了一只兔子。那兔子显然没有睡好觉，或是基因遗传时有了缺损。它没有直接进入棉田，反向地跑到空白的地头，一处不高但繁茂的草丛掩住了身子。狗们在周边转来转去，嗅觉提示它们，兔子就隐身近处。猛子快步颠着跑去，只用半秒的判断猛然扑下，一只兔子已压在身下。他用棉衣把兔包裹，手在衣外把兔狂蹬的腿固定住，抱坐车里，像怀中关爱的一个小娃。活兔不论大小，一律可卖价 80 元，狗场里养来训练细狗是最真实的实物。

兔生活的环境决定了它们智力的高下。山兔比洼兔幸运，稍加奔跑，一个转身一个跳跃隐于树丛即可保全生命；草原上，丘陵起伏，草地宽阔，兔一个旋转一个草遁即能得以喘息；洼里的草兔则不然，它们不仅像山兔、草原兔经历过人类最初的弓箭袭击，经历过土枪铁砂、气枪铅弹钻入皮肉的痛苦，更要防备鹰隼的利爪、狗的出奇嗅觉，还要防备人的套扣勒颈、牵拉数百米电丝上的万伏电流对肉体的穿透。人类和大自然的智慧推动了兔子的智慧升级，兔子的智慧又反过来激励着人类智慧的应用。现代的洼里草兔已越来越聪明，像洼里的鸟儿，像洼里的灵蛇，捕不尽，打不绝，一代又一代生生不息。

北斗星勺柄向东下偏了一个角度，牛郎织女星还在银汉两岸痴情地相望，那月牙已坠在芦梢，像炉膛里夹出的正在冷却的草镰。车上的狗们还精神抖擞毫无倦意，车里人喷出的香烟味驱赶着眼皮上的瞌睡虫，车轮继续碾动着土路上的草秸。地里的草兔们彻夜不眠，较量还在继续。

第四辑　洼边的桥

洼边的桥

夏季的大草洼对洼里人来说是感觉最舒畅的，整个目所能及的世界几乎都被绿覆盖了，村庄、大路、晒场以及人们很少顾及的坟地都掩蔽在翠色里。唯有村庄后那条小河像条银亮的缎带，穿过草洼南部的苇丛一直向东，再向南折又向东，和宽大的南排河、窄小的石碑河并行入海，三条河在海口欢快地拥抱在一起。

有河就要有桥，洼里人要下洼、要治鱼、要放羊，于是就有了一座长龙般的吊桥跨河而过。那些年，海爷还是个二十大几的毛头小伙子，年纪不大但辈分高，庄里人大都叫他海爷。他长得敦实，常年和爹在洼里看洼，水里的黑泥和阳光调和成一种不算浓的酱色贴得他满脸满身都是，只有在他光溜溜地从那座吊桥上像梭鱼般入水时，才能看见脐下的那片是白生生的。那吊桥说是吊桥，实际上并不是用绳索在两岸悬吊，只是村民为了过河方便，在三十多米宽的河上插上两排碗口粗的木杆，横竖再用铁丝绑上木棍，桥面扎上一米多宽的木板，桥南桥北各拉两棵一把粗的长绳算是固定。桥中部木杆留四五米宽以利小船经过。海爷的爹是这桥的设计师。对洼里人来说，设计这样的桥在一个早晨一袋烟的工夫就能完成，架桥也只在傍晚蚊子起来前就能竣工，海爷那时也只有扛木棍子的份儿。桥建好了，每天人们从上面走过，牵着驴、赶着马、轰着羊，扛着锹、举着杈、背着草。桥下水流哗哗，桥上晃晃悠悠，人像筛糠哆嗦个不停。人们说：像长虫吃了烟袋油一般。但比原来摆渡方便得多。夜晚一场激雨，早晨我跑到桥头，那桥在水中艰难地挺立着，草洼里过滤后的雨水已浸满小河，水不混浊，有些泛白。下游的海潮上涨，河水就要涨上河滩，离桥面不过一米的距离。走上桥，桥在摇，有鱼腾起从木杆间越过。

几年后，小桥被拔掉了，一座大木桥占据了小桥的位置。木桥柱都有一搂粗细，深深地扎进河底，河上十排，每排五柱，每排上又用斜十字形长木固定。桥面用黄粘泥捶得结实，又用炉灰渣拌水泥砸严。桥栏杆一米多高，刷上蓝漆很气派，马车隆隆地压上桥头，车上的草装得好宽，一边只有一米多的空隙。拉满砖的汽车隆隆地开过桥面，海爷感到桥面在微微颤动，车轮前的桥面凹下去又从车轮后凸起来，海爷感到像自个儿肋条在咔咔地响，一根根像要断裂。海爷冲汽车屁股狠狠吐了口唾沫，无奈地转身走过桥。海爷也有惬意的时候。七十年代末，民兵训练时，还是民兵队长的他率先从桥上一跃而下，仍像十几年前那样矫健地斜刺入水，那角度是四十五度，入水后急速向前一个上弧露出他黝黑的脸，展开双臂直向前游。桥上的汉子们一个个跳入水中，犹如一群翻江的乌鱼，溅起的河水或展开似扇、或急飞如花。海爷最拿手的还是跟他爹学来的治鱼。入夏，河水漫过桥下游的浅滩，海爷把鱼箔插在浅滩上，只简单地下个“凤凰单展翅”，鱼儿就乖乖进入他布下的迷魂阵。

又一个让海爷宽心的日子到了。那天，木桥上的灰土被推土机拥向桥两头，桥上木板被掀起来。桥桩被人打上钢丝绳卡子，在拖拉机一声轰鸣里轻松地上了岸，这几乎和他从高粱米粥碗里拔出筷子是一样的感觉。桩上中段带着一团团难看的牡蛎的残壳，桩根乌黑的泥散放出阵阵腥臭。桥的两侧垒上了大堰，车辆、人畜都从这临时的土堰上过往。水被抽干，海爷和几十个民工一起向岸上抬土，黑泥在铁丝拧成的大筐里晃动着上了堤岸，倾倒在已开始发黄的茅草丛里。黑泥之下是黄泥，直到挖出了硬实的黑沙。海爷摸着有些发痛的肩，看着八根水泥墩柱盒子板一天天长高。水泥桥剪彩开通那天，也是柏油路修通那天。海爷走上桥，来回走了两遍，用脚上那双千层底鞋在桥上跺了又跺，桥纹丝不动。桥两边是水泥栏杆，还有高出桥面一拃的人行道。最早的一班去天津的长途车驶上了桥，与一辆大马车交错而过，三五石化厂上班的青年男女把自行车车铃摁得铃铃直响，海爷慌忙跳上人行道。他向人群看看，没有他在厂子上班的大儿子，要是有非得挨他一顿好骂。羊群呼啦啦地拥上桥，“海爷，够早啊。”“啊，看桥呢。”赶羊的老汉看起来比海爷大十几岁。两辆大卡车从南边驶来，车上的大罐像两座小山，熟红的油漆还是崭新的，在晨光下格外耀眼。洼里工业区几个厂正在扩建，年底又要投产了。十几年过去，海爷已不再打鱼，在家里养上两只羊，每天清晨骑车去洼里蹚着晨露割一捆青草回来，骑过大桥时太阳还懒懒的不肯从银亮的河里钻出。大桥出了一个洞，初时很小，只有碗大，几天后便像海爷用了十几年的搪瓷盆一般大了，从上面看得见桥下的河水。海爷怕人们在那里摔倒，清晨总要去桥头，有人骑车经过时总要招呼一声。他想着要去告诉管桥的单位来修一修。谁知当天一场事故，农用车上两人受伤。大桥老了，桥头竖起了五吨的限制牌。大桥老了，栏杆已伤痕累累，桥头四五米的栏杆已掉落进河里。大桥时常维修，车辆被迫绕行几十里。我时常乘车路过大桥，情不自禁地要向桥东看看，总见一个老人在河岸上，拄着拐慢慢地走。那是海爷，他退休了，在看桥上的车辆和行人过去又过来。千百年来，桥与人类的生存息息相关。桥连接河水两岸，有了桥，人类走得更远，生存的范围也就扩展开来。洼边的一座桥怎不让洼里人时时惦记呢。

几年前春日的一个早晨，海爷起得像每天那样早。大桥两边已聚集了很多人、很多车，大型的起重机、挖掘机、运土车开上了桥头，这座走过了成千上万车辆、人、牲畜的大桥喘息着。看见大桥不久就七零八落，海爷一眼的模糊。几十年过去，由窄狭的吊桥到宽大的水泥桥，那变迁如同梦幻，似乎只在一瞬间。

已是仲秋的夜晚，我踱上刚落成的新桥。“岸暗鸟栖后，桥明月出时”，那灯杆立柱上挂满的灯一层层，晶亮的光照亮了六车道的每一道车印、每一对脚印，还有石栏上那一个个手印。桥北的路一条通向十几公里外的高速路，一条通向广袤无边的大湿地。桥南的五里长街旁街灯齐放，霓虹灯闪动着七彩。石栏边是海爷，依在桥上靠南的石栏柱上，他是在听水边苇丛在温和的水里相依相偎吗？是在听岸边草棵子里的鸣虫的叫声吗？海爷听得出哪一声是蛐蛐哪一声是蝈蝈。河水比前些天要缓慢多了，许是桥东桥西沿河那些灯火明灭的楼群、别墅、槐柳的倒影增加了水中的阻力。海爷掏出腰上插的烟杆，固执地在烟叶口袋里拧动装满烟锅，火镰已买不到了，海爷只能用火柴点烟。月亮终于静悄悄地从大草洼升起，没有一丝声响，月圆还得几天，河里的灯影在动，夜空的星星在闪，我看见海爷又在擦他模糊的眼。

新晨写景

晨光从蒙蒙云层滤过，携带着潮湿的气息。蓦然间有雪花飘落下来，这雪花委实太小了，既无霰的浑圆和落地的声响，也无冬令雪花的闪亮。一点儿一点儿，像秋芦的飘絮，也如极细小的纸屑轻盈地落。许是第一次见到这么轻微的雪，我更愿把它们想象成九天仙子晨妆时敷散的香粉。雪花濡湿了村路，濡湿了屋顶，也濡湿了院落里反刍的黄牛的脊背。远村迷蒙在薄雾里，有鸡鸣声唤醒小村，虽不洪亮，却也湿润得清爽。

惊蛰时气温转暖，或有春雷乍动，会惊醒蛰伏地下冬眠的昆虫。也引得古人诗情勃发，"仲春遘时雨，始雷发东隅，众蛰各潜骇，草木纵横舒"，对姗姗来迟的春日表达出欣喜心情。惊蛰百虫苏复，春耕始忙。古人对一年中节气的划分，针对农耕，也可谓精细和科学。

乍暖还寒，渤海湾大洼里是一番别样景色，比之黄河之南春回恐要迟上一旬的时日。万顷大洼已从冬日的寒凝里苏醒，洼边冰面已融，水波浸润着潮湿的沿岸。走在洼边，呼吸着带着凉意的草秸的湿气，脚步陡然间变得轻快许多。浮冰大片大片，像一个个孤岛，残雪把冰面粉刷成洁白的沙状，冰面的足迹、小凹处融化出个个小窝。放眼看去，会让人联想起美妙的豹斑，但冰斑更显奇异的丽彩，大大小小，参差相间，水窝的幽蓝、冰面的洁白更是奇妙的组合。

洼边的芦苇保持着去冬枯黄的面目，一丛丛摇曳在苇车压过的土路旁。它们的根连接在土中、水下，新根在萌，鼓胀起空心的根节，像生机勃勃的地虫在千百年层层腐根上横钻纵行，与万千根须绾结，组成庞大的生命根网，等待着一齐钻出水面、钻出泥土喜迎阳光的日子。

洼边树丛的枝干在天幕背景里组成了剔透的画面。柳干变得有了绿意，柳枝在风中摇动得比冬日要柔，感谢春风和缓了僵直的腰肢。柳芽苞看起来像一个个褐色的鸟喙，胀满得闪出荧光。榆树枝保持着一年不变的黝黑，所有的细枝上鼓出芽苞，如水墨画师轻巧地点缀，但密集的程度超出了画家的想象。白蜡的枝丫蒙上一层柔和的灰色，每一枝条疏朗地向上，展示出茁壮的气韵。

大麻鳽是洼里来得最早的水禽，在水边斜向伸出脖颈，静候水中的游鱼，芦花色羽极好地为它们作了掩饰。早些时候，它们就在冰上守候，直到冰面融化。白鹭不像大麻鳽那般呆滞，它们随同春风的北进飞来，或一二只，或三五双，静候在水泽，常常迅速地向游鱼出击，总能有所收获。白鹭不会总固守一处，不多时又会飞起，飞飞停停，像急躁的钓鱼人，更换着垂钓的水洼。洼边喜鹊总是带着喜悦的“喳喳”声，叼着干枝费力地飞上槐树上的鸟巢，侧身飞下树时展开黑白相间的羽毛，又半旋飞上枝颠，与枝上的另一只保持了最佳的距离。麻雀蓬松的灰羽掩住了一冬冻羸的身躯，一只飞上树枝时轻得竟无一丝声响，它下意识地在干褐的枝干上啄了几下，跳动着向上，再向上，相继又飞来二三只，“唧唧、唧唧”，像相互间的问候。树下的茅草丛曾被寒风吹刮成倒伏状，但也有扬起的草叶保持着淡红的尖梢。喜鹊惊扰了草中的藏匿者，一只雉鸡怨愤地飞起，拖着五彩斑斓的长尾在树丛间滑翔，顷刻扎进苇丛。

雉鸡与喜鹊、麻雀一样，是大洼坚韧的守望者，一年四季不愿离去。

北方的春雷在惊蛰时还很难听到。唯有一年，惊蛰节令将去的夜晚，听得雷声骤响，如天车隆隆驶过天宇，由远而近，又骤然远去。我依窗听雷，有小雨轻点玻璃，像清冷的扬琴为宏声的钢琴伴奏。雷声时而如海潮涌来卷去，或如千万面大鼓敲响排阵而来。

扒开枯苇根部的草叶，踩上松软的潮土，还未见爬动的蜘蛛、游走的蝼蛄或另一些不知名的甲虫。但不久，这里会是它们繁盛无比的世界。枯草丛中唯见的绿意来自荠菜、苦菜，萌生的叶两三片即点缀出欣然的绿，小若佳丽染绿的秀甲。高台地上的果园在大洼边并不多见，桃枝的熟红已泛出鲜亮，冬枣树还一味矜持地乌黯。林间飘起烟云，那里的枯枝败叶已被点燃。马车拉来的厩粪被撒在一棵棵树下，去岁的丰收今秋也许还会再现。

细小的雪花不知何时变成了小雨，湿了洼里的树，湿了洼里的草，湿了田野里匍匐在地熬过严冬的麦苗。夜半，忽听得雁鸣声声，开窗望空良久，沉沉夜色难见雁行，那稀疏的雁叫渐渐远去。

大洼晨霜

洼边的树丛在地平线上画出一抹蒙蒙的乌痕，薄雾由近至远，由稀薄变得浓厚。洼边小村的屋顶散漫地排列着，或三五行，或六七排，或空开一片片宽宽窄窄的坑塘散落在几株柳树后。屋脊舒适的倾斜度铺开鳞鳞红瓦，那瓦上的霜是半夜里静静涂刷上的，夜凝雕霜，银著瓦轻。薄薄的，只给瓦下的缝隙处留出窄窄的红印。那些高大的砖房、低矮的土屋、壁立或残缺的墙头，全都敷抹了一层洁白。如果说，是早起的仙子们晨妆散落下的粉黛，那撒下人间的也真过于奢侈了。

麦田透着暗暗的欣喜，寒冬里望眼欲穿的瑞雪难以光顾了，悄然而至的晨霜如柔曼的手拂过平坦的腹部，将凝重的澄绿覆上一层乳白的细纱，有着几多温馨、几多亲情。洼沿的荆条、槐榆、杨柳，那些遒劲的枝干、柔细的弱条，被肃霜裹满，虽不及雾凇来得气势磅礴，却也染出一洼的银彩。

辉光从云层的缝隙里透出，一支支麦苗渐渐挂上悬珠，还是细密的露，在这宁静的清晨无声地演绎着由霜成水的变幻。晨光缓缓爬上洼边树丛的枝条，霜花不情愿地在枝丫上一点点隐去。喜鹊一只跟着一只飞来，恣意地践踏爪下的薄霜，霜无奈地化为湿润。十余只麻雀呼啸飞过，细心的壮硕的头雀看见了那树干上细小的流痕。白蜡树枝条向上捧举出掌状，悬垂串串干黄的籽粒如一柄柄小小舟楫拥挤在一起，枝梢已见鼓起的芽苞。清霜委地，万草色黄。屈尊在树丛下的茅草、狗尾草、芦草，枯萎里保持着坚韧的神态，阳坡上的草被霜水濡湿了，背坡处的草披挂着寒霜的铠甲亢奋着，草与霜结合默契，棱棱作气，凛凛生威。臆想中脆弱的苦菜居然在树下坚守，几丛偎依在槐树下，十几片蜷缩的叶透出倔强的紫红或暗绿。

雾霭里的大洼是和天边相连的，满洼的芦苇静立着。从高处俯瞰，霜染的芦苇似在重放那深秋时万顷怒放的场景。苇荡并非一味坦荡，而是起起伏伏、高高低低，些微的风便惬意地荡起一片片苇浪。芦穗是暗褐的，神力的自然伸出亿万支魔手，在每一朵芦穗上刷上一层白，如白头翁鸟儿，在微风的苇尖上摇摇欲飞。冷光似雪的凝霜里，洼里人看过“惊鸿雁之嗷嗷，落蒹葭之苍苍”，昔时哀鸿遍野的凄惨声渐行渐远。

苇下曾经澄绿的水的褶皱被一片片薄冰凝固了，不知何时飘落的苇絮被封闭在一片晶莹里，如翡翠里的绒绒石花，却又清晰得像一朵朵银花。冰沿与尚未封冻的水面相接，苇絮点点，浮游在宁静的水面，在小风里进进退退、迟迟疑疑，似欲飞起已成奢望。那些在枯黄的菜棵、草叶上飘挂的苇絮是幸运的，紧紧地抓牢身下的秸秆，静待着春风来临。

晨霜并非文人笔下的“皑皑其姿，皎皎其彩”，寒意在大洼里弥漫，冰霜试图营造出肃杀的氛围。水中的鱼儿不以为然，贴水而看，小鱼苗结队游过满是苇秸的水，在苇丛里游进游出；草丛里的环颈雉不以为然，两三只起飞时有意地贴着冰面、贴着苇尖上的凝霜，炫耀地把斑斓的长尾投影在鱼群的水下；那只草鹀也是不以为然，它从苇洼深处飞来，在一棵横逸的荆条枝上短暂地停留，条尖知趣地弹起让雀儿放情飞去，枝上的霜飞溅而下，在光线里闪开微小的银屑。

洼边的河，停滞的河水抵御着肆虐的寒意，几日前迟迟不冻的边沿终于大片凝结。冰面的霜顽固地抗拒着斜照的阳光。霜面杂沓着鸭的爪印，河水中飘动的苇叶稀疏地散开，如清瘦的黄色鱼儿。当阳光从南岸斜射到北沿边的冰棱上时，三五只野鸭已从冰面跳入河水，被河边低垂着的芦花、茂密的苇丛遮掩着。不远的桥上投来一束束贪恋的目光，目光里有豪华车窗里侧望的人，有骑车侧身探望的洼里汉子，也有与那放羊老汉一齐望来的一对锐利的狗的眸子。野鸭的心态是坦然的，这从大队鸭群里掉队的几只，明晨或是后日，即将从这寒气萦萦的冰面起飞，去和南方的父兄们会合。

飞下的霜花由密集到稀少，环洼的大堤上黝黑的榆槐交织的树冠组成一条幽深的甬道。路面上，半圆的马蹄、双瓣的牛蹄和胶皮大车印向前延伸，布鞋印、球鞋印、旅游鞋印相叠，一条细长的自行车印横压过竹叶状鸟迹、梅花瓣的黄鼬印、草兔印，蛇一样左右行进。诸多印迹叠压住了一个甲子前那些从四面八方走来的老布鞋印、雨鞋印、赤脚印，压上了那些滚动的履带拖拉机印、轮带拖拉机印，还压住了那些蜂拥而过的杂沓的羊蹄印、牛蹄印。成千上万的农民扛着铁锨或犁耙，抬着大筐，牵着骡马，走进这海滩边的农场。如今，扒开堤上的浮草，踩着肥沃的土地，静倚大树下，或能听见那响遏云霞的开垦荒洼时机声的轰鸣、稻田里的欢歌笑语，以及草场上牛的长哞、马的嘶鸣。

天光明亮了，蔚蓝很快主宰了天空，阳光投下照亮了大洼，那些凝结的霜骤然间无影无踪，一幅清爽的大洼图呈现在明朗的天宇下，洼边的树丛、房舍明晰起来，像洼里人踏着泥泞的小路穿行在大洼地，潮湿的芦苇四面八方围裹着你。瞬息间，寒凝被密密匝匝的苇驱散，苇又被寒凝尾随而来，大地凝华，整个大苇洼就要封冻了。

一只大鸶由洼里台地的老荆条树上飞起，威武的身影很快潜入苇丛。

小雪初晴

由晨一直下到午后方歇的雨格外细密，如牛毛的纤细和柔长。谁知子夜游丝般的雨又起，很快变成细小雪花，缠绵地敲打在农家窗棂上、门框两旁褪色的春联上、院落里丛丛半枯的菊花上。次日晨，雪花在晨风里变大，急速地洒落，铺垫着一洼的洁白。村庄轮廓在雪花编织的素帘里模糊着。古人称小雪时节“虹藏不见，天气上升地气下降，闭塞而成冬”。老人盘腿坐在炕上小饭桌后，端起老伴递来的粥碗，热气如雾悠然腾起，粒粒小米在碗中凝成金黄。“先前的雪大得多啦。”他感叹着连年舒适的暖冬。“嗯。”老伴表示赞同。院里的几声狗吠也像是回应。老人们欣喜，上天按时令飘下瑞雪，来年又是丰年。

雨雪后，寒风如期而至，洼里是另一番景象。芦花放尽后深褐的穗头簇拥着凝结在雪的重扼下，屈辱地低垂着，小声吟诵起天地间绵长的诗行。“今我来思，雨雪霏霏”“小雪已晴芦叶暗，长波乍急鹤声嘶”，苇荡原有的一片片褐黄、暗灰、淡灰已隐去，皑皑雪色连接成无边的大野，深深浅浅、影影绰绰。洼边婉曲的河苇中宁静的泊如玉带、璧盘。时有雁群骤起、凫鸭急落、天鹅疏影、孤鹤横飞，伴着洼淀深处或豪放或嘶哑的鸣叫，自然中的生灵不忍让大洼沉寂在初冬的萧瑟里。

未及耕耙的农田里，残留的玉米枯秆、豆萁残茎任风雪摧残。过晚萌生的苣荬菜、青蒿、荠菜被无情地掩覆在雪层下，扼杀了那绿的生机。几天前，村边台地上一片青麻叶白菜地上，有老汉抡起菜刀在砍，这是农家最晚的田间收获，老人刚从南方旅游回来。周边的菜地一周前已收尽。菜根发出断裂时痛苦的脆响，凝着亮彩的老叶被大手撕剥后随意抛撒在畦埂。当拖拉机的后车厢被装得满满时，隆隆的机声由菜地下坡到泥泞的土路，再到院落，还有姑娘、孩童一路的欢笑。

凌晨的寒风终于使大洼里残留的暖意荡然无存，一夜间水泊笑纹般的涟漪消失殆尽。水面在晨光里闪着晶亮，漂浮的苇叶凝固成雕刻的画面。最后一群野鸭从尚未冻结的湖心飞起，几片轻盈的羽毛飘荡着落进苇丛。

曾经也是大洼有了冰冻的夜晚，田间雪后凝冰的土路被缓缓驶来的皮卡车碾破，晴朗夜空上寒星闪烁。车厢上站立着洼里汉子，一手抓车栏杆，一手握着改装的汽车灯，贼亮的灯光直射向雪景中空旷的麦田、耕翻的白地、荒草的坟场。一只挪动的草兔在雪地上暴露了身影，灰色与洁白反差过于明显。持灯人低沉一声喝，两条细狗从车厢里一跃而下，吠声急切，向灯光所指处疾驰，踏起雪花飞溅。肥硕的兔急切地左右跑动已乱了方寸，顷刻间两犬一左一右横追堵截。那只兔在长满芦苇的深沟边被扑倒时，一闪念的后悔就被切进喉咙的狗牙阻断。细狗叼起草兔跑向车旁的主人。那些年初冬时，也是洼里人逐兔的季节，向大洼的索取由植物到野生动物，乐此不疲。此后，洼里人终于把追逐野兔的兴奋场景埋进了记忆里。

几只岩鸽飞落苇塘边的槐枝，颈上一圈银亮的珍珠装饰令它们左顾右盼地炫耀。两只喜鹊悠然飞过时，侧视的眼光中果然有几分羡慕。天色暗下来，雾气升腾，灰暗的天空又在孕育千千万万纷纷扬扬的雪花。

诗意春分

带着暖意的洼风一遍遍抚摸着树枝上每一个芽眼，洼边的各色树木已无心沉睡。白蜡的枝条看似漫无规则地伸展，但每一细枝梢又都是极力上仰着，芽眼鼓胀起黝黑的芽苞，看去如画家用墨汁随意点染而出，背景是一片天蓝的大纸。杨树上挂满了花序，黛黑里更多了几分褐色，坠着的怎不是满枝附着待飞的蝴蝶。

苇洼里延续了冬日的静谧，刈割后的大洼坦荡无垠，登高望去，能看见洼边乌黑的林带、海边银亮的风车。残留的苇丛和苇茬用潇洒的褐黄铺陈出大气的广袤。俯身看水，波光粼粼会晃乱你的视线，被那些残苇或遮或挡的是一支支新发的苇芽，尖尖的凸出在宁静水面一点或一针，淡绿中抹着一层嫩紫。也许，此时可以看作大洼一年中新生与辞旧的分界。

大队的鸿雁、豆雁、野鸭、天鹅来了又飞走，苍鹭、白鹭、小鸊鷉们已不愿再远飞。麻雀是洼里最欢快的鸟儿，寒冬渐远，它们憋屈的绒毛充盈着春阳的温暖，洼边的苇穗是它们弹跳的簧，瞬间的起落竟是那么随心所欲。它们的喧闹惊起了雉鸡，从苇茬密布的苇塘飞起时并不十分的情愿，一只只相跟着向大洼深处低飞，雄雉的长尾炫耀地拖长着身影。留鸟们留恋着禽鸟们飞临聚会声喧大洼的时光。

洼里人并不关心天体的飞速运行，太阳运转到黄经零度即是春分，那是古人早就定下了的，他们相信古人说的“二月二，龙抬头”的时令。清晨，孩子们还在梦境中快乐地游玩，奶奶拿起短小的擀面杖敲响了儿歌：“敲、敲、敲炕头，银子钱往家流；敲、敲、敲炕梢，银子钱往家挑；敲、敲、敲炕沿，蝎子蚰蜒不见面！”孩子们的梦被梆梆声敲碎，看大人在院子里的枣枝上挂上长鞭，顿时火星飞溅，炸响声震动着窗棂，震动着脚下的土地，震动得他们心目中的大龙抖动着鳞鳞金甲，仰首长吟着醒来。

洼里的渔人在大堤下修整被寒风刮乱的苇箔，泥抹的烟囱冒出了淡淡的炊烟，像轻扬的纱飘动起弯曲的带，弥漫在洼边的树丛。渔家汉子站在堤上，叉着还未疲惫的腰向洼里看了又看，竟像那传说中的会憋宝的老汉在这里观望。传说很久以前，那老汉来到这里，手搭凉棚看见了大洼深处的一群猪崽。老汉蹚着水进了大洼，赶着它们在水草肥美的台地上放牧。几年后，他告知洼下村子的朋友次日晨一起去捉小猪。谁知走漏了风声，一个贪心的老财捷足先登进洼藏在暗处，抓住了一只，拧下了一个耳朵，小猪蹬瞎了老财的一只眼，老财得到的是一个金耳朵。小猪群呼啸而去，再无迹可寻。憋宝的老汉钻进大洼再去寻找，从此不见回来，捉金猪的梦想却留给了一代代洼里人。

走在洼边，踏上枯黄的荒草，走进虬枝老干的槐树林、榆树林，槐荚干缩在枝丫。脚下的暄土被踩出一个个潮湿的浅窝，层层叠叠未被严冬的风刮进洼沟的树叶发出嚓嚓的生动的音调。一簇簇荠菜从树丛残叶里隐隐露出，小小的锯齿状叶绿绿的，还有那茸茸的苦蒿、艾蒿，一齐点缀了树下的春色。

立夏情怀

蓝天上的云流悄无声息地带走了春意，小风用力撕下树叶上残留的一丝杨絮，大洼的绿野蓦然间被夏风柔性的手梳理着，梳理过处留下了一片片银白的茅花。初出的花絮挺如毛笔插在绿草间，支支向上，自会书写初夏的新诗。此时也是一年里茅草最能展示存在的日子，万花怒放，白得洁净，白得坦荡，也像白云浮游在绿色的天幕。

洼里的苇一半遮掩了苍鹭的身影，一半在水中成为水族的乐园。清晨和傍晚，水禽们此起彼落，呼朋唤侣，四处寻觅着鱼虾和草上的飞虫，更多的时候隐在绿丛中，忙碌着为小生命筑巢。苇莺此时的鸣唱最为动听，每一支短歌在水面上弹跳着，竟如珠翠在水上急速地点过，弯转成一条涟漪的弧线，消失在茂密的叶丛。此时的大洼，你只能做悄声细语的欣赏者、蹑手蹑脚的闯入者，屏息静气侧耳倾听它们的情歌，那缠绵的音符你却难以复制，鸟儿的音乐天才令人类自愧不如。你切不可妄自扒开苇丛，偷窥鸟儿谈情说爱的幽静之所，打断它们灵妙的抒情声喧。

半个多世纪前，大洼人像鸟儿一样忙碌。拖拉机的履带第一次隆隆地压进大洼，翻开亘古荒洼带着咸腥的黑黄泥土，掀开千百年纵横叠压的海绵状的苇根。一块块条田流进有些混浊的甘甜的水，浸泡了每一粒土壤，等待着秧苗的插入。排排苇箔组成了秧田的风障，一畦畦秧苗在掀开了油纸后沐浴在阳光里。像剪裁过的整齐的秧苗伸开细叶，绿得剔透，绿得翠碧。纤细的生命的绿色，给渤海边的大洼带来了希望，人们憧憬秋日的大洼又是一个充满诱惑的金色世界。战争的硝烟早已在大海边散尽，沿海的农场集合了几万名古老村落的大洼人、脱下军装的军人、走出机关的干部和技术专家，大洼将在他们的双手下变成鱼米之乡。

老洼民们眷恋着漫洼的苇蒲、水洼的鱼儿，那世世代代赖以为生的大洼牵系着他们的心。昔日的大洼是他们富饶的后花园，风霜雨雪里裸露过的大手划动了灵巧的小排，穿过连绵的苇淀，滑过青葱的蒲洼，停靠在洼里的草台边。洼民们的脚在草台上寻觅着每一处下脚的地方，瞬间惊起岛上的鸟儿，野鸭、大雁、苍鹭惊叫起来，在小岛上空往来翻飞。他们从一个个独立的鸟巢、重叠的鸟巢里摸出青色鸟蛋来，挎着的桑条筐篮很快盈满。鸟儿在空中愤怒地呼喊着自然界的公平与正义，吵嚷着咒骂着人类的贪恋和残忍，哀求着放回它们温热的小生命。洼民们还是嬉笑着用竹篙向空中一扬、水中一点，船儿顷刻钻进了苇蒲。那时，是人类和鸟族之间没有法则可言的时代。

小河边、洼堤上，槐花连成了花带，槐香引来了鸟儿，它们在槐枝上弹跳着自舞自唱；槐花迎来了群群蜜蜂，它们顶着满头的花蕊和鸣着一支单调的歌；槐香盈满了树间的大路，洼里人走过，带走了一身一袖的芳香。

望望立秋

洼里每一支芦苇把身姿挺到最高时，秋悄然来到大洼。芦叶经过阳光的暴晒、暴雨的肆虐后变得硬朗。临水老绿的叶已经透出微黄，偶有草鱼拉倒的苇无奈地横躺在水面，叶所剩无几，唯有苇穗艰难地仰起。大片的芦苇是极有气势的，在风里或分或合，自如地为进出的小渔船让开水路。芦穗散开暗红的花絮，让每一束小花絮都挂上一缕晨光。它们期待着那铺天盖地怒放的日子。

古往今来，人们把鱼米之乡看作富庶的代名词。一九五七年，古老的大洼周边打上了大堤蓄水，甜水滋润了新垦稻田里每一株稻秧，稻谷飘香，鱼肥苇茂，大洼人用满是老茧的双手改变着千古的不毛之地。八年后，停蓄的大洼水越来越少，稻秧在已经开裂的稻田里奋力地打苞抽出嫩绿的穗来，显然可怜的稻穗比往年小了很多。油田的钻机等待着进入柔软的腹地钻探的日子。

洼里的水一天天蒸腾变作流云，洼边人穿着裤头蹚着膝盖深的水向大洼深处进发。一片片芦苇茂密，一洼洼蒲草挺着修长的叶片，蒲莛上方蒲棒摇晃着，茸茸的、黄黄的。洼里人在水中挥开麦镰，将它们一棵棵割下，捆成捆，交叉着码在稍高的草台上，灼热的阳光会褪去它们的绿色，初冬时再拉回洼边。割蒲的人还是把贪婪的目光投向苇丛，浅水里的鱼儿露着脊背在草里疾疾游动，更浅的地方它们平躺下身子露出雪白的肚腹。人们用手脚分开芦苇，举镰疯狂追逐尺把长的草鱼、鲢鱼和鲤鱼，抱起在浅草里横冲直闯后搁浅的黄颡鱼，在鳃上穿进绳索，然后拖着它们回岸。黄颡鱼委实太大了，一条有五六十斤，一米长，抓一条已经足够了。那年大洼的鱼儿遭了劫难，成千上万的鱼儿全军覆灭。当钻机在大洼深处隆隆开钻时，那些曾经的大淀小泊，处处是晒干的、眼眶已被蚂蚁咬空的没有生命的鱼儿，腐臭弥漫在大洼。

大洼人的大洼情结固执地牵延着，水乡的以往在心中凝结成梦、凝结成憧憬的图画。数年后，大洼人在老洼东部恢复起一片大洼，点燃起洼里人心中千百年不息的希望之火。干裂的小排子被翻扣在洼边，桐油石灰麻丝拌成的捻子一条条被砸进板间的缝隙，小船被油得闪亮，洼边散发着狗油的腥气。船儿进了洼，老洼民的撑篙在手中仍然是那么顺心所欲，窄小的船儿分开船头的苇，惊起几只白鹭、一群野鸭。大洼泊子里，有他们捕鱼插下的鱼箔。

雨后的廖家洼河水清清的、满满的，河水漫过了两旁的芦苇，芦穗在河水里映出期待的幻彩。河水由进水闸流进大洼，水花处是梭鱼在水下搅动，它们有时像箭一样交叉穿行，露出银亮的身影。螃蟹机警地贴着闸边的护坡横行，偶尔吐出一串串小泡，那声音是连贯的，有着优美的情调，和着温情的水浪。

洼边的苣荬菜从苇丛里露出几支杏黄的花朵，还有那曾经是鸟儿叼来种下的牵牛缠绕在草棵，粉红的喇叭花正艳。

大雪茫茫

冬日，大洼里的生机可由雪地上寻觅，那一个个梅花般的脚印越过堤堰、越过河冰上的积雪，向左，向右，径直进入密集的苇丛。草兔无半点炫耀的驼灰色与无边无际的苇荡极为协调，一副与世无争的表情，跑过沟渠的积雪时，嘴角流露出一丝不屑。那些曾经凶猛的草蛇、聒噪的蛙，早已钻进沟边泥土里酣睡，那只不可一世的大鵟在最后一群野鸭飞走后不知躲去了哪里。一场大雪把整个大洼变作银白，草兔每日都要在洼里行走，四肢强劲的肌肉随时准备着瞬间起跑，竖立的长耳警惕着异样的声音。

洼边的榆槐枝丫已无残叶，疏疏密密组合成黯蓝的树影，如一条烟云环绕大洼。洼边的柳更显出坚韧的神色，曾经的风霜在柳干上雕刻出一道道网状的深槽，无情地涂抹上一层洗不掉的黝黑。蓬松的枝条如长发在初冬的雪后无神地下垂，细看却见柳枝如线已由深秋的绿变成了金黄。

古人观察物候是细致的，称大雪时节“鹖鴠不鸣”“虎始交”“荔挺出”。鹖鴠即寒号鸟，寒冬不再鸣叫；阴气盛极而衰阳气初萌，虎求偶；蔺草在雪原中萌出新芽。大雪纷飞，古人常以雪喻花，多有雅兴，“白雪却嫌春色晚，故穿庭树作飞花”“六出飞花入户时，坐看青竹变琼枝”，更有“檐冰垂若绠，雪片大于鸥”，极尽瑞雪的夸张之美。

六十多年前，大洼的冬令并不宁静，热火朝天的景象映化了村落土巷、屋顶的积雪。新中国成立后，翻身的洼民把小南屋犁耙上的土用扫帚扫了又扫、用帕子擦了又擦，扛进了合作社的仓房；把小屋里拉磨的毛驴卸下来，摘下笼嘴和眼罩，用铁刷在毛驴背上、肋上、脖上刷了又刷，牵着它缓缓地走向社里的牲口棚。岁末，几排土墙青瓦的房屋成为渤海边一个新生农场的指挥中心，两万多大洼人在崭新体制的农场里兴奋着。国营农场以巨大的魅力组合起王徐庄、孔庄子等几个人民公社的财力、物力、人力，把社会主义的富裕梦描绘给了淳朴的大洼人。新围的百里长堤把千古大洼变成了水库，大运河的甜水沿渠流进大洼，顺水而来的大江大河的鱼儿在这两万顷芦荡里欣喜若狂。春暖，雪融冰消；冬初，霜凝寒来。百鸟汇聚，鸣唱声喧，大雁野鸭铺天盖地而来，又乘风如云而去。在拖拉机深翻后的洼淀里，一条条干渠、支渠、毛渠分隔了整齐的土地。肥沃的土地上，春来秧苗在风障里青翠，初夏水田里稻秧碧绿，深秋大地铺开无边的金毯，大洼人跟随着大洼的变迁闪出惊喜的目光。

“增冰峨峨，飞雪千里。”雪花在一个阴晦的早上从天而降，在无风的空间自由地下落，散漫地跳动着，轻盈地、无声地坠落。须臾间，雪花由小变得硕大，由徐缓变作急切，很快把村落屋顶、村边谷场、坑塘薄冰上、田野麦垄中那些残雪温柔地掩盖，每一粒新雪都耀着银光。雪花有意地掩去了河冰上一道道梅花般的脚印、几道杂乱的竹叶形的鸟迹。

大洼春景

随着马铃声的远去，山一般的苇垛在万顷大苇洼里消失，只有夕阳余晖下熠熠闪光的残冰，映衬着泛着褐色的空旷无际的大洼。大洼的宁静使人有些窒息，风被凝固了，天空被凝固了，树丛横陈在洼边，如水墨画淡淡地一笔抹开。寒光很难透过那乳灰色的蒙蒙天幕，偶有一两声公马的嘶鸣传来，惊起草丛间几声雀噪与之和鸣。年复一年，人们冬日在冰上收割下苇子，如剪去了肥羊身上的长毛。这丰厚的产出，给大洼人带来的希望一年更胜一年。半个世纪，或许上百年了，老洼民望着满洼的残茎败叶，心中已腾起热望的火。

真正的火是在一个清晨烧起来的，初时在大洼淀的一个小角落，悠然飘荡起一股清烟，细弱如炊烟，袅袅绕绕，闪闪烁烁。继而像一条白色的飘带贴着地面舞动，起起伏伏，那是仙女的绡纱在多情地晃动。蓦然，绡纱下一团火焰在闪烁，如篝火跳荡，明明灭灭。随着渐渐生起的晨风，火带伸展开来，一丈、十丈、百丈，一条火红的金龙披挂着白色的披巾，威威武武，飞烟喷雾，若动若顾。它身躯曲卷着又伸展着，跳跃着、起伏着，那披巾已变成它愤激的呼气，在宏阔的大洼中腾奔。地走金蛇，云擢烟缕。细细分辨，那腾龙的呼啸声里有荒草的噼啪声、冰土的爆响声、台堰黑土中蝗卵的炸裂声，伴着洼民此起彼伏的呼叫声。睡意蒙眬的大洼猛然间被唤醒，惊愕地望着这个嘈杂的世界。

风越来越烦躁，不多时便如骄龙腾骧，由温柔转向激怒。巨龙猛向东奔腾，龙身向南横行狂扫。奔霆迸电，驱雷走风。黑烟腾腾托起白烟速疾翻卷，烟云腾空，越升越高，一片巨大的云海覆盖了半个天际，忽而像珠穆朗玛峰挺立苍穹，令人称奇，忽而又像核弹升腾的云阵，让人惊恐。那云集聚着、上升着，向南缓缓地、沉重地推进着，气势磅礴，铺天盖地，不可遏止地延伸着。

烈烈火阵前，草兔惊惧地从黑烟中窜出，一只、十只、上百只，在草丛中跃起，如驰骋的马队，风驰电掣。燎原之火中忽地冲出的几匹恶犬，甩掉了在大洼人面前的奴颜婢膝，跃动着符合力学的波状运动的腰肢，箭一般与草兔赛跑，那一声声狂吠，更增添了肃杀的气氛。草兔在冲过横沟时没有丝毫的犹豫，人从侧面望去时，可见那一道道美妙的弧线，那是草兔飞跃天堑的轨迹。它们准确地落在彼岸，没有片刻停顿和喘息，眨眼间融合在草丛中。一两只瘦弱草兔前脚落在沟沿，“唰”的滑落进寒澈的水中，又迅速挠住纵横交错的苇根一跃而起。大队强悍的细狗并没有草兔的勇敢，在冲到沟边时四爪戛然而止，望着残留着浮冰漂浮着草灰的深沟，色厉内荏地狂吠着，嗅着沟边的黑土悻悻着。

在烟云蒸腾的起始，苍鹰从大洼腹地腾空而起，盘旋在黑云上风，比那几只雀鹰要高出一截。老洼民说，那只苍鹰在洼中已有十几年，它是洼民心中的神鸟，谁也不可伤害它。它轻盈地盘旋着，俯瞰着大地上奇异的火阵，环视着天空的云阵，雄姿邈世，逸气横生，硕大的黑翼没一丝晃动，平稳地向地面投射出一个游动的黑影。

一场夜雨，由何时起，又何时止，大洼人已不去考究。在他们心目中，那是天与地、火与水搏击的汗液，也是一个主宰世界的神灵挥洒的泪滴。其雨蒙蒙，委草滴沥。大苇洼中最后一缕残烟消失了，像一丝对大洼的牵挂游荡着融进了绵绵春雨。大沟、小泊、大淀、小洼渐渐溢满，墨样的灰烬黏糊在水面。铅灰色的天幕下，大洼如浸湿的巨大无边的黑幔铺展开来，那斑斑驳驳之处是火阵遗下的草台，人们知道，那一个水淋淋的大洼已集聚了多少精神。

终于，风拂过大洼，在不知不觉间，苇尖如箭镞刺破浅浅的水面，大洼的色彩由鹅黄、嫩绿到深绿，脱去了灰色的长袍，换上了翠色的新装，一切都是新的。在大洼的眼里，阳光是新的，水是新的，鸟是新的，那些从村村落落走来满脸欣喜的大洼人也是新的。

第一批野鸭在一个傍晚飞临大洼，像一片祥云飘来，它们用嘶哑的嗓音争吵着，终于识别出这片历来就是它们的领地，又像一片祥云溅落在水泽。稀稀落落的鹤群、鹳群、鸥群飞来了，它们贴着草洼盘旋，羡慕地观望着野鸭的大家庭。

马莲在那些起伏的草台、沟堰上，冲开暄软的灰烬一簇簇尽情地伸展开来，翠叶蓬蓬勃勃，坚挺中有几分柔美。它虽和兰花不属一科，但同属草本，外形十分相似，却没有兰花形单影只的孤独，没有兰花任人摆布的娇娜，在肥沃的黑土上沐着阳光、雨露，舒展着腰肢，自由自在，潇潇洒洒。那花透着浅蓝，六片花瓣三大三小，大瓣下都有一个上白下紫的叶状硬托，使长卵状的花瓣挺拔地展示着淡雅、健康的美。花冠中不见花粉，却散发着浓烈的香味，无意中会留在人们的衣襟、裤脚上。马绊子是最有亲和力和扩张力的野草，它一分为四，四分为十六，几日之间，即可在大洼里铺开占据一片偌大的领地，如铺开一张不小的网。它贴着地面默默地穿过芦草的空隙，亲吻着大地，抚摩着纤细的白茅和画眉草，抚摩着弱小的苦蒿和地丁草。如果奔马驰来，真的绊倒在它的怀抱里，它的柔软和温馨会不会使马儿感动？

终于，风拂过原野，大洼人已开始在开垦的土地上提耧下种，黑骡拉着耧架，大洼人扶着耧把摇着，耧脚飞快地行进，豆种顺耧脚流进潮湿的土壤。身后，姑娘牵引着黄牛，拖着一对黝黑的石砘，顺垄印不紧不慢地碾压、前行。远远地，瓜园里，翠叶如掌，黄花初绽，小瓜如指，绒毛纤纤。老汉用瓜铲翻起潮土，麻利地拍碎，牵起瓜蔓，在土洼里打一个弯折，铲土压下了第一棵幼藤。

大洼夏月

几声雷鸣，一阵急雨，转瞬间几片乌云涌过大洼，东南天际居然挂出了一道彩虹。“五黄六月车辙雨”，割麦人根本没有在乎这阵雨来，只是将扻箔用三齿木叉支起，几个人拥在下面。太阳丝毫没有减弱有力的光焰，麦田里几乎看不到阵雨留下的痕迹。他们将木叉轻轻一碰，从扻箔下跃起。“麦熟一晌”，昨日似乎还泛青的麦棵，今日全部由青转黄。

麦田熟了，万顷大洼铺就了一块闪亮的金毯，厚重华焕，富有质感。风来涌浪推波，极有气势；风去摇金荡黄，其彩绚赫。大洼人收麦最原始的工具是扻，铁丝网罩下方横装一片锋利的扻条。大洼汉子挥扻，姑娘、媳妇或半大小子并行右侧，肩拉秫秸联成的硕大的扻箔。汉子两脚坚实地叉开，一手握扻把，一手攥扻绳，伸展大扻，迅猛抡出，“唰”的一声，八垄麦行尽收扻罩。汉子扭动熊腰，轻盈地将麦棵倒扣进小船般的扻箔，扻进步随。小扻箔渐渐堆满，像小山在麦茬上缓缓移动，条田中央，小山一次次地汇拢，割下的麦棵很快聚成了一座大山。麦收大忙，我去帮朋友收麦，扻还是那般沉甸，扻条和麦秆的撞击声还是那般动听。

那麦秆是如何被拢下的，这一物理动作叫人难以琢磨。拉拢箔的是个半大小子，麦假回来收麦。他总是嘲笑我挥拢的迟钝。是啊，好汉不提当年勇了。地头，从铁桶里抓起葫芦瓢，舀上赭红色的绿豆汤，咕嘟咕嘟地灌下，热汗从全身上下每一个毛孔里喷涌而出，立即带走了一身的火焰。大洼的收麦确实不同于冀中的小镰收割，那么精收细打，颗粒归仓。一个精壮的大洼汉子一天拢麦不下十几亩，那横扫千穗、气吞万禾的气势确也符合大洼人的脾性。

几年没下这么大的雨了，前半夜的燥热忽地消失，电光闪过，轰雷声中常有一两声霹雳的炸响。房屋在震动，门洞的狗惊得吠出几声。小儿依偎在母亲身旁，紧紧地抱住母亲的胳膊。“今年是一龙治水。”汉子自言自语地说。媳妇不屑和他搭腔，自顾睡去，她寻思着几年前也说“一龙治水”，大秋庄稼没有收成，只拉回了几车柴草。

大洼里高粱青青、玉米葱葱、苇蒲苍苍。青蛙鼓起肚腹鸣叫，似乎要拼上一切；蟾蜍的鸣就秀气一些，雌雄总是拉开距离一唱一和，一高一低，一雄浑一清脆，在蛙鸣的大合唱中却也别具一格。大洼俨然成了蛙的世界。

梭鱼、鲫鱼、鲤鱼、小白鲢沿着河渠、沟汊，顶着浑黄的水流窜进垄沟、小洼，甚或调皮地顺着农家的院沟，蹦跳着游进院落的水洼里。鲤鱼跳“龙门”了，小童在水中追逐着鱼儿。小伙子干脆脱去衣裳，只剩下裤头，在河渠的流急处撒网。水花泛起，旋网飞出成圆，缓缓收网，慢提网脚，鱼儿腾跃，银鳞闪闪。早有几个急性子，手持抢网下了河渠，惊得鱼儿四散，满身泥水却收效甚微，不及撒网者不紧不慢来得实惠。河渠边不知何时已插上鱼箔，一道、两道、三道，鱼儿似乎没有破解这迷魂阵的智慧，真可说是插翅难逃了。但人们说“鱼过千层箔，箔箔都有鱼”，鱼的坚韧和宽容对大洼人来说也似乎顺理成章。

惊乌洒翼度，湿雁断行来。苇荡里，鱼儿也成为野禽追逐的目标，本来那里就是禽类丰饶的粮仓。苍鹭总是文雅地在水草稀疏的地带静静地守候，不时用长喙迅疾地一扎，银鱼即随长喙出水。在它扬起长喙时，眨眼间鱼儿顺着它鼓胀的脖颈滑入嗉囊。海鸥在水面轻盈地掠过，它每一次俯冲时都要划一条下弯的美丽弧线，也会带起一条银鱼飞向空中。野鸭、骨顶鸡却难得有几多温柔和斯文，它们潜入水草中，追逐着鱼儿的尾鳍，粗壮的乌鱼、草鱼又常和它们擦身而过，互不相干。

时至末伏，一场暴雨来临。倾空泻盆，崩云屑雨，浤浤汩汩，由傍晚直至黎明，又应了大洼千百年来“春旱秋涝”的定式。农科所雨量筒早已溢满，这雨已无法精确地计量。小渠没了，大河涨了，大田满了，苇洼漾了，整个大洼浩浩荡荡。树木、庄稼、水草、堤埝全都浮动着，那一洼炫目的绿在深情地晃动着。壮实的黑蚁和褐黄的小蚁成团地附在枯树枝上漂浮，这无异于它们的诺亚方舟。鼹鼠成群结队地迁至荒僻的高丘，“唧唧咕咕”，庆幸这难得的一次鼠界大聚会。褐蛇、青蛇、虎斑蛇静无声息地盘绕上榆木、杨柳和椿树，虽色彩各异，却同属一个大家族，同树共济，自然结成了统一阵线。水汪汪的大田里，高粱露着已泛红的大穗，玉米黄花飞扬，洼民说，那些年这种年头是要撑着小排子割高粱、掰棒子的。大洼人知道，一年大涝会换来几年好收成，大自然总是这样神奇地安排。

扬水站几日的轰鸣，大洼很快恢复了昔日的面目，草还是那般翠，庄稼还是那般绿，苇荡还是那般青。村庄的坑塘、村边的河流、洼淀早成了顽童们的天下，他们在水边一个个鱼跃入水，贴着泥底扎猛子，从几十米外的水草中钻出头来，仰泳、狗刨、踩水，样样得心应手。玩腻了又会沉到水底，揑起乌黑的散发着臭味的烂泥，分成两队打起泥仗，不多时已两败俱伤，露出水面的那胸和背、那肩和头全被黑泥糊满。瞬间，一个个又扑棱棱钻入水中，草草洗去，换一个崭新的面孔迎接下一场鏖战。夕阳西下，孩子们疲惫了，开始在水边抓起小虾小蟹，不多时，小布袋里响起嘁嘁喳喳的怨愤声。大洼的汉子个个都是浪里白条，水边生水边长，从小就练就了一副好水性，难怪每年征兵都要从这里选走几十名水兵。男子会水，姑娘小媳妇也不认输，她们总是成群结队地在傍晚找一僻静的河段，身着背心短裤，在水中激浪、嬉戏，故意大声喧嚷，一两里外，男人们听见都会远远地绕道而行。

夏日的大洼，一个湿漉漉的大洼，一个生机勃勃的大洼。

大洼秋韵

秋来了，大洼里秋色迷人。

秋来了，大洼里神韵动人。

大洼的秋是七彩的。它聚积了阳光的七彩，赤橙黄绿青蓝紫，是大自然的三棱镜折射的光彩。清晨，阳光照在高粱的红穗绿叶上，那晶莹露珠与红粒结伴，如银如金，相映成趣。大洼的汉子早已甩掉露与汗洇湿的上衣，凿刀子（削穗农具）"嚓嚓"作响，在如林似海的绿丛中敏捷地穿行，腋下很快夹一抱粱穗，如搂一腕暗红。他们古铜的脸膛、古铜的阔胸和着褐红的穗，展现了大洼成熟的色调。

晨，柔光漫在枝叶泛紫的棉田。棉桃如铃，一夜的沉睡后，迎着晨光舒展开来，那万桃一时间绽放，还带着昨夜的喜泪。采花女三三两两，和着轻轻的情歌，和着轻盈的脚步，柔指灵腕飞快地牵动着洁白的"云朵"。

晨，旭光如金透过淡淡絮云漫洒在大洼。老洼民牵起衣襟揩去满脸的汗水，脸上年轮般的褶皱是那样的深。他用虬枝般的大手沉重地掰下一尺多长的玉米。那玉米顶花方谢，红缨未枯，揭去层层包叶，露出一柱耀眼的金黄。他把它贴在沧桑的脸上，如亲着襁褓中的小孙，眼角闪动着喜悦的晶莹。

晨，走进浅绿，麦苗刚刚冲出细碎的褐土，一叶叶组成由近至远的条条绿带。那茸茸的绿，如少女脸颊上的茸毛。伏身拔起一根，放在眼前，翠色那般柔和，令人不忍闭目，一粒饱胀的麦粒已在谋划夏日的辉煌。

晨，走进紫红，阳光在阔大的掌状叶上洒下碎金。葡萄紫得动人，琼珠欲坠，那是红透了的色彩。“夜愁风起飘星去，晓喜天晴缀露珠”，密密实实，珠珠串串，晨露里如洗如沐。人在园中，能不垂涎欲滴？“醍醐纵美输轻滑，璎络虽圆让陆离”，还未尝果，心已陶醉。

晨，走进银白，阳光随银白的芦花跳荡。你的身前、身后，远远近近，大苇荡的芦花和着晨风的节奏摇曳。轻柔、和乐，伴着禽鸟的晨曲，你已如婴儿在摇篮中做着银色的梦。

大洼的秋是沉甸甸的，那是大自然对大洼人的赐予和回报。昨夜一场秋雨，水洼浅浅，青草疏疏，羊群踏过田野小路，留一路蹄花；几头棕红的黄牛全然不睬羊群的躁动，埋头在深草中与秋虫私语。

大洼小伙握弯镰的大手感觉到了秋的到来。秋阳当空，青里透红的豆萁在被那粗大的手指抓紧时，向他传递了鼓胀的青春的热情。柽柳树下，两只鼹鼠从松软的碎土中探出头来，飞快地看了一眼大片倒伏的豆萁，把会心的微笑又飞快地带进洞中。

大洼姑娘提篮的手感觉到了秋的到来。栽下的冬枣已红遍枝头，她的手灵巧地避开尖刺，一颗颗、一串串，轻轻捷捷，不时柳筐盈盈。“九月肃霜初熟时，宝珰碌碌珠累累”，红枣圆圆，笑靥浅浅，与姑娘的笑靥相互映衬。“脆如霜雪，甘如饴蜜”，那枝头挂着的是农家的希望。

大洼养虾汉子紧攥流网的手感觉到了秋的到来。他两脚踩在满是蛤蛎碎壳的泥地，腥咸的海水湍急地冲向他赤裸的胸膛，流网震动，斑节大虾在网中起舞。网满了，拉开扎绳，“哗啦”，小排子一舱翻腾的银亮，那汉子的胸前、胳膊上力的凝聚处也映着阵阵的晶亮。

辕马厚实的肩背感觉到了秋的到来。它身后的玉米捆码成小山，“山”后，大洼人拢上粗绳，用绞杆将“山”拧得结实。两腿横跨在车辕上，长鞭带着新换的牛筋鞭梢在空中迅疾一顿，猛然清脆的一声炸响。前面一红一白两匹套马拉紧了车绳，带着辕马飞快地冲上坡道，辕马感觉肩背上比往日沉重，汗顺着脊柱两侧缓缓淌下。车旁几辆草车隆隆驶过，那是泛着清新草香的苜蓿，紫花点点，如小蝶齐附，摇摇闪动，马听到了臼齿磨动嚼子的脆响，但身不由己，只能深深地吸一口浓郁的清香。

谷场那宽阔的胸膛感觉到了秋的到来。大洼人铺开红粱大穗，如同铺开大红大紫的锦缎。碌碡在锦缎上画着同心圆，一圈一圈，一转一转，红粒挤出黑壳激情地蹦跳，在午后的斜阳下熠熠闪光。风来了，木锨上上下下，红雨急洒急落，又如此起彼消的彩虹。

大洼的秋是浪漫的。那是大自然赋予大洼的歌。夜，繁星点点，皓月升空。刚刚你还沉浸在白日秋光泼眼的七彩奇景中，此时又融化在寒云素色的淡淡夜景里。月光如银，大洼的芃芃稼禾、葱葱林木、离离秋草，以及那河渠、房舍、小径，一切有生命的和无生命的全都笼罩在寒光中。月光如纱，覆盖着将要入睡的大洼。夜风慢起，带着白日的温馨，温柔地抚摩着大洼的腹部，如慈母抚着小儿入睡，夜曲嘤嘤，生怕惊动那树间的雀、草中的虫。

大洼的秋夜没有绝对的宁静。浅草中，草兔时而跳跃，时而驻首，观看那月中夜夜相恋的玉兔。有长蛇入水，轻滑无声，昂头破水前行，长尾摇如飘绸。不时，水草边，凄厉的蛙鸣打破夜的静谧。“清蒲野波白，水露明月天”，大洼的水如硕大的镜，时有大鱼跃出，它们忘掉了白天的疲惫，还要在月下嬉戏。镜被击破，晃动着刺眼的碎光。它们扔下身后残破的一切，向前追逐着那轮皎月。

大洼深处，最后一批野鸭眷恋着大洼，“参差㒟轧，飒沓缤纷。其浮蔽水，其旋如云”，它们看过大洼秀美的春光，看过大洼炎炎的夏景，也将看尽大洼清爽的秋色。如今，庞大的阵容，和鸣可愧雁，丽采能惭翚。坚硬的羽翼，厚重的体脂，即将迎来腾飞南行的晨。

月光下，大苇洼无边无际，芦花隐隐约约随风曼舞，带着大洼的情，轻轻地，抚摩着你的脸。生命在这里似乎已重新开始，我聆听着自己的心声，如同从大洼的深处传来。

大洼的秋韵，又有谁能诠释得尽？

大洼冬赋

天灰蒙蒙的，原野灰蒙蒙的。

牛羊由树丛里轻轻擦过，不经意间几片黄叶簌簌落下，贴上牛棕色的纤纤肩毛，贴上羊的茸茸毛穗，它们已敏锐地听到了秋声的远去。

昼长夜短，大洼从沉梦中醒来，睁开凝重的眼，它已笼罩在雾凇的银装素裹里，那是大洼睡梦中呼吸与遐想凝结出的世界。琼枝玉叶，素装凝华。站在大洼长堤上，千树万树耀眼夺目，虽然那么臃肿，却能分辨出那刚劲横逸的洋槐、垂垂柔美的杨柳、柔中透挺的榆枝。风姿绰约下一切似乎都已凝固，你聆听着那被晨光击打唰唰而下的凇花，心中骤然间平添几分怜惜，真不想再多迈出一步。蓦然间，两只喜鹊不知从何处飞来，粗俗地踏上槐枝，随着一阵瀑布般的银屑飘落，在几声嘶哑的鸣唱中腾起远去，蓝白相间的长尾瞬间隐在皎皎素玉里。大洼原野中，疏疏荒草欣喜地穿上洁净的素装，老态龙钟，长发委地，银丝万束；田原中褐色的沟渠、麦田如条条暗痕，在玉色世界里突显出深浅相间的层次美；那远远的村落朦朦胧胧，如月中寒宫，让人想起抒袖的嫦娥、挥斧的吴刚、捣杵的玉兔；那莫不是极地的冰舍，是爱斯基摩人生活的领地；甚或，如见蓬莱的海市蜃楼、琼楼玉宇，屋舍连脊，在银海中浮现，宛若人间仙境，只可惜始皇难得再生。万顷芦荡，同样被凝固了，横涯无际，静谧无声。芦花束束低垂，如一田黍粮待收待割，不会是农家的懒惰，忘掉了这一洼嘉禾吧？

“立冬不砍菜，必定有一害”，农人还是牢记了大洼先人的这一告诫，操起菜刀，砍下结结实实的菜棵，大洼的“青麻叶”白菜好吃耐放。大洼人把白菜攒成堆，菜叶发出好听的摩擦声，碧色成堆，在银白世界里异常夺目。铁牛稳稳驶进大洼，闪亮的履带骑跨在毛沟两侧，开沟大犁翻起的黑土立即平伏在沟堰。不时惊起的草兔，由机车前草丛中飞出，像离弦的箭，眨眼已消失在银色的大洼。

两日的阴云，并没有带来大洼人的烦闷。傍晚，骡车赶进土屋大院，卸车人褐红的手背感到了一丝冰凉。呵，下雪了，抬头望天，嘴唇上立即留两片水印，那甜意已胜过蜜糖。雪花渐渐掉在尘土未扑的黑发上，掉在汗湿未干的脖颈上，不多时，落满骡身、墙头、小屋顶、枣树下。盐飞蝶舞，雪片如鸥。多年未见的大雪，“九冬飘远雪，六出表丰年”，大洼人心中的希望像雪花一般起舞。

晨，大洼醒来，雪不知停在了哪个时辰。村庄的所有屋顶、窗台、鸡窝、狗圈，所有的土街、水塘，全都在大雪的重压下，很难寻到一方褐土。农家笨狗在雪中跳跃着要冲出一条路，陷雪深处，寸步难行，只可一阵狂吠，似在求助；小童早早跑出屋来，叉开两腿，在白雪上滋出杏黄的深窝；大人爬上土屋顶，用刮板把雪推过房檐，再用扫帚扫尽。细雪如银粉撒落，阳光下闪烁着石英般的光泽。小时候，我在南方的山镇里很难见到下雪。一年冬，终于下雪了，我和几个小朋友端着脸盆从人家草房檐上扒下薄薄积雪，高兴地端回家，看雪很快化成洁净的水，心中对雪的情结再难融化。大洼的田畴那么坦荡无垠，如覆盖了一层羊毛大毯，那么厚重，那么洁白。大毯下肯定是温暖的，可谁又忍心掀开它呢。“仙子衣裳云不染，天人颜色玉无瑕”，冬阳行空，大洼里千里一色，光摇银海，“望之凝映，皓若天汉”。迢迢百里的黑龙港河、廖家洼河，在皑皑大雪下似已消失，似已沉沉睡去，在人们视野中隐无踪迹，凝如通衢。

只有麦苗深知，阳光下瑞雪那融融的泪水浸透了它周围的土地，多情的根须也随之湿润；只有茅根、芦根、苦菜根懂得，那融雪的汗水是对它们饥渴的抚慰，它们会在春光明媚时给以热烈的回报；只有鼹鼠、虎斑蛇、蟾蜍理解，融雪淌下的是雪中精华、是温馨的血，给予它们的是生机勃勃的精魂。

草兔很难躲过大洼人雪域中的冬闲。它们虽能聪明地扒去厚实的雪层，嚼食暗绿的麦苗、黑黄的草根，却常常夜出而晨不归。大洼人将纤细的钢丝套布在有梅花般脚印的条条雪路上，草兔路过，兔头入套越勒越紧，晨起沿路寻去，兔身已僵。常有性烈雄兔，头皮撕裂，染红雪地如难以辨识的地图。大洼人的土枪被收走后更是乐此不疲，土屋后墙木橛上血淋淋的兔皮与日俱增。大洼人叼着烟袋杆，默默地数过几遍，狡黠的目光又转向玉色的大洼。大洼的顽童可不喜欢和大人去套兔，他们在场院秫秸垛下、在院子尖尖的石榴泥围子下，清出一片雪地，扫出一片干净的褐土，撒上红的高粱、黄的黍子，支起一块竹筛，用细绳相牵，远远躲在柴垛后、墙头下。饥饿的麻雀常常禁不住那炫目的诱惑，由枣树横生的怪枝上飞下，自投罗网，在顽童的欢呼声中束翅待毙。

冬深了，大洼早已是一片冰的世界。汉王粲有诗曰“烈烈冬日，肃肃凄风”，其实，冬日的大洼并不如此凛冽。晨来，“檐冰滴鹅管，屋瓦缕鱼鳞”。孩童早起，穿上色彩斑斓的棉衣，戴上爷爷的狗皮帽，去了村间的大坑，坐上自钉的小爬犁，撑杆响处，飞驰如车，回转自如。大洼人收苇、治鱼，这营生的交通工具，从来就是无师自通。

冰上拾苇的艰辛大洼人从不多讲，自古以来，收苇的冬日总是夜空晴和，但寒气逼人。东方“参”一出，大洼汉子们从草窝棚里挺身而起，头戴皮帽，怀揣面馍、粗饼、咸鱼，撑凌爬下洼。冰上搓苇规模壮观，寒月下，人们燕翅般排开，只闻搓苇“唰唰”声起。晨光普照时，大片洼苇已倒在冰面。冰面苇茬点点如剃发，密密镶嵌在如镜似玉的冰凌中。吃罢干粮，捆苇装运，每只凌爬要码上百个苇捆，把“脚齿”套上牛皮“绑”，拉动凌爬，一座座小山缓缓驶向洼边。人们吐气生须，挥汗成霜，耳边只闻此起彼伏的冰裂声。遇有尺把裂缝，凌爬疾驰冲过，莫不惊心动魄。大洼人谈起这闯冰缝总是神采奕奕，如英雄壮举。旱洼年景，收苇虽不及冰上收苇那般艰辛和壮美，却也自有它的恢宏。机声阵阵，十数台割晒机排开挺进大洼深处，十万亩苇洼如麦田夏收，刈金铺黄，气势磅礴。

冬令，冰上寒气袭人，冰下水暖如春。大洼人见不得鱼儿在水中的游弋，于是在大坑砸开若干个冰窟，伸入捞扤搅动，常有鱼儿被旋流吸引，耐不住水中的寂寞，浮头窥视不该属于它们的世界，大洼人手中的捞扤总是不失时机地下潜，大鱼如掌，小鱼若针，一并成为美味。昔有古人王祥为母卧冰求鱼，不若大洼人来得痛快。真正打破鱼儿的寂静世界是在大洼冰上治鱼。“丁”形的冰镩砸开尺把厚的坚冰，“咚咚”声盈耳，惊得鱼儿如闻天鼓；“嗨哟、嗨哟”，几十人攥起网绳，巨大的拉网在冰下缓缓前行，鱼儿频频撞击，无奈地簇拥着游进；出网了，十几米长的冰道上大网破水而出，鱼随网出，扭动着肥硕的、细瘦的、青的、白的、黑的腰肢，无助地挣扎，惊惧地蹦跳，不多时力尽气绝，水中的精灵瞬间凝固，与冰清玉洁的世界融合一起，大洼人粗犷的渔歌在大洼里久久地回荡。

第五辑　月色大洼

月色大洼

寒意笼罩着的大洼将所有的声响冻结了，洼里的风也凝固在无边的苇丛。当洼边的窝棚小窗口露出微黄的光，汉子们推开一个个棚门。不时，凌爬的滑动声、撑杆在冰面的撞击声划破子夜的寂静，间或有汉子们一两声浑厚的咳嗽声，一并在凌爬前远去，消失在茫茫大洼深处。

每年滴水成冰的日子悄然来临，碌碡压劈的苇扭成绳，小屋里的凌爬搬出装上车，苇搓、草钩、铁叉、饭锅、面袋不能少。媳妇追出屋，把一张狗皮垫子掖在铺盖卷里面，捅了大牛后腰一下，小声说："唉，晚上可别冻着。"男人"嗯"了一声，一撑车板上了车。车把式回过头咧开嘴："嘆，还是媳妇疼啊！"马车远去，汉子们去了洼边安营扎寨。

下弦月稳稳挂在东南天际。满天繁星的闪烁与月轮的银光相比微不足道，但数不清的晶亮组合出夜空的生动。已扬过花的芦苇低垂着抹霜的穗头，像在熟睡，又像在等待。框形的大搓在冰面滑动起来，左边的苇一棵棵紧挨着倒下，右边的苇又一束束齐刷刷倾倒。大牛紧绑的裹腿被苇秆亲切地拂扫，苇茬顶在脚下的牛皮绑底，脚心舒适的麻。大搓一个跟进一个，“唰唰、唰唰、唰唰——”“唰唰、唰唰、唰唰——”。今年洼里水大，苇子高过了人，大牛手上的劲传递到大搓刀条上，感觉比去年费力。月不知不觉移向南空，晨曦的光亮渐渐接替了隐去的月光。向后倒伏的苇如夏日割倒的麦铺，一道道弯转成长龙延伸好远。汉子们摘下棉帽在腿上摔，霜花四溅，抹一把眼眉、胡须，相视一笑，每人都是仙风道骨的白眉大仙。

苇洼宏阔，当阳光把冰面铺满时，装满苇捆的凌爬如座座小山漫洼里移动。脚齿绑在牛皮绑前，汉子们弓腰奋力拉动，白点脚齿印留在满是裂纹的冰上。洼边窝棚上，炊烟缭绕，马铃声由树丛那边不紧不慢地传来，在连绵的苇垛上飞上飞下。

古来渤海湾洼连着洼，苍苍茫茫，无边无际，春时百鸟的鸣叫唱绿了大洼，秋时万顷的芦花雪浪般染白了大洼。海滩吹来咸湿的风，洼里人目送着匆匆雁阵、悠悠鹤群远飞南国，迎来一洼金黄。年复一年，靠洼吃洼，重复着围雁、治鱼的劳作，养苇也维系着洼里人千百年的生计。

年后，洼里人不再留恋浓郁的年味，早已操持起新的劳作。上弦月的辉光把大场边映亮，大牛还在抖苇子，拉开苇捆腰绳，抱进三尺深的土坑打散，最长的苇子抽出放一旁，中长的苇放身后，又捋出矮些的苇放另一边。杂乱的小苇和根子清在柴火垛边。长苇可编砖箔、房笆，中苇能打苇帘、鱼箔，小苇带穗头打盐箔最好。牛娃跑来喊：“爹，饭熟了！”“好嘞，这就回了。”大牛应答着，手下利索地要把这捆苇抖完。

凸月慢慢搁上了院角香椿树的枝丫，女人在小板凳上身子晃动着，刮苇的手不停地刷动。挫得锋利的废锯条折弯成夹，包上一块旧布就是一把好刮子。左手一把苇，右手刮子夹苇，“沙沙、沙沙——”“沙沙、沙沙——”，女人怀里苇梢上上下下跳动，苇叶欢快飞落，在女人身前散成一大片，刮尽的每棵铁秆苇被月光映出白亮。

男人右胳臂夹着箔杆从偏房里出来，架在北屋檐下，然后把女人缠好线的箔槌子拴在箔杆，悬在杆上刻度上。打帘箔是女人的拿手戏，身边的桶里抽出一支苇横放杆上，苇根边上对齐，一手抓箔槌向里过杆，随手抓另一槌向外，再续苇另边对齐，再抓箔槌。女人越打越快，“咔嗒、咔嗒”“咔嗒、咔嗒”，只见槌飞槌落，上下旋舞。一槌未落，一槌又起，双槌交错。一手拈苇一手提槌，刹那间手到苇到，“嚓嚓”声、“咔嗒”声交织，十指灵动，快如闪电。转瞬间，一块苇帘委地。女人说：“明年咱的钱攒够了，咱也得盖栋新房了。”大牛：“嗯，行啊。”每年，小两口要打几百块苇帘、几百块砖箔。帘交外贸，箔找销路，他寻思着求窑厂的老叔帮忙。

圆月升空，月边的云像纱巾在飘，水样的光泼在院子里，泼在屋顶上，也泼在墙头。洼下小村里盖房都选在三四月间，雨水少，农活也不忙。大牛家的新房很快起了脊。月色清幽的夜晚，女人把新院打扫干净，大牛和请来的两个爷们儿一字排开还在编笆，明天就要起房了，新笆就要上房。四间七檩的房笆要占满一个大院。三四棵上好的苇子在汉子们手上跳着，交叉成菱形。女人蹲在身后移来移去续上芦苇，牛娃也来给他爹续苇，手脚并不比娘慢。大牛满是茧子的手一绺绺编着，脚下的笆平平整整结结实实，梢上的苇毛别在下面，铺上房顶后正好抓泥。新笆占满半院，牛娃抓着苇子的手停下了，歪在笆上睡熟。大牛让女人抱孩子回去睡，女人没去，脱下厚实的外衣搭在牛娃身上。大笆终于编完卷成大捆，大牛拿来一把剁菜的刀，“噗噗、噗噗”，大笆南沿剁成了一条线。

夜深了，皓月西行。鸡窝里公鸡翅膀一阵扑棱，一声长鸣，新的一天已经开始。

流去的河水

百里外的廖家洼连接着这条河的源头，洼里的浮水携带着沿途沟沟汊汊的沥水，和那上天恩赐的乌云凝结在一起缓缓东来，在这个古老的村庄北绕行而过。如果把时光退回四千二百多年，大禹和他的臣民们赤着脚曾跋涉过这片大草洼，指挥着滔滔浑黄的水流沿疏浚的河道直向渤海。二十世纪五十年代，几万人用最简陋的柳条、荆条大筐，最坚硬的杠子，最粗大的铁锨，在七十公里的土地上，挖去了大禹和子民们的足迹，扩宽出一条银亮的河。谁能想到这条河竟是二十年后九河下梢几十条河流开挖疏浚的先河。

那河的水，春来像深闺女子般宁静，清幽的神色带着桃花的粉艳、柳丝的鹅黄款款走来；盛夏又如洼里汉子般粗犷，豁达的神态挂上苇蒲的苍绿、粱黍的葱茏匆匆而至；深秋的河，更像洼村孩童般顽皮，泥黑的笑脸上相伴了肥蛙的鸣唱、壮雁的和声跳跳而过；寒冬的河，多像洼里寿星般沉静，沧桑的面容上集聚了凝固的褶皱、飞来的霜雪静静而寐。十岁那年初夏，我随父母由川南迁来这大草洼旁的河畔。我瞪大了双眼，盯着脚下上下晃动的木板，走过大用渠。河边的稻田已插上翠绿的秧苗，河岸上的稻田一格格组成巨大的方阵，如果把稻田比成作业纸，这方格纸又委实太大了。巨大的渡槽横架河上，大洼的水流过来，沿着用干渠再进农渠、毛渠，略显混浊的水里不时荡起水花，那是鱼儿翻过身子时的一次次旋转。川南的稻田是层层叠叠的，以曲线构成田地的界线。海边的稻田则是平坦如镜一览无余，以直线构建它的宏阔。深秋，河畔田里的熟黄色彩撩动着人们喜悦的欲望，饥饿的日子一时荡然无存。沿河五十多华里，两岸一幅丰收的图景，小河将鱼米丰足的信息传送给了大海。

廖家洼河像巨大的“之”字横穿大草洼南部的土地，自从与这条河结缘，我就被它绕结在这片土地上。暑假里，整个河床被雨水溢满，苇蒲密布的浅滩也融在河水里，河水离两岸平滩地上的瓜园、豆子地仅一尺之遥。岸上芦苇一人多高，还没抽出穗来，带上一把磨快的镰，钻进苇丛再也看不到一个人，只有偶尔飞过的鸥鸟在头上发出一两声尖厉的鸣叫。早年这里是土匪出没的地方，而今已空寂无人。把捆好的七八个芦苇捆在水里排好组成一个苇筏，任它飘荡着回家。人自由地在岸上跟行，热了跳进水里把镰扎在苇上抓着苇筏飘行，待苇筏飘到几里远的桥头再捞上岸，晒干后竟能充半月的烧柴。

洼里人习水性、能抓鱼，这几乎是他们的本能。那时的水乡泽国，我也几乎在一夜间就无师自通地能在水中浮潜自如了。十年后的又一个暑热的日子，在“备战备荒”的口号声里，我随着上百名民兵，举着红旗由西洼的河段下水，做战斗力的演习。那时，囤爷是令人羡慕的民兵排长，在村庄里辈分也大。他领头游在队伍的最前面。河水温暖地把我紧紧包裹着，渗进了皮肤的每一个细胞。在水里，你只需要简单地象征性地划动一下手臂，水流就托浮着你向前移动。温软的泥沙有时会亲一下你的脚，小鱼也会贸然闯进你的怀里，五六里的河道在不知不觉间就留在了身后。我怀疑我是悬空的一点，是地球的转动使我做了移动。

大雨过后，洼里的鱼像我们一样兴奋。在半尺深的水里追鱼也很有情趣，人和鲤鱼、鲫鱼、黑鱼，还有鲶鱼、梭鱼，穿行在晃动的苇蒲里，苇蒲是鱼们的森林。午后，我们一人一袋鱼已装满回到河边。囤爷要从河里浮过，他把鱼袋系在腰上，像条大黑鱼，头在水中一冲一冲的，顷刻间已过了三米多深的河心。我把鱼袋吊在脖后，艰难地向对岸游动，姿势也只能是狗在水中游动的形态，像那腰缠银钱的商人，死也不肯解下钱串。吊桥上几个小不点儿向水中指指点点地乐。

十几年过去，囤爷最拿手的还是跟他爹学来的治鱼。入夏，河水漫上了桥下游的浅滩，囤爷的鱼箔插成了“双盖”，他布下的迷魂阵中总是有捞不完的鱼。囤爷治的鱼多了就送邻家，再多了就去集上卖掉，用卖的钱买回几斤烟叶子。秋来，芦苇在桥两侧蓬松地延伸开去，那些洋槐、榆树的倒影也更加清晰。囤爷的渔箔随着河水的退势也一步步下移，鱼儿总是和他亲近着。

河边的地被“老干部”们开垦做了自留地，河边钓鱼的人越来越多，老干部、歇班的工人、星期天的教师、放假的学生常来光顾。河里常钓上来鲫鱼、鲤鱼，最多的还是“傻登儿”鱼，间或还能钓上一只螃蟹。深秋了，囤爷已不愿再下箔治鱼，一来是常有人捷足先登倒他的箔，二来天冷囤爷的腿有些吃不消。天晴时，囤爷在桥下用旋网撒鱼，看那网扔出时撑得圆圆，落水如一朵花，那一声“唰”的声响如他预料的一样令人激动。他凭手感便知道网中撞动的鱼儿的大小和种类。秋雨天，囤爷披身雨衣到桥下打鱼，看见鱼花，右手在前，左手跟后，奋力撒出网去，旋网在一瞬间沉入河底，只停顿几秒的时间，把纲绳轻轻一抖缓缓上拉，河水在菱形网眼上蒙上一层晶莹的薄膜，瞬间又破碎成细小水滴落进河里或悬挂在网眼上。铅坠在水底一寸寸跟进，落进低洼的脚窝驱赶着鱼儿，网一寸寸露出水，最后全部暴露在岸边。囤爷把网展开时，鱼儿在网中无奈地翻转。看囤爷打鱼是一种享受，他总是网网不空。

人们已记不清哪一年，西洼里陆续竖起了烟筒，黑烟常常弥漫在无边的麦田里、芦花盛开的草洼上空。从不干涸的河水已不再像那些年清澈，河边的榆树树叶也变得稀疏，来年春风吹过仍不能唤醒树上以往如期而至的绿叶。十年前，秋后的一个下午，囤爷从河里摘下了流网，抱着密实的蚊布流网在河水里撞来荡去，把里面几斤小若针尖的虾丝倒进桶里，小虾激情地弹跳着昭示生命的存在，最后平息在肉红的黏稠里。囤爷把河里竖立的木杆一棵棵拔出，转身扔上岸边，扔出的力量早已没有昔日的威猛。这是他最后一次在河里倒虾丝，腌出的虾丝酱总在舌苔上留下一种难咽的味道。囤爷把剩下的分给了两个儿子，几天后二儿媳妇把虾丝酱倒进马桶，放水冲了个干净。

八年前的暑假，上高中的儿子从城里回来，兴冲冲地和几个同学骑车去了洼里。中午竟然抓回来一些小螃蟹，倒进盆，小蟹嘁嘁喳喳在爬，它们一个个伸举着坚硬的大螯示威。这是海滩咸淡水交汇区常见的小蟹，孩子们在河边抓的。几日后，我来到河边，浑黄的河水已静止地不见流动，水边有浮动的白沫。潮湿的河坡上见得到一个个小孔，那是螃蟹的家。我惊诧螃蟹的忍耐力，容忍着人们为它们改变的环境。也许它们能适应这里的环境，并把这种高超的适应力注入基因。我扔过去的一个土块在水边湿地上弹跳了一下滚进水里，一片白沫被溅开又很快合并，几只小蟹在零点一秒里惊慌地隐入它们的家。

早已退休的囤爷还常在河边走动，清晨是他散步的好时光。河阳的村庄越来越大，宽阔的马路伸过宽大的水泥大桥，五颜六色的楼房占据了沿街林带外的两侧，卧车由大桥驶过，开进村庄的小柏油路。浑黄的河水在油黑的参与下，也不再诠释无色的概念，芦苇仍然坚韧地立在水边。深秋的枯水季节，河滩上泛出了白碱。草洼里的白鹭、海鸥飞来，沿着河道一直向东，没有一点儿停留的意向。囤爷背着手护着他年轻时闪过的腰，目送着群鸟消失在小河上。

鞭声响起的大洼

天光蒙蒙，踏着荒地上的枯草，听得见草茎折断时的响声。空气中热量很少，人们脸上被寒气逼出的泪挂在脸上，不愿用袖筒里温暖的手背去揩擦。几株荆条枝健劲地将细瘦的枝条伸得很高很直，几乎挨上了祖坟那黑黝黝土顶上的土坨。忽地，坟地间鞭炮声响起，“嗒、嗒、嗒嗒”“嗒、嗒、嗒嗒”，清脆的响声向四野飞速地扩散过去。东西南北、前后左右的旷野里，相继响起零星的鞭炮声，“嗒嗒、嗒嗒”“嗒嗒、嗒嗒”，似乎这里是一个引信中枢。各家的叔伯、弟兄，还有十几岁的小孙子都来了。他们从大堰边爬下小拖车，蹒跚着走来，人们似乎习惯地找寻去岁跪过的膝印，点燃一抱抱烧纸。黄黄的纸立时映照出一张张有些欣喜的褶皱的脸、胡子拉碴的脸、睡意犹在的脸。跪拜是机械的，头在离烤亮的黄土一尺高时速速抬起、速速俯下。一支支竹竿高高扬起，鞭声很快在四野中连成一片，已分辨不出节奏，烟气如青云笼罩了座座祖先们安静的所在。地边的树影极像园篱，但在稀疏的树空间闪烁的火光里晃动摇曳。纸屑飘落极像大片雪花，飞落在坟上零星的、密集的茅草、芦草和有些暗红的蒿草棵上。

当最高的祖坟下摆上六只雷子，人们才从地上爬起，向后退去。“咚……”“咚……”“咚……”，那响声震裂了天宇，有寒星簌地划过，每一声震响后，地上都会留下一个碗大的浅窝。人们屏神静气默数着“一个”“两个”“三个”，想象着祖爷们睁开了眼，忽地惊醒，笑容可掬。冲天的盘花忽地响起，“噔、噔、噔、噔”，上空炸响七彩的火花飘散。这怕是旷野中最为绚丽、壮观、热闹的时候。

六百年前，晋中晋南的庄稼汉子们，有的担筐撅篓，有的用吱吱哑哑的独轮车，一边绑着石磨，一边坐着媳妇，还带着那山西的一串串红纸大鞭，爬进太行山那一条条驮道，走进平原、走进这百里荒僻的大草洼。这里是他们的长眠之地，每年除夕，都要被子孙们的鞭声吵醒。

洼里人称鞭炮为鞭，两千年前的古人是富有灵感和创造力的。那竹节中的气体被烧得灼热后猛地撑开坚实的竹节，“啪、啪”的骤响使他们兴奋异常。于是在年初三更时分，烧竹炸响以驱逐意象中的瘟神恶鬼，保家家平安。家家烧爆竹，南竹北烧，这一烧就是一千年。千年前，不知哪位聪明的古人把火药装进了竹节，让竹节爆响得更加猛烈。又不知哪位汉子用纸卷成竹筒样，装上火药炸响，随后又把单个纸炮编成了串。两千年过去了，那些“年兽”虽已躲避人类远远的，人们燃鞭过年却固执地年复一年坚持着。

暮色暗淡时，你向大草洼看过去，广袤得无遮无拦，站在任意一道沟渠上，地平线都那么的低。太阳慢慢接近西偏南的那道灰暗的树丛时，你已经可以直视那具神圣的火轮。天空洁净，如一块巨大的蓝玉，只是周边的蓝色略浅些。当蓝色缓缓变得暗淡，那色彩也变得神秘起来，仿佛专为这个神圣的日子变幻出的奇异色调。

洼里人信守古人的叮咛。酉时，几乎是天光明与亮的交接时辰。“叭、叭、叭、叭”“叭、叭、叭、叭”，不知是哪一家点燃了第一挂鞭，那像马鞭梢急速挤压空气时的炸响一声声传来，由稀疏到密集，由单响到连响，由远处到近前。整个村落“噼里啪啦、噼里啪啦……”，渐渐分不清是东、是南、还是北，更如同农家炒豆时火烧到酣热，农妇锅铲上下翻飞，豆在红沙土中暴跳，汗珠簌簌如豆直下。

洼里人在大门前点燃了一人多高、捆得结实的苇把，火由苇梢上燃起，像红绸，绸越来越长，映亮了周边一张张笑脸。奶奶的脸因嘴角上扬而显得不那么黝黑了，只是额角烤出一种生命的赭色；女儿、孙子的脸因嘴角上扬更增添神采，当他们转动身子牵着衣襟时，更像开屏的孔雀、放彩的山茶。家家“烤把子”，人们心中祈望一年的好年景、好身体。高举的竹竿上，长鞭委地，小伙奋力将左手上举到最高、右手下压到极低的角度。鞭炮一个个由鞭挂上掉下，即将着地时“啪”的炸响，地上的碎纸屑被猛地吹开。引信“哧哧”地向上突进，挂鞭的前端五六只鞭向上微微曲卷，极像洼里土蛇被倒提时蛇头极力地上仰。人们看着一个个鞭落在地上，掉在火中，落在人们喜悦的衣襟里、围巾上、袖筒中。村里的鞭声越过高高低低的楼房、瓦顶和土屋顶传来，“哗哗哗哗”“哗哗哗哗”，如煮沸的锅中水蒸腾时的声响，村子上空的烟云莫不就是蒸起的水雾？苇捆上的火渐渐下移，一枝枝芦苇卷曲如灿灿金丝。小风由北面树梢上游来，火红的金丝渐渐顺势落地，苇把烧完，由先前直立的大捆变成了乌黑的草灰。人们迎着通明的灯光进院，调皮的小儿还要围着灰烬追逐，火中猛的一两声残鞭的炸响，惊得他们跳起好远。

除夕的子时在大洼里似乎是最为神圣的时刻，最早的鞭声听起来是由村南响起的。“嘎、嘎嘎、嘎”，一种干涩的、凌厉的炸响如一个甲子前的炮声，那是这个古老大村走向新生时的礼炮声。很快，鞭声变得密密的，节奏感已被打乱。此时，是人们从翻腾的锅中把饺子捞进碗里的时候。“发子”了，院子中间的桌上，几碗饺子迎来了天上的神、迎来了祖上的先人。屋里炕桌旁，人们围坐在爷爷、奶奶身边，吃着水饺，听着他们从嘴角边嚼动白菜、腐皮饺馅时的声响，闻着锅里飘过来水饺汤的香气。鞭声由正屋门口、窗框的缝隙传进屋，“嗒嗒、嗒嗒……”“嘭嘭、嘭嘭……”“轰轰、轰轰……”，如群马在草洼里疾驰，继而如千年前的战鼓阵阵，又如隆隆滚过的春雷。鞭声持久，你静静聆听就能分辨出奔马、擂鼓和滚雷。

小街上，人流熙熙攘攘，拜年的人们拥进了一个个洞开的门户。门上的春联是新的，还留着人们手上的温热；人们脸上的笑意是新的，掩去了昨日前那些抑郁和不快；人们口中飘出的每一句话都是新的，伴着香气，伴着彩虹。村里的鞭声还在炸响，莫不又是海边的春潮，由海滩上涌动而来？那“哗哗、哗哗、哗哗”声搅动着人们心中的浪花，人们盼望着明晨那扫过屋脊的新一束红光。

大洼过年

过年的序曲从腊月初开始奏响。腊八的早晨，大洼媳妇们将前夜准备好的粮豆倾倒锅中，那红的是高粱米、花生仁、枣子，白的是大米、瓜子仁，黄的是小米、大豆，黑的是芝麻。柴火慢慢烧起来，满屋溢满粥香。一家老少围坐在炕桌前呼噜呼噜喝上一碗，热满胸腹。传说有一家两口懒惰不堪，腊月无粮，扫净仓柜，熬粥度饥，寒风大雪里冻饿而死。想来大洼人喝腊八粥以此避灾，不忘饥寒。腊月二十三，过小年，天一黑，人们就把灶王爷像从灶后“请下”，插上苇棍，摆上糖瓜，放挂鞭炮，卷成卷用谷草烧掉，送灶王爷上了天。“上天别学舌，也有草，也有料，喂得小马呱呱叫”“上天别学舌，学舌打你腿折胳膊折”，几个糖瓜，几声威吓，几声奉承，居然把“灶王爷”搞得飘飘然。

进了腊月，大洼人揪着孩子的耳朵讲“不许说咒人话，要说吉利话”，小孩子摇着脑袋跑开了。腊月的一个星期，妻开始扫房，屋子本来干净，她说干净也要扫。一间一间，细细扫来，中午我回到家，果然亮了一色。妻刷洗盆碗，“咣当”，一只碗掉在地上裂成几瓣，如张开的莲，她小心地捧起沉放在缸底，我知道她要在二月二龙抬头时才捡出。

二十五大集，大洼人几乎倾巢而动。王徐庄是沧东大庄，大集牵动方圆几十里的人家。大集上五彩斑斓，人流熙熙攘攘，每年这个集男人们都要去鞭市。鞭市设在中学操场，那年，各地几十家鞭炮作坊赶着马车、开着小拖车、驾着双排车汇集在这里，沿操场摆开架势。各队三角红旗迎风飘扬，上书“某某乡某某村”。竹竿高挑，长鞭达地，鞭炮声在操场鸣响成阵，此起彼伏。大洼人听得清楚，时而拥向东，时而拥向西，挑选着最响、最脆的鞭。点鞭人卖得火急，甩掉棉衣，袒露着黑红的肩背，挂起擀面杖般粗的红纸大鞭，“啪！啪！”“啪！啪！”，声压四邻，买炮者蜂拥而至。邻车汉子眼珠发红，甩掉毡窝帽，脱去贴身背心，齐胸高的缅腰棉裤遮不住胸前颤动的一簇黑毛，在车前一字摆开六只牛腿大炮，敏捷地跳动着，声嘶力竭地吼叫着。“咚！”“咚！”，声如雷霆，震惊全场。人潮又呼地拥了过来，大洼人要买去到先人坟上放响，震得先人们醒来。操场上烟云滚滚、炮声齐鸣，如火热战场。操场沸腾了，大洼人沸腾了。日头过午，当长长短短、大大小小的鞭炮装满人们的大袋小袋，车推人背离去，操场上已偃旗息鼓，一辆辆空荡荡的马车、汽车、小拖车缓缓离开操场，车主们虽早已没有了方才的劲头儿，脸上却挂着掩饰不住的喜悦。

明天就是年三十了，男人们早早醒来，顶着晨星到祖坟上请先人回家过年，漫洼野地鞭炮声响起，年味也被渲染得浓浓烈烈。女人们忙着和面、蒸馒头、蒸包子，一来过年上供，二来正月初不动刀图个吉利。灶屋里蒸汽腾腾，面香扑鼻。正墙上祖先的遗像微笑着，比往日更加和蔼可亲。大街小巷的大门上，一时间全都贴上了春联，“千门万户曈曈日，总把新桃换旧符”。大门、二门、内门、窗上、门心，甚至水缸、衣柜、车辕、粮囤，无一遗漏。“天地交泰，太簇元精”“一夜连双岁，五更分二年”“国泰民安”“万象更新”，人们将最美好的文字堆砌上去，红红火火，寄托着对来年的祝愿。

三十晚，那神圣的时刻越来越近，大洼人还清旧债、洗去污浊、一身轻松，远方的游子陆陆续续赶回家中。傍晚，一家人在大门外点火“烤把子”，那“把子”是用最好的苇子捆成，火把越烧越旺。“烤烤腚，不生病；烤烤脚，不落膘”，大家念念有词、喜上眉梢，火把也象征着来年的五谷丰登。火红的鞭炮响起，全村连成一片，如爆豆、如锅沸、如雷鸣。一时间，屋里屋外灯火通明，把麦秸、高粱穗撒上，家家要“踩岁”；烧上一大锅水，灶火不断要“沤岁”；一家老少一夜不睡，要“守岁”。说起“岁”，人们敬畏有加，虔诚之至。其实，“岁”即木星，十二年一周天，与黄道相近，古人以其所在星次来纪年。除夕夜，一家老少“共欢新故岁，迎送一宵中”。过年的饺子是不能乱包的，白菜、粉条、豆腐皮，素皮素馅，求个素素静静；不捏花边，不捏折子，要个平平安安；包一个豆腐馅，捏两个糖心，看谁有“福气”、有“甜头”。

子时，那神圣的时刻终于到来，由大人掌握着溜饺子，轻轻地溜，慢慢地搅，不能有破。上供、放鞭，一家人端碗吃饺子。老人说“太岁冲东”，大家都冲北、冲西或冲南。饺子即“交子”，子时与两年相交，吃饺子也称“发子’，此时，人们默默地祈祷和祝愿，据说也很灵。吃了饺子，人人都长了一岁，不吃饺子也能长岁，大洼人真不知如何办。妻是她母亲吃完饺子后生的，如在吃饺子前生下，她转瞬间可成两岁。

拜年了，男人们顶着晨星将先人送回荒凉的坟地，鞭炮又在荒野中震响，同时要送走的还有鬼和神。家家门洞大开，人人喜笑颜开、新装着身，老人坐上炕头，等着儿女、孙子、侄儿、侄孙们来拜年。大洼的村村落落，一片喜气洋洋。

大洼腊八节

夕阳柔软的光焰把洼边的槐树影拉长，在大洼的冰面上印下一道道暗色。鸟儿已躲进树间、草丛，漫洼的芦苇被寒气箍紧在晶莹的冰原。夜色悄然笼罩了村子，灯光跳动着点缀了村落。水塘边大牛的几间土坯房也灯火通明，大炕宽宽的、暖暖的。

大牛媳妇弯腰从地柜里把粮袋一个个拿出来，淡黄的小米、雪白的大米是从集上买回的，花生、葵花籽是自家菜地里种的。公公抓出花生一个个地剥，把裹着红衣的鼓鼓的花生放进碗里；婆婆用不多的几颗牙嗑开瓜子，用满是皱纹的手捏出乳白的仁。几大捧红枣，那是秋时大牛媳妇在枣树上一个个挑着摘下的，干缩的枣皮放着紫光。一小袋黑芝麻已放了两年，捧出一捧放进了盆。今年没种高粱、红小豆，大牛媳妇昨天在邻家要了来，她给邻家端去了一碗芝麻。那圆圆的高粱米红中露白，椭圆的红小豆红中透亮。大牛媳妇把红小豆、花生、高粱米倒进面盆，添上两瓢水，用手把漂浮的按一按，端到堂屋碗柜上，泡上一晚，明晨就会鼓胀松软。

佛家说，腊八粥是从印度传来的。释迦牟尼出家修行六年，每日只食一麻一米，腊月初八在菩提树下悟道成了佛。僧侣们不忘佛祖成佛之苦，每年腊八喝粥以示永恒的纪念。中华儿女援引着祖辈的传统，年年腊八家家团聚喝粥，祭祖敬神逐疫。这充满着虔诚、充满着对生活热望的粥，一喝就是上千年。

凌晨，窗外鸡窝里的公鸡几声洪亮的鸣唱，唤醒了大牛媳妇。她起来，把一瓢瓢水添进大锅，泡好的高粱、花生几样倒进锅底。一把带着苇毛的苇子点燃，黝黑的灶膛霎时被照亮，大牛媳妇把荆条根一块块架进灶膛里，那是大牛秋后用镐锄子从洼里挖回的。下面拨开草灰，火苗呼呼地包裹着圆圆的锅底，一会儿锅里便发出吱吱的声响。大火煮过一阵儿，又倒进了洗好的小米、瓜子仁、芝麻五样。灶里也不再添火，让小火慢慢地熬，“咕嘟咕嘟、咕嘟咕嘟”，热气从锅盖上的莛秆缝隙里冒出，聚成一大团白雾，又弥漫到堂屋里。天光渐明，蒸气从上窗口飘逸出，家家屋顶上炊烟冉冉，如飘动的轻纱。

锅里的粥被勺子搅过几遍，黏黏地，搅起来手上已很费力。大牛媳妇在锅盖上压上一个面盆，停了灶里的火。阳光终于从窗棂透进屋里来，公婆已洗完脸换上了媳妇裁做的新衣，一左一右坐在炕桌的南面。赶来的儿子一家三口涌进屋，立时把桌子围得满满。儿媳把一碗碗粥端上来，端上刚刚在东屋锅里炒的虾皮炒白菜、鸡蛋炒虾酱，还有公婆爱吃的腌萝卜、姜不辣。公公抱起一碗粥，满是老茧的手心暖暖的；婆婆端起一碗粥，脸上的褶皱闪出了亮光；大牛喝着五彩的粥，嘴角是合不拢的笑纹；孙子喝着五彩的粥，额头浸出的汗如细小的珍珠。“呼噜呼噜”，喝粥声像洼里的风，携带着满洼的勃勃生机；“呼噜呼噜”，喝粥声像海边的潮，即将带来萌动的春信。“老爷爷，为啥要喝腊八粥啊？”小孙子一声问，老爷爷竟答不上来，“每年都要喝呗！”大牛记起小学课本上关于腊八粥的故事：“爷爷告诉你，从前有小两口特别懒，把家里东西卖了吃光。到了腊八，北风呼啸，大雪飘飘，他们把粮囤底子犄角旮旯全扫光，扫出的粮豆熬了一锅粥喝了。第二天早上冻死在破屋里。记住了，可不能学懒，不然连粥都喝不上啊。”老奶奶也说：“都说腊七腊八，冻死俩仨。喝了腊八粥就能避灾，别忘了饥寒啊。”

一顿腊八粥，喝得一家七口热气腾腾，喝得一家四代亲亲热热。稠稠的腊八粥，象征着稠稠的日子、红红的腊月。婆婆从南房的墙上摘下长长的一挂蒜，在大炕上一个个把蒜瓣剥开，那蒜瓣白白的、润润的，像一个个悬垂的乳玉。老人每年都要用醋腌制几大罐头瓶腊八蒜。正月里，打开瓶子，那蒜变成通体翡翠般淡淡的绿，还真不忍得吃呢。大牛从小东屋里扛出来一架凌爬，过些天就要下洼打苇子了。小孙子和几个小伙伴不知何时已在大坑塘里跑来跑去玩冰了。天少有的晴朗，寒风在树梢上缠绵放歌，为过年的序曲添加着一个个音符。

小山古井

踏着古人的足迹登山有一种轻盈的感觉，秋阳传送着温煦的光焰，杨树笔直的身形和那些遒劲的槐树一起勾画出山形的凝重和蓊郁。山顶那上圆下方浅绿色的建筑造型与山体构成默契的和谐。山并不高，仅 36 米，在滨海的平原上却是突兀而出。在山顶环顾，那山如巨马踏下一蹄，又如一弯新月铺在海湾。我更愿将它比作龙形，头南尾西，龙身弓形蜿蜒十余里渐次降下，消失在远远的人目难辨物体之处，而向南的一个小村处竟是它尾鳍一抹。十万年对宇宙来说只是一瞬，对人类自可在自诩聪明的头脑里充斥遥不可及的遐想。许是那一天深夜，几千米深处的岩浆鼓荡了这里薄弱的地层，那压抑太久的愤懑和着岩浆和着泥沙喷薄而出，在上千米的高空展开如屏的倾斜的巨扇，光焰把夜空映得灿烂、把海湾灼得炙热。须臾间，平静的海滩铺展开一条巨龙，这条巨龙一卧就是十万年，酣睡不愿醒来。

历史像匆匆而去的行人渐行渐远，那些美轮美奂的华严寺、青龙寺、望海寺、玉皇殿已成耄耋老人心中单一的定格。威加四海的汉武帝并没冷落这片荒僻的土地，巡海及此，似曾在山峰遗落下皇恩的印记。那沉睡了两千一百多年的西汉齐孝王之子刘阳，静静地在这片土地的脉搏里舒适地送走悠悠岁月。大墓上的酸枣、荆棵、榆树、青草，还有周边良田的薯藤把温馨的绿编织得无比美曼。

如果说这片肥美的沙土是天赐，那么沙土下的水则是上天欣悦的创意。小山的缓坡上，一眼眼水井顺山环绕。因山有水，村庄也靠水而居。沿窄窄的地沿走进古井，古井和一棵国槐组成一幅绝美的井槐图。那槐一抱的粗细，根部分出两支，一支已枯，一枝向井探出七八米，如一柄巨伞。槐叶密密，槐荚悬生。树龄已有二百余年，许是古人凿井后痛饮醴泉，欣喜之余将一棵小槐信手扔在井旁土洼，将葫芦瓢中的剩水泼给了这棵小槐，几年间小槐饮着甘泉悄然长大。井沿密生的枸杞半围了井口，小心探井下望，井水深深，井中有槐有天也有我。井口犹有三米，井深则有二十余米。井底甚大如一巨瓮，人说井底可转开一辆马车，井底转车无人可试，但井下的阔大确是真。井壁层积岩层层叠叠散发出潮湿的气息，竟如人以岩片砌成。古人“色湛青苔里，寒凝紫绠边”“日出而作，日入而息，凿井而饮，耕田而食”。古人凿井崇尚天文卦象，并非轻率之举。李贺即有“法星文而凿井，规卦象而开泉”之说。想必古人凿井之时，焚香设案以求井成水甘。井凝聚山林、佳壤之水，水滋润生命、滋润田园，施恩于人类。一山之井、一村之井，维系着万千生灵的生生息息。古来人们视井为不可分生的命脉之源。山下村名小山村，数百年来饮山中井水，吃田园粮黍，凿石垒屋。穿重壤、构玉瓮、得甘泉，纤绠幽牵，下贯五仞，汲铅华净水，把靠山吃山、靠水吃水的人类适应自然的传统传承到极致。伏井细听，有水滴声声传上井来，五百至上千年前的天雨濡湿了山林、渗进了山岩，水的分子一个个穿透岩层、一滴滴流进井中。大旱之时，小山人“长缧委蛇，瑶瓮龙腾”，用澄澈的醴泉浇灌这富饶的田园。

田老汉年过半百，是这小山上的种田人。他将一片荒芜的苹果园承包下来，改植蔬菜、树苗。田中，苗木青青，黄柿诱人，花生待熟，新韭铺翠。红薯藤叶遮掩了沙地的土壤，花椒碎叶下簇簇籽粒集聚成一树的暗红，枯枝任意编织的篱笆旁斜倚二三垂柳，一条黄狗不卑不亢地注视着游人的举手投足，这世外桃源让人心生艳羡。老汉从井中打出一桶水，任游人用杯舀起慢慢饮来，清凉中有甜意，纯净中有澄香，顿感流进血液生出无限的力的因子。老汉站在井旁，目送着游人远去，俨然古井的守护人。山下人爱他们的古井，更爱他们的山。

车行山下，苇塘里芦花披散开来，宛若片片雪景，碱滩地上的黄蓿染红了村落、染红了原野。鹊群沿树丛起起伏伏，飞去山间深处。回望小山，山形又似一抹黛眉，那么修长，那么葱茏。

（注：小山，亦称马骝山，位于河北省海兴县近海处，为沧州唯一的山。）

雪里运河

初冬的晨，运河两岸常会迎来第一场雪。当乳白的天光难以承载水的一丝重量时，雪片开始忸怩着飘落，如天宫被打散的细丝鹅绒，轻盈得左旋右旋。绒丝落在河边枯黄的茅草上，茅叶感动在亲吻的唇印里；绒丝落在芦花上，执拗地不愿飞离的花絮被掺淡了驼色；绒丝落在行走河边那姑娘的眼睫上，润湿了每一根黛丝的明亮。绒丝渐渐厚重，原本冰晶玉莹的河面铺满了银沙。

雪之白，白得洁净坦然，每年将河冰覆盖，留下稀疏的几片桐叶、几行鸟迹。沿河岸信步南行，不知不觉间转过几个大弯。四千年前，雪飞雪驻，头戴斗笠的大禹也从这里走过，他驻足一棵红荆旁向大海瞭望，烟波里浮着冰凌的大水顺从地向东再向东。两千年前，雪飘雪融，黄河之水携带高原黄土冲刷出弯若龙形的水流，在渤海湾恣意游荡，摆动龙身入海。终于，雄心勃勃的隋炀帝大手北挥，用一道水路勾连起曹魏平虏渠，京杭大运河从此诞生。

雪之寒，北风带着蒙古草原上牛羊的叫声和孤雁的哀鸣，裹挟着狼群的嚎叫而来，在河床上拥起雪岭撞击出印痕。东光慈眉善目的铁菩萨默念着般若心经，千古的镇海吼侧目运河威武的长吼，震开了雪下的冰缝，让春风融融而来。千年的长河一弯弯蜿蜿蜒蜒，运粮的木船一艘艘逶逶迤迤，纤夫的脚印一个个深深浅浅，商铺的灯火一片片明明灭灭。黎明时分，那几艘货船悠悠而来，船上的镖旗悄悄落下，沿环转的河道静静驶过，船桨轻落，船舵轻转。那岸边槐林中、苇荡旁，长髯老汉一招一式风行电闪，白衣飘拂；三五男童在身后挥臂扬腿，虎虎生威。

瑞雪也是温润的，为运河两岸麦田覆盖上暖意。那枣林下的长根是感动的，那河边泥土下的芦根是感激的。那蛰伏树根的蝉也是感恩的，将泪浸润进雪融的黄土。千年风云，百年转瞬，时代更迭，二十世纪中叶，南运河水清畅畅，船运依旧，南来北往，船帆起落。河水滔滔流进大港，流进干渠农渠，丰收的稻田涌起无边的金黄。江南北来的水，环抱着鱼儿虾蟹在大苇洼里安家。万顷苇荡鸿飞凫落，芦花怒放，鱼跃莺歌。新世纪，南运河结束航运的使命，大河的水亲吻着茵茵青草的河床而来，倒映着郁郁树影和湛湛蓝天而至，流进大淀，流去津城，滋润着饥渴的平原，带来北方大地的无限生机。

初冬的雪有时纷纷扬扬，有时欲落又止。雪是包容与慷慨的，遍及千里百里，带着大自然的恩赐。运河呈现一条银带，一直向北，也一直向南。那银带在阳光下闪出灼灼金星、透着希望的梦幻。走过树下，银屑忽地洒下，带着幸福的凉意，带着凝集的圣洁。

满街椿树、杨树、银杏树上，灯笼红了一条条路、一道道街，红得炫目，红得华丽。运河两岸，盼来新年的气息，也盼着一场新雪来临。

跋　我文学生命的绿洲

半个多世纪在时间长河里转瞬而去，对人生却是漫长的时光。二十世纪六十年代初，命运把我由川南远送到渤海湾边，这里有宏阔的南大港湿地，俗称大洼。掀开历史的画册，这里是草洼连绵、广袤僻寂的九河下梢。国营农场聚集了几万名豪情满怀的干部职工，唤醒了这亘古沉睡的不毛之地。

也许这片大洼的美丽不仅在于它宽阔，还在于它奇特的壮美。春天，它掀开最纯净的绿毯，迎来万千候鸟，像母亲把它们拥入怀中；夏季，它铺开最清澄的水泽，任鱼游鸟飞，万千生灵在这里繁衍生息；深秋，万顷芦花倾情怒放，浩荡的银花雪浪描画出奇艳之美；入冬，苇田似海，为人们奉献出一个最富足的世界。千百年间，这里展示了大自然原始的生态之美，展示了自然界的历史苍凉之美，也展示了艰辛与苦痛中的地域人性之美。在这里，我从一个少不更事的少年跋涉着走来，和万千父兄一起经历了狂暴的风雨、和煦的春光，磨炼了意志，磨砺了双肩，倾洒着热情的汗水。大洼是雌性的，它博大无私的怀抱、富足的奶汁养育了生灵；大洼又是雄性的，它粗犷豪放、壮健质朴，把它最纯正的基因执着地传递给每一个生命个体。

大洼是我文学生命的绿洲。这里的一草一木、一禽一兽、一游鱼、一奔兔、一苇草，无不是天造地设，它们的生命连接着亿万年前生命的诞生，延续着亿万年后生命的进化。人在这里是生命中的一员，只是被赋予了更多的智慧和理性。当那种对大洼的热爱深入到我的心底，那种创作的热望也就在根深蒂固的嫁接中萌发。而这根越扎越深，吮吸着大洼无尽的营养。我的一些篇章来自自然的精神，出自对生灵的忧思，凝聚着大洼人坚韧奋进的激情。我走过洼里的每一寸土地，在脚窝里随意抓起一把泥土，里面闪烁着耀眼的金沙；我蹚过洼里的每一片水泽，在草丛里任意摘来一枝苇叶，咀嚼得口中留下苦涩后的清香。

我不止一次地走进无边无际的苇荡，和芦苇、鸟儿对话，感受大苇荡恢宏的魅力，体味从盛夏到深秋那苇荡色彩从澄绿到金黄的变化，观察那芦花由抽莛到潇洒怒放的渐进，倾听苇荡中那鸟鸣、虫吟、风拂、鱼跃、苇涌的天籁神音。于是，我文中震荡着对大洼割舍不尽的情愫，试图揭示浩瀚的大苇洼那古往今来的质地之至美。

大洼给予我的不仅是一种坚韧的信念，还有丰厚的赐予。我对大洼的理解和感悟似乎比别人更为深沉，一种神圣的责任驱使着我，笔下也就自然蕴含了大洼的灵气。大洼是我创作生涯的一块圣地，是我钟爱的一片生活，是我生命中最为宝贵的财富，是我创作的根基。在创作中，我追崇细腻与厚重的风格，倾尽我文学素养的底藏，为的是这片大洼。没有这片大洼，就没有我在文学艺术上的创作。

随着生态文明的渐进，出现了生态散文的提法。“生态”的含义包括：自然生态，即人类及一切生物在自然界中与环境的生存关系；社会生态，指人与周围环境及各种事物之间的关系；原有生态，指原始的、原有的事物及其与周围环境的关系。生态散文作家关心自然生态，描写自然生态中的美，寄托作者对生态环境的忧思，呼唤人类对自然环境的关爱。我的生态散文创作出于一种自发的创作冲动，出于一种对自然环境似乎本能的关爱。

“大洼文学”是河北文学界的一个提法，大洼泛指沧州东部沿海湿地。从特点看“大洼文学”，有作家、作品的地域性。有一批作家生长、生活在这片土地上，多描写这片土地上的自然、人文、生存环境，或由此而得到的感悟。“大洼文学”是二〇〇〇年铁凝到沧州召开座谈会时正式明确的沧州文学板块。“大洼文学”有其鲜明的美学特征，即独特的大洼地域特征，豪放的大洼民众性格特征，厚重的历史文化积淀特征。其作家作品在沧州东部这块洼淀区是那么的集中。在这面旗帜下，生成了一个引人注目的文学群体，这是一个独特的文学现象。也许对这片大草洼爱得深沉，也许为它的广袤、苍凉与绚丽所感动，也许对它生态环境的忧思比别人更多，我在作品中更多地关注了这片大洼。这本集子即是我多年创作的精选篇章。

由于更多立足于生态散文的创作，我对生态环境的思考更为深刻。人类在生存发展中，与自然界的关系方面，存在着不断索取、无节制索取和取之有度、取之有仁等截然不同的态度，环境问题在经济、社会飞速发展的今天已十分沉重。自然环境是人类的母亲，人类应善待自然、保护自然。对环境道德的忧思、对生态资源的担忧，也就形成了生态散文的积极意义。为此，作家应以善意对待自然，着力于散文美学的思索和追求。这也是一个出色的散文家对待人类自身和自然环境一种纯洁的善意本质。钟情于生态散文创作的我，期盼读者都能关心日益恶化的生态环境，我们共同为保护大自然、保护我们赖以生存的环境献出爱意。

大洼是我文学生命的绿洲，我愿用热诚的心去呵护这片绿洲，用手中的笔去呵护这片绿洲，更重要的是把保护这片绿洲变成人们的意识和行动。从这个意义上讲，作家的责任无疑又是神圣的。

二〇一九年十月

提高现代文阅读和写作成绩的金钥匙

张华北作品
现代文阅读试题详解

秋声秋色里的大苇洼

①两千多年前，一个中国诗界佚名的诗人，潇洒凝练地在竹板上写下“蒹葭苍苍，白露为霜。所谓伊人，在水一方”这注定要流传百世的诗句。当你踏进大苇洼时，真可感受这位诗人心界的恢宏与感情的细腻。他那赋比兴的情调应该说是独特的，在他的眼里，苇荡无比宏阔，是一处可寄托对远方友人思念的绝佳环境。

②真正的苇洼决然不同于诗人的纸上情怀。孟秋，大苇洼在连日炎阳的蒸烤后有了一丝的喘息。无边无际的绿在晨曦下浩浩荡荡，如绿透了的海，苇尖挂上了一层淡淡的亮色，那是阳光爱意下羞涩的点缀。雾霭融融的、柔柔的，像美人梦醒时看苇

洼那蒙眬的感觉。静静听来，“吱吱……”“咯咯……”，声音微小，如若即若离的幽灵，在你的身前身后、左左右右。苇穗已在拔节，新穗抹了浅浅的绿，旧穗染了些许猩红，犹如待开待展的粱穗。苇洼里绿的底色、红的敷抹、黄的点染，在阳光里变幻着奇彩。你惊叹大自然的万千神奇，但眼前的一切只不过是大自然的随心所欲。看洼人在洼边树荫下踱着方步观望着游人惊诧的憨态，身边是一条亦步亦趋的黄狗。他们对这一切司空见惯，毫无游人天真烂漫的激情。

③ 暑湿在苇洼里一天天消弭，那浓重的黯绿渐渐褪去，苇洼弥漫着一层蒙蒙的土黄，像穿了一身褪色的衣装。唯独苇穗丰满地披散开来，在仲秋午后的斜阳下，泛着那么一层亮眼的光泽，那金属般的色彩令你的心一阵舒畅。“嘎嘎、嘎嘎”“呱哇、呱哇、呱哇呱哇”，苇洼深处，野鸭的鸣叫声此起彼伏。“噗噗噗”“噗噗噗”，群群野鸭擦着苇尖费力地起飞，“啪啪啪”，野鸭拍打着水面斜斜地飞起，其中一只在跃过我的头顶时，用晶亮的眼睛和我对视了一下。它一身芦花色，深黄的两脚蜷缩在尾下，双翅急促地扇动。几十只、上百只，一时成阵，呼侣鸣群，渐行渐远。苍鹭惊起时是无须助飞的，翅膀缓慢但有力地扇动几下，即腾起远去。长脚下垂伸出，脖颈变换成一个优雅的曲线。长脚鹬在浅泊中显得那么沉稳，麻色斑点的羽毛配一副红色长腿，那么悠闲自得。几乎在人们伸手可及时，几十只翩翩而起，又翩翩而落，不远处的水草给了它们一片新的宁静。如果我是一只水禽，广袤的大苇洼定是我理想的家，那芦苇高大得像南方的竹海。芦苇有竹的外形、竹般的叶，但披散开的长穗比竹更为优美，在水的润泽下，比竹海更加壮阔，更加富有灵性。

④ 夕阳西下，静谧的苇丛边不甘寂寞的蝈蝈在衷情地唱，“吱吱、吱……”，声音悠长间一个小小停顿。在一片片枯黄的狗尾草下，你可以轻易地捉住一两只，它们极不情愿地蹬蹬强劲的后腿，弹得你手心痒痒的。如果说蝈蝈是笨拙的琴师，那么蛐蛐的演奏就高明了许多，“嚯嚯嚯嚯嘁嘁嘁嘁”“嚯嚯……”“嚯嚯……”，那声音富有节奏感，频率间隔又那么准确，音调柔美而有磁性。生物学家说，它们的声响来自翅膀的摩擦。洼民则说，它们唱的是“拆拆洗洗拆拆洗洗”，告诉人们拆洗衣裳准备冬装。苇莺从苇尖掠过，“啾啾嘻”“啾啾嘻”，飞上洼边的树梢。几只戴胜在土路上沉默地站立，黑白相间的羽毛在夕阳下闪着光，棕黄的头冠高挺着，一副高傲的绅士风度。在人们即将踩到它们时腾起远去，像在和你逗趣。在这些鸟儿、鸣虫的参与下，苇洼自然生机勃勃。

⑤ 大苇洼黄了，像黄熟的麦田，季秋的凉意笼罩着整个大洼，熟金的色彩令人目眩。芦花绽放开来，银絮飘飞，在你的头上、脸上、衣襟、手心。几朵飘忽而至的絮花挂上了睫毛，摘下它，怜惜地把它放飞，心里惬意得很。逆光望去，金色的芦荡上浮托一层银絮，分明又是一个银装素裹的大洼。金与银巧妙地结合，在色泽的变化中展示了一副大气磅礴之美。难怪元代诗人耶律楚材赞叹“潇湘一片芦花秋，雪浪银涛无尽头”。夕阳慢慢沉入芦荡，天边几条带状的晚霞由嫣红渐渐变作银灰再到灰暗。晚风从渤海滩边悄然而至，“唏唏”“唰唰”“唏唏”“唰唰”，风声是借着苇茎的摇动和苇叶的摩擦表露情绪的。“沙……沙……”“沙……沙……”，风声一片，应该说是苇荡夜曲的和声响成一片，和声伴着凉意远远近近、绵绵渺渺。“噌”“噌”，水

泊里群虾在追逐中跃起，声如琴弦短促的一颤，转瞬间又杳无声息。在小小的涟漪即将散尽时，水面跃起一段硕大的鱼身，银光直立地一闪，“嘭……”，声如洪钟大吕，伴着风声传得那么悠长。“嘎啊……”“嘎啊……”，鹤群一阵骚动，似在印证“风声鹤唳”那个成语。

⑥ 远远地，洼棚的马灯亮了，“汪汪”“汪汪”，一声声狗吠证实着看洼人与狗的存在。良久，洼里沉静下来，“沙沙……”“唰唰……”，大苇洼的风声比先前要响，细听似海潮涌动，由远而来，又缓缓远去。

（本文获第三届“冰心散文奖”）

1. 文章围绕秋声秋色描写大苇洼，阅读第④段，简要概括描写了哪些动物怎样的“声”，什么动物怎样的“色”。

2. 结合文章，解释加点词语在句子中的作用。

（1）苇尖挂上了一层淡淡的亮色。

（2）风声是借着苇茎的摇动和苇叶的摩擦表露情绪的。

3. 任选画线句子中的一句，结合文章赏析修辞手法的运用。

（1）孟秋，大苇洼在连日炎阳的蒸烤后有了一丝的喘息。

（2）水泊里群虾在追逐中跃起，声如琴弦短促的一颤。

4. 第⑥段所描写的声音有怎样的特点？结合全文分析其在本段中的表达效果。

参考答案：

1. 蝈蝈：吱吱。蛐蛐：嚯嚯喊喊。苇莺：啾啾嘻。戴胜：黑白相间的羽毛、棕黄的头冠。

2.（1）“挂”，物体借助绳子、钩子等附着，化无形为有形，形象地写出了晨曦照在苇尖上的景象。

（2）“表露”，内心情感流露，赋予风感情，生动地表现了大洼晚风的轻柔多情，同时衬托出夜晚的静谧。

3.（1）拟人，把“喘息”赋予大洼，形象地写出了夏天过去秋天到来，大洼不再闷热、变得凉爽的情形。

（2）比喻，把虾从水中跃起的声音比喻成琴弦短促的一颤，生动细致地描摹出虾跃起一刹那声音的悦耳，也反衬出环境的无比静谧。

4. ① 夜里的声音，悠远悠长；② 以声衬静，表现出夜里大洼的宁静；③ 以声音收束全文，既点题“秋声”，又给人以不绝如缕、绕梁三日的感觉。

秋水芦花

① 雾在阳光里渐渐变得稀薄，那一队似曾相识的雁群飞来，一个小小的“人”字在南大港大苇洼上空移动，数来有十七只。每一只扇动的翅膀看起来都很有力，在这片阔大的洼淀上渐渐模糊。透过薄雾，头雁咿呀的叫声并不响亮，身后雁们的回应也被风吹散了。唯独头雁观察身下的洼却很清晰。苇荡被天然的沟沟汊汊分隔成大大小小的块状，黄绿的，也茸茸的。水泊放出诱人的晶亮，那荷叶状、豆荚状、树枝状，或长条、圆形、方形，都不那么规则。那泊子里的小草台随意地散落，像银盘中剩下的菜肴，雾是它们飘出的香。在头雁眼中，它们更像一只只小渔船在

游动。

② 雁群飞过的一个泊子，十几只绿头鸭分散开，三五只、一两对，安静地各自游弋。艳丽的雄鸭间或深吸一口气倏地下潜，引得身旁灰羽无华的雌鸭兴奋得扎进水。涟漪因它们的激动而频生，在苇边被无情地阻遏，却在空旷处恣意地漫开。湖水较深处看起来有些湛蓝，浅处则有些白，水更喜欢夏日在水影中摇动的绿苇。一只青头蚱蜢惊慌失措地扑进水中，身边即散开细微的涟漪。那涟漪小得可以忽略不计，如少妇脂粉下眼角的细纹。

③ 随着一处苇丛骤然发出的摩擦声，一只小船瞬间分开苇叶进到泊子来。野鸭天然的警觉神经在瞬间被激活，在极短的助飞距离里将翅膀的肌肉强化到极点，水花飞溅，苇叶凌乱，它们向大洼里另一片水泽飞去。在它们眼中，人类还不是它们的朋友。水的波纹掩盖了那些大大小小的涟漪，由小船两侧凸起波棱，慢慢无声地霸道地梯次压向水边。水中插下的箔是尼龙绿线网圈成，十几棵灰白的竹竿将它们固定在水中，与绿苇浑然相似。船后，女人一身蓝布衣，腰间随意地系着一块陈旧的围布，躬身摇船，头上黄围巾在苇梢上下浮动。围巾静止时，夫在船舷边慢慢提起地笼网，两条黑鱼在里面躁动，飞溅的水珠被封闭在了圆筒式狭窄的网中。两三只螃蟹水淋淋地爬动，其中一只将脚尖像尖刃穿透网壁，立起的两眼怒视着渔人。

④ 芦花在仲秋时就初展花容了，此时芦絮并未开放，只是成束的花穗在不知不觉中散开来，有的棕红，有的淡褐，有的浅紫，一个水湾处，那芦花穗竟是略黄的淡绿。苇在洼里一天天地变，应是哪个隐身的画家把秋阳和风在调色盘搅拌，漫不经心地抹来抹去。不定哪一天早上，那芦花穗便在晨光里闪动起银灿灿

的新彩。

⑤ 大洼深处，一片芦苇遮覆的台地上，忽见一片洁白，如一群低飞的小白鹭，蹚着齐腰深的水，分开茂密如栅篱的苇丛，草茎的断裂声里绕行一个个水鸟的空巢，走进那片白。白花竟是芦荻，白得好不潇洒，如精灵炫舞。这在大洼芦苇的世界里十分罕见，是百年前芦荻花乘着温暖的南风来到这里，抑或北飞的大雁携带芦荻花来此，已不可知。那芦荻过于细瘦与低矮，白得凄清与零落。芦苇是一个大家族，大漠民勤的石羊河滩、达坂城边的水泽、拉萨河畔的湿地、滔滔黄河的入海口，处处有芦苇的身姿在摇。芦苇又因地而异，或虚高而密集、粗大而稀落，或矮小而无彩、细白而轻飘。大苇洼的苇却不然，高者丈余，低者过人，笔直而匀称，硬挺而劲健。洼里人称它们为“铁秆苇”，可做帘做箔、编席编篓、盖房造纸，用途很多。人说，这里的苇如洼里人，爽直而硬朗。

⑥ 苇莺是喜欢大洼芦苇的。春四月，绿苇如毯在水面铺开，苇莺在修长草尖上跳起飞落，用动听的歌喉吸引着心仪的那一只；夏七月，深沉的绿掩去了众多婉转的声调，苇莺侧身抓住小巢上摇动的苇秆，嘴上的小蚂蚱弹得雀舌好痒；秋十月，绿在茎叶上慢慢消减，苇莺飞过苇梢时着意擦过蓬蓬芦花，几只小莺越过它时叫声已有了清脆的水音。光顾那一片贫瘠无花的芦荡的是那几只雀鹰，苇上的麻雀、苇莺、燕子，台地上跳动的草兔，快捷穿行的仓鼠，都难逃它们的锐眼。那片地高水浅的苇荡，露出一方空旷草地，黄蓿已红得艳艳。那片满是拳头大小芦花的苇荡是骨顶鸡最爱之地，密密芦苇下是它精心营造的家，半浮半沉的草茎堆出水面，小雏出壳就从母亲的翅下跳进水中。芦花盛

开时，摇动着在水里投下一团团阴影，小骨顶鸡的白嘴白额已和母亲的一样好看，在苇丛里转进转出，叼一叼草根，追一追仓皇的鱼儿。苍鹭、野鸭每日飞临的是芦花最盛的中心地带，芦花奇大，蓬松得像禽鸟云集。鸟儿们嘲笑这些头重脚轻的苇族，不为芦花下伸开的黄叶的虚张声势所动。水禽们喜欢在芦花旁静静等候游鱼，花的投影总让鱼儿错判这美好的安全地带。

⑦ 湖面的小风常常不知来自何方，芦花或摇向东，或摇向南，又向西北摇，又冲西南去。芦絮飞扬，怪异地游走，忽左忽右，忽前忽后，或在低处游移，蓦地飞升不知所终。洼里的风从不会保持平静，有时忽地变得快意狂放，芦花一齐倾向一方，前后摇动，躬身又立，下弯又仰，一副不屑于风的肆虐之态。小花絮在风中快速脱离花团，顷刻间飞过如涛似海的芦荡、波浪诡谲的水面，自由地穿行，无羁地扬飞。

⑧ 昔日洼里人最喜欢深秋风轻月黑之夜，水泊无波，芦花垂垂。十几条小排子缓缓推进，在浩荡无边的大洼里，如十几片树叶慢飘。雁群黑压压如银滩里抹的一片墨，头插入翅膀做着水中捉鱼苇里嬉戏的梦。小船悄悄围成一张大弓，弓上那黝黑的大抬杠如一双双长箭。船尾的洼里汉子铜铃大的眼不再眨动。“拉盖头！”寂静里震耳欲聋的一声大喝，满洼的芦花一齐颤抖，几十条火光烈焰如巨帚向惊飞离水的鸿雁横扫。老洼人不会忘记那个秋雨绵绵的日子，蒙蒙小雨湿了苇洼，湿了洼边的青纱帐，芦花穗分分合合中蹿出一群探头探脑的人，领头的是个两眼透着凶光的男子，敞开的短衫里露出两把黑亮的盒子枪。他们冲进大赵庄一所院子，一阵乱射，正在此地开会的八路军将领黄骅和他的战友倒在血泊中。叛徒冯冠奎和上司邢仁甫投敌作恶，最终被

钉在了历史的耻辱柱上。渤海边这英雄的城市以黄骅血染的英名命名。

⑨ 秋水是芦花的镜。秋的芦花如仙子亭亭玉立，将那茸茸的面、纤纤的腰映在水中，轻摇慢摆，左边端详如痴，右边凝视若醉，牵起伸开的叶，晨听一支秋水的长曲，夕唱一支芦花的和歌。芦花是秋水的挚爱，让那风啊摇得轻轻爽爽，让那云啊霞啊走得歇歇停停，一齐印在水中由芦花仙子低头欣赏。那芦边的鸭、草上的鹨快快飞走，别划破了这一片莹莹明镜。水与芦花相依而美。

⑩ 秋阳里，满洼芦叶的金黄为芦花装扮起裙裾，托起了芦花的笑靥。叶黄似金，花白如银，秋水之上是金与银编织起的锦绣，非有仙子玉手，不可裁剪这天地间巨幅的绸缎。秋愈深，芦花痛惜地俯视芦叶变得萎黄。叶从茎上分离有些犹豫，风来催促了，才不情愿地断离，叶根向下略斜着进水，一叶叶在水面飘零。湖水似乎不愿接纳落叶，叶片渐渐相叠相压，依偎着苇丛不肯远离。每一枚细小的芦絮都是一柄上仰的小伞，在水面轻盈地行走，对它们来说，滑来滑去的水黾就是一艘艘水面大船，芦絮行走得比之更轻快自如。小鱼在芦絮下追随，时而用嘴轻吻，几多相亲的感动在不言中漫延。

⑪ 也是那年秋水芦花的季节，那些从浩渺的大苇洼中迁出的洼民站在了水库的大堤上。向北遥望，曾经世代生息的渔村已消失在朦胧的芦花里，消失在迷蒙的水雾中；向南，那稻田隆起的金黄抹去了纵横的阡陌，千年的不毛之地露出镀金的面容。水边菜棵子扬开了炫耀的白花，加入芦絮的飘扬，湖蓝色小巧的碱菀，晚秋艳黄的苣荬菜花，点缀出秋草丛的斑斓。匆匆飞来的雁

群鸭群、鹤队鹳队，并不急急启程南飞。宏阔无际的芦花秋水值得流连，芦花瘦秋水寒时南迁不迟。诗人以“秋水与长天”“落霞与孤鹜”描摹出美秋的意境，其实自然之美并不为人类的意志所左右，人类保持一种大爱的情怀何其重要。

⑫ 那只小游隼悄无声息地从斜刺里飞来，惊散了芦花丛上的几只水鹡鸰，扑啦啦一阵狂舞，弹开纷扬的芦絮，方才安静洗浴的一对凤头䴙䴘瞬间潜入水下。我掐下一片芦叶，叠一只小船俯身轻放于水面，任它随秋水漂去，那立起的帆是一叶金黄。

1．认真阅读文章第 ① 段中的画线句子，说说作者是从谁的视角描写苇荡和水泊的，这样描写有什么好处。

2．结合文章，解释加点词语，揣摩句子的含义。

（1）雾在阳光里渐渐变得稀薄，那一队似曾相识的雁群飞来，一个小小的“人”字在南大港大苇洼上空移动。

（2）那稻田隆起的金黄抹去了纵横的阡陌，千年的不毛之地露出镀金的面容。

3．赏析文中画线句子运用的修辞手法（可任选一句）。

（1）一只青头蚱蜢惊慌失措地扑进水中，身边即散开了细微的涟漪。那涟漪小得可以忽略不计，如少妇脂粉下眼角的细纹。

（2）围巾静止时，夫在船舷边慢慢提起地笼网，两条黑鱼在里面躁动，飞溅的水珠被封闭在了圆筒式狭窄的网中。

4．整篇文章围绕“秋水芦花”展开，作者想借秋水芦花表达什么情感？

参考答案：

1. 头雁的视角。作者以头雁的视角从高处俯视苇荡和水泊，苇荡被天然的沟沟汊汊分隔成块状，水泊形状多且不那么规则，让读者全面地了解作者所描写的南大港大苇洼，很有新意。

2.（1）“似曾相识”本意是好像曾经认识一样，在这里是说雁群好像是曾经熟悉的。这句话是要说明雁群每年都要来到南大港大苇洼。

（2）“抹去”，擦去，消除，在这里的意思是纵横的小路看不到了。这句话是说稻田中的稻子长势茂盛，已经遮蔽了田间纵横的小路。

3.（1）运用拟人、比喻的修辞手法。“惊慌失措”“扑进水中”这些词的运用赋予青头蚱蜢人的行为，形象地写出了青头蚱蜢跳入水中的着急和慌忙；将溅起的细微波纹比喻成少妇脂粉下眼角的细纹，形象生动地写出了波纹之细微，突出了南大港大苇洼的静谧。

（2）运用借代、拟人的修辞手法。围巾本是妇女头上所佩戴之物，文中用围巾静止来代指妇女停止摇船；赋予被捕的黑鱼以人的“躁动”，形象生动地写出了黑鱼被抓后的不知所措。

4. ① 对芦花的喜爱之情。“不定哪一天早上，那芦花穗便在晨光里闪动起银灿灿的新彩”，芦花的颜色好看，字里行间透露着作者对芦花的喜爱。② 对芦花积极应对外界不良环境的赞扬。“芦花一齐倾向一方，前后摇动，躬身又立，下弯又仰，一副不屑于风的肆虐之态。”芦花面对风的肆虐，能坚持自我。③ 对洼里人抵抗外来侵略的赞扬。黄骅这座城市的名字的由来。④ 对人类大爱情怀的赞扬。

洼里麻雀

①树叶黄了，小风吹过，树下一夜的积叶翻卷着缓缓落下路坡，落下水渠，在闪动着晨光的水波里飘荡，如悠悠的船队渐渐远去。晨风有些寒意，但早起的麻雀家族的成员们纷纷钻出看洼人的土屋檐，a.三三两两落在树杈，叽叽喳喳地唱着只有它们自己听得懂的歌，赶走一夜的慵懒；时而梳理一下有些杂乱的羽翅，换一个精神百倍的精灵迎接一个新的早晨。千百年了，它们在大洼里生生不息，感谢大洼人那高高低低的屋檐。它们很容易掏去几棵苇秸，啄去一些浮土，衔来草洼的狗尾草、榆树叶和毛茸茸的芦花，絮一个舒舒服服的家。秋阳升得高了，蜘蛛从横逸枝杈上那残破的网里撤离，抑郁地伏在斑驳的树孔下；螳螂呆板地缓缓爬上草尖，静得毫无声息；蚂蚱懵懂地腾起，东一个、西一个，显得那么形单影只。麻雀唱得更响亮了，从一片树丛忽地飞到另一片树丛，它们的小兵团转移起来异常敏捷。有这么多秋虫做伴，它们浑身燥热，不会为积聚过冬的热能担忧。正午，太阳挂上了最高的那棵树的树梢。它们感觉到了阳光的刺目，炎热得似乎又返回到酷夏，只不过没有夏日的溽热。大毛是那只羽毛有些发亮两颊深褐圆点硕大的麻雀，它扇动了几下翅膀，似乎整棵树都在晃动，黄叶簌簌而下。它腾地飞去河边，十几只麻雀快速地跟进，神速得令人惊诧。河水有些涩涩的，但比春天的河水好喝得多。它们躲在树荫下，让光线由身边滑过。千百年了，它们过惯了草洼的生活，还得感谢大洼人的勤劳，栽植起任它们登

高远眺的树木。

② 那场大雪来得悄无声息，大片大片的雪花在雀们回家之后才从天而降。早晨，大毛钻出窝来，一夜间，天地更换，世界凝寒，隐隐的寒气穿透贴身的羽绒，那本来急速跳动的心似乎减慢了许多。立时，十几只麻雀跳出窝来，随大毛飞上树尖。树下草尖上晃动着褐黄的籽粒，雀们一齐由树上降落，草棵上的雪纷纷洒下，闪烁着粒粒金星。树下一只草兔艰难地扒动树根下的积雪，不多时，居然扒出一支蔓菁根来。麻雀们一阵喳喳，嘲笑着这个笨拙的异类，把草枝上的雪花弹向这个没有羽翅的灰头灰脸的家伙。小河已看不见了，雀群象征性地飞临河边，啄几口雪解渴，冰凉的雪水滋润着喉咙，那样的舒适和惬意。小河那边是个小小的村庄，屋顶上炊烟袅袅。有时，大毛带着雀们飞到那些灰色的房山上，将尖利的喙尖扎进墙土，啄食雨水冲刷过的墙泥里残留的麦粒。院子里的那只黑狗常常冲到墙下，愤愤地叫几声，半是友好，半是挑衅，雀们根本不予理睬。墙土飘落在狗的头上，掉进狗的眼里。狗甩动着头，低声呜咽着，跑回院里。勇敢的大毛有时会领着群雀飞进房西的牲口棚，在那匹骡子的四蹄间满是草粪的地上寻觅膨胀的高粱，或是趁着那骡子趴在地上休息，飞进它的大木槽中，在溢满香味的碎草里准确地啄捡粱粒和豆颗。小毛是大家都喜爱的最乖巧的一个，它已经两天没有出窝了。第三天，在大家的问候下，它慢慢地钻出窝，站在窗台那块青砖上，看着大家飞向树林、飞向小河。中午大家回来，小毛已跌落在洁白的雪窝里，眼合得紧紧地，两只脚褐黄褐黄的。它是吃了那颗地头的麦粒后生病的，那天吃了麦粒的兄弟姐妹们倒下一大片。它挣扎着飞回家，从此再没有打起精神来。b. 群雀在窗

台上吱吱哑哑地唱着，如古筝上铮铮奏响的哀婉的和鸣，为可怜的小毛送葬，扒下的雪花很快覆盖了小毛。

③ 春雨洒落的日子到了，初生的草由残叶中萌出，很快和田里的麦苗一齐织就一席翠色的地毯。雀群落在梨花中，灼灼花朵那么耀眼，像洁白的云朵挂满树枝，与那漫野的冬雪相比，没有了柔软的凛寒；雀群落在桃花中，艳艳的花簇争相绽放，那是对春的爱抚的回报。那浓香是大自然的，当然也有群雀的一份。在草丛中，它们蹦跳着，轻盈得像一根根羽毛，在蓬生的草尖上点下、弹起、又点下、又弹起。惊散的灰色、绿色的小蚱蜢，像细小的水珠溅向四方。大毛飞向一根细弱的旱柳枝，下冲的力使柳枝大幅度地上下颤动后又轻轻地弹动，直至静止。它的歌喉是雄浑的，几乎可以和那棵榆枝上黄鹂的婉转鸣唱媲美。c. 群雀呼地飞起来，加入这合唱。黄鹂羞涩地飞去了，像一片飘零的黄叶。小草洼的水清亮亮的，群雀不时地飞到那里，品味大自然的甘甜，有时含水着意地梳理一身的羽毛，一身散漫着花的香、水的甜。水中的流云慢慢地飞去，又一朵流云飞入水中，雀们不解地观察着这一片晴明的天。它们留恋着春日里丰厚的赐予。

④ 一夜燥热的风从大洼深处吹过来，雀们听见了屋檐边风哨的鸣响，梦也是浅浅的。天光初现，d. 勤谨的雀们已经登上了树尖，在又一个新的合唱中开始了一天的忙碌。大平原上麦浪卷动着，群雀在为丰收的景象而歌，虽然这是人类的杰作，但在群雀看来，大自然是因它们而存在的。这也是它们最忙碌的日子，檐窝显得那么拥挤，大毛又开挖了一个新的家。麻雀的生命创造来得那么轻易，似乎一夜之间，檐下各家都诞生了新的生命。那些弱小的生命，在檐土的黑暗中啁啁啾啾。那些父亲、母亲辛勤

地飞进草丛、树间、田野、水泽，螟虫、飞蝇、蚱蜢、小蜻蜓一齐成为新生命最好的营养。在檐下黯黯的家中，大雀把食物准确地传递给小生灵。幼雀的鸣叫，给它们带来了无比的深情和感动。小雀们看过檐口明亮的天光，听过黑夜里鸣虫的吟唱。一个早晨，在大雀们沙哑嗓音的鼓励下，它们跳出檐下的家，勇敢地一跃，稚嫩的翅膀下温暖的风托着它们飞向树下的一片绿色。一只鼹鼠从坡棱的黑洞中探出头，大雀们惊呼着围了上来。小雀们似乎感觉到了危险，挣扎着从草棵上跳起，落在横生低垂的槐枝上，警觉地望着这个新奇的、危机四伏的世界。大洼的绿色越来越厚重，小雀们也越来越像父辈那般强健。午后，天边的乌云由西北漫过来，很快像大洼里的奔马贴着草尖奔腾，还带着轰隆的奔跑声。道道闪电为灰暗的天幕打开一阵阵光明。群雀呼叫着，像勇士般在草尖上疾飞，敏捷地吞食着洼里的黑蚊。高空中燕群散乱地滑翔，和雀群唱和着，引领着那即将飞洒的急雨。

1．文章第③自然段结尾处说“它们留恋着春日里丰厚的赐予”，请思考：春日赐予了雀群什么？用文中的词语简要概括。

2．解释下列加点词语，揣摩句子的含义。

（1）蚂蚱懵懂地腾起，东一个、西一个，显得那么形单影只。

（2）它们躲在树荫下，让光线由身边滑过。

3．赏析文中画线句子运用的修辞手法（可任选一句）。

（1）它扇动了几下翅膀，似乎整棵树都在晃动，黄叶簌簌而下。

（2）在草丛中，它们蹦跳着，轻盈得像一根根羽毛，在蓬生的草尖上点下、弹起、又点下、又弹起。

4. 文章每段都写到群雀的“合唱”，请依次分析 a、b、c、d 四处“合唱”的妙处。

参考答案：

1. 花的香、水的甜、晴明的天。

2.（1）“懵懂”意思是头脑不清楚或者不能明辨事物，在这里指蚂蚱在深秋季节动作不再敏捷的憨态。

（2）“滑”化无形为有形，写出了光线照着麻雀的景象，描摹了麻雀在树荫下惬意地享受阳光的情形。

3.（1）运用了夸张的修辞手法。夸大了麻雀大毛扇动翅膀的力量，意在表现其精神饱满、充满活力。

（2）运用了比喻的修辞手法。把麻雀比喻成羽毛，生动地写出了麻雀轻盈的身姿，以及麻雀们欢快地迎接春天到来的精神状态。

4. 四处“合唱”的妙处：

a 处是秋天勤快的合唱，写秋天的麻雀们叽叽喳喳唱着歌赶走一夜的慵懒，是在招呼同伴们捕捉秋虫，为“积聚过冬的热能”做准备，赞颂了麻雀的勤劳和智慧。

b 处是冬天哀婉的和鸣，写群雀吱吱哑哑地唱着，是在为可怜的小毛送葬，写出了麻雀的团结和富有同情心。

c 处是春天欢快的合唱，是群雀在享受并感谢着春日丰厚的赐予，赞颂麻雀有感恩之心。

d 处是夏天喜悦的合唱，是群雀为丰收的景象而歌，开始忙碌地开挖新家，喂养新的生命，精心呵护培养下一代，赞颂麻雀有责任心。

大洼美鹬

①那只长脚鹬由苇丛中飞起时，垂悬的长脚惬意地在苇叶上擦过。长脚是略淡的朱红，红得炫目。它奋力上飞，两脚并拢尽力伸直，仍有一些下垂。晨间一场小雨后，苇荡散发出浓郁的清新。雾霭为大苇洼罩上了一层轻纱，洼边的树丛也就蒙蒙地融进了地平线。草洼边有野花朵朵金盏、点点蓝蕊，更有早熟的花已绽开银絮，只待风的眷顾；茶叶棵子顶花在放，坦荡出一片嫣红的珠玉；荆花则红如烟云，在苇堰中恣意秀出。

②千百年了，鹬族和众多水禽在这片大苇洼里生息，各自把延续生命的根基寄托在苇丛水泽里。它们各自划定自己的临时领地，策划着创建一个安乐的伊甸园。我常去大洼看那些禽鸟飞翔，听它们鸣叫，大洼有了它们竟鲜活无比，每一株苇蒲茎叶都洋溢着昂扬的精神。洼里水大时，黑翅长脚鹬聚集在大洼东部浅水处，条条草堰围起一方方水泊。鹬群时飞时落，飞起时，那黑色的翅膀上下舞动，洁白的身羽配上红脚，自在轻灵，翩翩来去。一只雄鹬在苇边伫立，黑色头颈如披着方巾的侠士，粉红色的眼并无恶意地盯住水面，长喙略略下垂，等待着最喜爱的鱼儿游近。鹬之美，早被古人关注；鹬之性情，也早被古人认定。天将雨时，鹬会鸣叫，于是古人将美鹬捕捉，拔其羽饰冠称作鹬冠，作为知晓天文者专用，既美观又具寓意。

③两千多年前，赵国将伐燕国，说客苏代劝赵惠王时，说鹬蚌相争渔人得利，恐强秦之为渔父。雄心勃勃的惠王连连称

善，遂罢手伐燕。在苏代眼里，鹬似乎是执拗的鸟。其实，那编出来的绘声绘色的故事未必真实。但鸟为了生存却会不惜以生命相拼的。大洼也曾是洼民赖以为生之地，飞禽水鸟是他们的美味来源。龙爷常年在洼里看洼，几百亩水洼苇高鱼肥，他扎下窝棚由盛夏守到初冬，一杆鸟枪、一把鱼叉和他相伴。一天，在一片水泊里，龙爷把枪筒从一人高的蒲草缝里伸出，一声惊天动地的震响，大洼上空腾起的鸟一片惊鸣。方才那四只鹬挣扎在水里，龙爷毫不费力地抓住，长腿尽数折断，那一顿美味令他多年难忘。耄耋之年的他常去洼边看鸟，那杆枪早被儿子上交。

④ 洼里褐色栈桥改变了鹬族眼中固有的环境，但与水泽组合成一处人们放松心境的憩园。东侧小苇堰上苇丛密密，一只鹬忽地扇动翅膀起飞、点头、落下，又飞起、再落下。那分明是在跳舞，用美姿吸引游人注目。随之，那鹬飞起，在头顶前方忽左忽右飞动，伴之叫声，声如“可、可、可、可……”，又似“雎、雎、雎、雎……”，带着润泽的清脆，带着金铃般的轻击，重音后下滑，急促而轻捷。蓦地，东边北边苇丛中起飞六七只，西边起飞五六只，组成鹬群。它们在低空往来飞行，叫声此起彼落，令人心跳无不随之加快起来。一只体型略大的鹬在近前水面低飞，忽地落水，速速又起，红脚带起的水在水面撒开，如粒粒珍珠溅落，瞬间小小涟漪又融合无痕。人说，这是长脚鹬的逐客令，人搅动了它们警觉的天性，那苇丛中有它们雌雄相爱的结晶，它们的体温还在那一个个草窝里。人知趣地从草棚处回返，从栈桥上折曲着边走边回望。长脚鹬在低空中紧随着游人，似相送，又似相逐。我倒愿意它们是相送的意图。

⑤ 两只苇莺翩然而至，不客气地落在木桥扶栏上，稍作停

留后又翩然而去，潇洒得快意自然。水黾在水面悠闲地滑动，六脚毫不费力地滑过几丛绿藻，又由几丛三棱草中轻盈地滑过，时有跳行，轻灵莫测。它并不为美鹬的喧鸣所动，许是听觉天生不敏感。豆娘静停在草尖上并不起眼，右边那只深蓝，左边那只淡绿，水面一段苇根上那只又是橙黄。它们小若一段玉簪、一叶嫩柳，那宁静之态让人不忍心去捏它们的细尾。

⑥ 鹬群分散开来，落在苇丛。水面一条窄小泥堰上须臾间停下四只，每两只间几乎相等的一尺之隔，头一致左侧，红腿纤纤，亭亭玉立，如芭蕾起步的美姿。难怪洼民称它们是红腿娘子。鹬在大自然里有近 80 种，中国占了半数之多。丘鹬、林鹬、滨鹬、泽鹬，种群繁多。大杓鹬长喙下弯，背与尾麻褐，长腿灰麻毫无亮彩，且不及长脚鹬的美腿修长。雌彩鹬美过杂斑灰暗的雄鹬，头胸深栗色，背和两翼黛绿，一道白色如绶带绕肩而下，眼圈粉白如画笔描来，五彩斑斓，仍不及长脚鹬黑白翎羽、朱红秀腿之美。那扁勺状黑喙的勺嘴鹬，喙上弯的翘嘴鹬、反嘴鹬，以及那些缀满珍珠斑、锦羽、芦花羽、茶花羽的鹬，试图别出心裁地在炫耀中取胜，但均无法和秀美身姿的湿地精灵黑翅长脚鹬媲美。

⑦ 鹬群那个家园终于又平静了，很快被周边诸多鸟声掩盖，“咯咯叽、咯咯叽、咯咯叽……”，满耳呱呱鸡热闹的喧声，杂以骨顶鸡缓慢的“嘎、嘎”声，只闻鸟鸣不见其影。是谈情说爱，还是不倦地争吵？我愿它们是前者之意。海鸥在泊子空旷处翻飞旋舞，不时急落轻巧地叼出水中一只小鱼；小潜鸭双双潜入水下，良久从不远处懊丧地浮出，相跟着准备再一次下潜；一对凤头䴙䴘不紧不慢地游动，静观潜鸭的劳而无功，分明是在嘲笑它们。

⑧ 薄雾散去，苇洼由近及远，变得愈加明朗起来，云流在蓝天的背景上向南游动，洼边深绿的树丛、海滩银白的风车已显出清晰的本色。慢飞的苍鹭、疾飞的野鸭、速驰的燕子，成为万顷绿海般苇洼里的点缀。苇丛里有一条小渔船在穿行，苇叶分分合合间，又见鹬群飞起。

（注：南大港湿地与鸟类自然保护区，濒临河北沧州渤海西岸，中国黑翅长脚鹬之乡。）

1. 请用简洁的语句概括大洼美鹬之美，说说它们究竟美在何处。

2. 结合文章，解释下列加点词语在句子里的含义。

（1）各自把延续生命的根基寄托在苇丛水泽里。

（2）在苏代眼里，鹬似乎是执拗的鸟。

3. 赏析文中画线句子运用的修辞手法。（可任选一句）

（1）它们小若一段玉簪、一叶嫩柳。

（2）是谈情说爱，还是不倦地争吵？我愿它们是前者之意。

4. 文中第 ③ 段讲苏代的故事有何作用？

参考答案：

1. ① 外型美。略淡朱红的长脚鹬，起飞的鹬群，翅膀上下舞动。② 性情美。已被古人认定；天将雨时会鸣叫。③ 色彩美。各个品类，栗色、黛绿、黑白、杂斑、珍珠斑等。

2.（1）“寄托”，托付，委托别人照料，常含有信赖之义。形象地写出了大洼苇丛是鹬鸟们赖以生存、生命延续之地。

（2）“似乎”，好像的意思，表面上看起来有道理，实则不然，借以交待鹬鸟看起来“执拗”，实际上它们还有为生存抗争的另一面。

3.（1）运用比喻的修辞手法，把停在苇上的豆娘比喻成玉簪、嫩柳，生动地描绘出豆娘碧蓝嫩绿的色彩，又化动为静，写出了它们的静态之美。

（2）运用拟人的修辞手法。把鸟拟人化了，生动贴切地写出了鸟的叫声不断，鹬群家园的环境氛围。

4. ① 用苏代的故事讲述了“鹬蚌相争，渔人得利”的故事；② 丰富了文章的内涵，使美鹬有了人文气息；③ 激发读者的阅读兴趣。

小雪初晴

① 由晨一直下到午后方歇的雨格外细密，如牛毛的纤细和柔长。谁知子夜游丝般的雨又起，很快变成细小雪花，缠绵地敲打在农家窗棂上、门框两旁褪色的春联上、院落里丛丛半枯的菊花上。次日晨，雪花在晨风里变大，急速地洒落，铺垫着一洼的洁白。村庄轮廓在雪花编织的素帘里模糊着。古人称小雪时节“虹藏不见，天气上升地气下降，闭塞而成冬”。老人盘腿坐在炕上小饭桌后，端起老伴递来的粥碗，热气如雾悠然腾起，粒粒小米在碗中凝成金黄。“先前的雪大得多啦。”他感叹着连年舒适的暖冬。“嗯。”老伴表示赞同，院里的几声狗吠也像是回应。老人们欣喜，上天按时令飘下瑞雪，来年又是丰年。

② 雨雪后，寒风如期而至，洼里是另一番景象。芦花放尽后深褐的穗头簇拥着，凝结在雪的重扼下，屈辱地低垂着，小声

吟诵起天地间绵长的诗行。“今我来思，雨雪霏霏”“小雪已晴芦叶暗，长波乍急鹤声嘶”，苇荡原有的一片片褐黄、暗灰、淡灰已隐去，皑皑雪色连接成无边的大野，深深浅浅、影影绰绰。洼边婉曲的河苇中宁静的泊如玉带、璧盘。时有雁群骤起、凫鸭急落、天鹅疏影、孤鹤横飞，伴着洼淀深处或豪放或嘶哑的鸣叫，自然中的生灵不忍让大洼沉寂在初冬的萧瑟里。

③ 未及耕耙的农田里，残留的玉米枯秆、豆萁残茎任风雪的摧残。过晚萌生的苣荬菜、青蒿、荠菜、杨树苗被无情地掩覆在雪层下，扼杀了那绿的生机。几天前，村边台地上一片青麻叶白菜地上，有老汉抡起菜刀在砍，这是农家最晚的田间收获，老人刚从南方旅游回来。周边的菜地一周前已收尽。菜根发出断裂时痛苦的脆响，凝着亮彩的老叶被大手撕剥后随意抛撒在畦埂。当拖拉机的后车厢被装得满满时，隆隆的机声由菜地下坡到泥泞的土路，再到院落，还有姑娘、孩童一路的欢笑。

④ 凌晨的寒风终于使大洼里残留的暖意荡然无存，一夜间水泊笑纹般的涟漪消失殆尽。水面在晨光里闪着晶亮，漂浮的苇叶凝固成雕刻的画面。最后一群野鸭从尚未冻结的湖心起飞，几片轻盈的羽毛飘荡着落进苇丛。

⑤ 曾经也是大洼有了冰冻的夜晚，田间雪后凝冰的土路被缓缓驶来的皮卡车碾破，晴朗夜空上寒星闪烁。车厢上站立着洼里汉子，一手抓车栏杆，一手握着改装的汽车灯，贼亮的灯光直射向雪景中空旷的麦田、耕翻的白地、荒草的坟场。一只挪动的草兔在雪地上暴露了身影，灰色与洁白反差过于明显。持灯人低沉一声喝，两条细狗从车厢里一跃而下，吠声急切，向灯光所指处疾驰，踏起雪花飞溅。肥硕的兔急切地左右跑动已乱了方寸，顷刻间两犬一左一右横追堵截。那只兔在长满芦苇的深沟边被扑倒

时，一闪念的后悔就被切进喉咙的狗牙阻断。细狗叼起草兔跑向车旁的主人。那些年初冬时，也是洼里人逐兔的季节，向大洼的索取由植物到野生动物，乐此不疲。此后，洼里人终于把追逐野兔的兴奋场景埋进了记忆里。

⑥ 几只岩鸽飞落苇塘边的槐枝，颈上一圈银亮的珍珠装饰令它们左顾右盼地炫耀。两只喜鹊悠然飞过时，侧视的眼光果然有着几分羡慕。天色暗下来，雾气升腾，灰暗的天空又在孕育着千千万万纷纷扬扬的雪花。

1. 阅读文章第 ③ 段至第 ⑥ 段，简要概括作者写了雨雪后的哪些场景。（示例：第 ② 段写了洼地里芦苇和各种鸟类的情态。）

2. 解释下列加点词语，揣摩句子的含义。

（1）芦花放尽后深褐的穗头簇拥着，凝结在雪的重扼下，屈辱地低垂着。

（2）那些年初冬时，也是洼里人逐兔的季节，向大洼的索取由植物到野生动物，乐此不疲。

3. 文中画线句子运用了什么修辞手法？结合文章赏析其表达效果。

自然中的生灵不忍让大洼沉寂在初冬的萧瑟里。

4. 文中多次引用古文古诗，赏析第 ② 段所引诗句的作用。

参考答案：

1. 第 ③ 段写了老汉在田间最后的收获；

第 ④ 段写了大洼开始结冰；

第 ⑤ 段写了以前洼里人追逐野兔的情景；

第⑥段写鸟儿的欢悦形态。

2.（1）“屈辱”原意是人受到压迫感到受辱，这里描写了芦苇在雪的压力下不顺从却又不得不承受的姿态。

（2）“索取”原意是向人要钱要东西，这里无疑把大洼看成跟人类平等的对象，言外之意在于表现人们逐兔等行为的蛮横无理。

3. 拟人。“不忍”赋予大洼生命，形象地写出了大洼生灵们在冬雪里的身影和声音，反衬出冬天的萧瑟。

4. ①借古诗句描写小雪过后的景象；②更加生动形象地描写景物；③增强文章的文化底蕴和艺术色彩，激发读者的阅读兴趣。

大洼秋韵

①秋来了，大洼里秋色迷人。

②秋来了，大洼里神韵动人。

③大洼的秋是七彩的。它聚积了阳光的七彩，赤橙黄绿青蓝紫，是大自然的三棱镜折射的光彩。清晨，阳光照在高粱的红穗绿叶上，那晶莹露珠与红粒结伴，如银如金，相映成趣；大洼的汉子早已甩掉露与汗洇湿的上衣，凿刀子（削穗农具）“嚓嚓”作响，在如林似海的绿丛中敏捷地穿行，腋下很快夹一抱粱穗，如搂一腕暗红。他们古铜的脸膛、古铜的阔胸和着褐红的穗，展现了大洼成熟的色调。

④晨，柔光漫在枝叶泛紫的棉田。棉桃如铃，一夜的沉睡后，迎着晨光舒展开来，那万桃一时间绽放，还带着昨夜的喜泪。采花女三三两两，和着轻轻的情歌，和着轻盈的脚步，柔指

灵腕飞快地牵动着洁白的“云朵”。

⑤ 晨，旭光如金透过淡淡絮云漫洒在大洼。老洼民牵起衣襟揩去满脸的汗水，脸上年轮般的褶皱是那样的深。他用虬枝般的大手沉重地掰下一尺多长的玉米。那玉米顶花方谢，红缨未枯，揭去层层包叶，露出一柱耀眼的金黄。他把它贴在沧桑的脸上，如亲着襁褓中的小孙，眼角闪动着喜悦的晶莹。

⑥ 晨，走进浅绿，麦苗刚刚冲出细碎的褐土，一叶叶组成由近至远的条条绿带。那茸茸的绿，如少女脸颊上的茸毛。伏身拔起一根，放在眼前，翠色那般柔和，令人不忍闭目，一粒饱胀的麦粒已在谋划夏日的辉煌。

⑦ 晨，走进紫红，阳光在阔大的掌状叶上洒下碎金。葡萄紫得动人，琼珠欲坠，那是红透了的色彩。“夜瑟风起飘星去，晓喜天晴缀露珠”，密密实实，珠珠串串，晨露里如洗如沐。人在园中，能不垂涎欲滴？“醍醐纵美输轻滑，璎络虽圆让陆离”，还未尝果，心已陶醉。

⑧ 晨，走进银白，阳光随银白的芦花跳荡。你的身前、身后，远远近近，大苇荡的芦花和着晨风的节奏摇曳。轻柔、和乐，伴着禽鸟的晨曲，你已如婴儿在摇篮中做着银色的梦。

⑨ 大洼的秋是沉甸甸的，那是大自然对大洼人的赐予和回报。昨夜一场秋雨，水洼浅浅，青草疏疏，羊群踏过田野小路，留一路蹄花；几头棕红的黄牛全然不睬羊群的躁动，埋头在深草中与秋虫私语。

⑩ 大洼小伙手握弯镰的大手感觉到了秋的到来。秋阳当空，青里透红的豆荚在被那粗大的手指抓紧时，向他传递了鼓胀的青春的热情。柽柳树下，两只鼹鼠从松软的碎土中探出头来，飞快地看了一眼大片倒伏的豆荚，把会心的微笑又飞快地带进洞中。

⑪ 大洼姑娘提篮的手感觉到了秋的到来。栽下的冬枣已红遍枝头，她的手灵巧地避开尖刺，一颗颗、一串串，轻轻捷捷，不时柳筐盈盈。“九月肃霜初熟时，宝珰碌碌珠累累”，红枣圆圆，笑靥浅浅，与姑娘的笑靥相互映衬。“脆如霜雪，甘如饴蜜”，那枝头挂着的是农家的希望。

⑫ 大洼养虾汉子紧攥流网的手感觉到了秋的到来。他两脚踩在满是蛤蜊碎壳的泥地，腥咸的海水湍急地冲向他赤裸的胸膛，流网震动，斑节大虾在网中起舞。网满了，拉开扎绳，“哗啦”，小排子一舱翻腾的银亮，那汉子的胸前、胳膊上力的凝聚处也映着阵阵的晶亮。

⑬ 辕马厚实的肩背感觉到了秋的到来。它身后的玉米捆码成小山，“山”后，大洼人拢上粗绳，用绞杆将“山”拧得结实。两腿横跨在车辕上，长鞭带着新换的牛筋鞭梢在空中迅疾一顿，猛然清脆的一声炸响。前面一红一白两匹套马拉紧了车绳，带着辕马飞快地冲上坡道，辕马感觉肩背上比往日沉重，汗顺着脊柱两侧缓缓淌下。车旁几辆草车隆隆驶过，那是泛着清新草香的苜蓿，紫花点点，如小蝶齐附，摇摇闪动，马听到了臼齿磨动嚼子的脆响，但身不由己，只能深深地吸一口浓郁的清香。

⑭ 谷场那宽阔的胸膛感觉到了秋的到来。大洼人铺开红粱大穗，如同铺开大红大紫的锦缎。碌碡在锦缎上画着同心圆，一圈一圈，一转一转，红粒挤出黑壳激情地蹦跳，在午后的斜阳下熠熠闪光。风来了，木锨上上下下，红雨急洒急落，又如此起彼消的彩虹。

⑮ 大洼的秋是浪漫的。那是大自然赋予大洼的歌。夜，繁星点点，皓月升空。刚刚你还沉浸在白日秋光泼眼的七彩奇景中，此时又融化在寒云素色的淡淡夜景里。月光如银，大洼的芃芃稼

禾、葱葱林木、离离秋草，以及那河渠、房舍、小径，一切有生命的和无生命的全都笼罩在寒光中。月光如纱，覆盖着将要入睡的大洼。夜风慢起，带着白日的温馨，温柔地抚摩着大洼的腹部，如慈母抚着小儿入睡，夜曲嘤嘤，生怕惊动那树间的雀、草中的虫。

⑯ 大洼的秋夜没有绝对的宁静。浅草中，草兔时而跳跃、时而驻首，观看那月中夜夜相恋的玉兔。有长蛇入水，轻滑无声，昂头破水前行，长尾摇如飘绸。不时，水草边，凄厉的蛙鸣打破夜的静谧。“清蒲野波白，水露明月天”，大洼的水如硕大的镜，时有大鱼跃出，它们忘掉了白天的疲惫，还要在月下嬉戏。镜被击破，晃动着刺眼的碎光。它们扔下身后残破的一切，向前追逐着那轮皎月。

⑰ 大洼深处，最后一批野鸭眷恋着大洼，“参差斧轧，飒沓缤纷。其浮蔽水，其旋如云”，它们看过大洼秀美的春光，看过大洼炎炎的夏景，也将看尽大洼清爽的秋色。如今，庞大的阵容，和鸣可愧雁，丽采能惭翚，坚硬的羽翼，厚重的体脂，即将迎来腾飞南行的晨。

⑱ 月光下，大苇洼无边无际，芦花隐隐约约随风曼舞，带着大洼的情，轻轻地，抚摩着你的脸。生命在这里似乎已重新开始，我聆听着自己的心声，如同从大洼的深处传来。

⑲ 大洼的秋韵，又有谁能诠释得尽？

1．阅读文章，分析大洼的秋有哪些特点。

2．阅读文章，分析“大洼的秋是沉甸甸的”中的“沉甸甸”有哪些含义。

3．赏析第 ⑮ 段中画线句子修辞手法的运用。

4. 文章最后为什么说“大洼的秋韵，又有谁能诠释得尽”？

参考答案：

1. ① 大洼的秋是七彩的，展现了大洼成熟的色调；② 大洼的秋是沉甸甸的，那是大自然对大洼人的回报；③ 大洼的秋是浪漫的，那是大自然赋予大洼的歌。

2. ① 沉甸甸指分量重，这里指大洼的秋是大自然对大洼人的赐予和回报；② 代表着收获的时节。

3. 运用了拟人、比喻的修辞手法。将夜风拟人化，写出了夜风轻柔的特点，给人以美的享受；把风拂万物比喻成母亲哼曲哄孩子入睡，生动地表现了风的轻柔多情。

4. ① 设问手法收束全文，言外之意，没有人能说得尽大洼的秋韵，引发人们的思考；② 突出了大洼之秋的韵味丰富，让人难以用言语诠释得尽。

月色大洼

① 寒意笼罩着的大洼将所有的声响冻结了，洼里的风也凝固在无边的苇丛。当洼边的窝棚小窗口露出微黄的光，汉子们推开一个个棚门。不时，凌爬的滑动声、撑杆在冰面的撞击声划破了子夜的寂静，间或有汉子一两声浑厚的咳嗽声，一并在凌爬前远去，消失在茫茫大洼深处。

② 每年滴水成冰的日子悄然来临，碌碡压劈的苇扭成绳，小屋里的凌爬搬出装上车，苇撮、草钩、铁叉、饭锅、面袋不能

少。媳妇追出屋，把一张狗皮垫子掖在铺盖卷里面，捅了大牛后腰一下，小声说："唉，晚上可别冻着。"男人"嗯"了一声，一撑车板上了车。车把式回过头咧开嘴："嘎，还是媳妇疼啊！"马车远去，汉子们去了洼边安营扎寨。

③ 下弦月稳稳挂在东南天际。满天繁星的闪烁与月轮的银光相比微不足道，但数不清的晶亮组合出夜空的生动。已扬过花的芦苇低垂着抹霜的穗头，像在熟睡，又像在等待。框形的大搓在冰面滑动起来，左边的苇一棵棵紧挨着倒下，右边的苇又一束束齐刷刷倾倒。大牛紧绑的裹腿被苇秆亲切地拂扫，苇茬顶在脚下的牛皮绑底，脚心舒适的麻。大搓一个跟进一个，"唰唰、唰唰、唰唰——""唰唰、唰唰、唰唰——"。今年洼里水大，苇子高过了人，大牛手上的劲传递到大搓刀条上，感觉比去年费力。月不知不觉移向南空，晨曦的光亮渐渐接替了隐去的月光。向后倒伏的苇如夏日割倒的麦铺，一道道弯转成长龙延伸好远。汉子们摘下棉帽在腿上摔，霜花四溅，抹一把眼眉、胡须，相视一笑，每人都是仙风道骨的白眉大仙。

④ 苇洼宏阔，当阳光把冰面铺满时，装满苇捆的凌爬如座座小山漫洼里移动。脚齿绑在牛皮绑前，汉子们弓腰奋力拉动，白点脚齿印留在满是裂纹的冰上。洼边窝棚上，炊烟缭绕，马铃声由树丛那边不紧不慢地传来，在连绵的苇垛上飞上飞下。

⑤ 古来渤海湾洼连着洼，苍苍茫茫，无边无际，春时百鸟的鸣叫唱绿了大洼，秋时万顷的芦花雪浪般染白了大洼。海滩吹来咸湿的风，洼里人目送着匆匆雁阵、悠悠鹤群远飞南国，迎来一洼金黄。年复一年，靠洼吃洼，重复着围雁、治鱼的劳作，养苇也维系着洼里人千百年的生计。

⑥ 年后，洼里人不再留恋浓郁的年味，早已操持起新的劳

作。上弦月的辉光把大场边映亮，大牛还在抖苇子，拉开苇捆腰绳，抱进三尺深的土坑打散，最长的苇子抽出放一旁，中长的苇放身后，又捋出矮些的苇放另一边。杂乱的小苇和根子清在柴火垛边。长苇可编砖箔、房笆，中苇能打苇帘、鱼箔，小苇带穗头打盐箔最好。牛娃跑来喊："爹，饭熟了！""好嘞，这就回了。"大牛应答着，手下利索地要把这捆苇抖完。

⑦ 凸月慢慢搁上了院角香椿树的枝丫，女人在小板凳上身子晃动着，刮苇的手不停地刷动。挫得锋利的废锯条折弯成夹，包上一块旧布就是一把好刮子。左手一把苇，右手刮子夹苇，"沙沙、沙沙——""沙沙、沙沙——"，女人怀里苇梢上上下下跳动，苇叶欢快飞落，在女人身前散成一大片，刮尽的每棵铁秆苇被月光映出白亮。

⑧ 男人右胳臂夹着箔杆从偏房里出来，架在北屋檐下，然后把女人缠好线的箔槌子拴在箔杆，悬在杆上刻度上。打帘箔是女人的拿手戏，身边的桶里抽出一支苇横放杆上，苇根边上对齐，一手抓箔槌向里过杆，随手抓另一槌向外，再续苇另边对齐，再抓箔槌。女人越打越快，"咔嗒、咔嗒""咔嗒、咔嗒"，只见槌飞槌落，上下旋舞。一槌未落，一槌又起，双槌交错。一手拈苇一手提槌，刹那间手到苇到，"嚓嚓"声、"咔嗒"声交织，十指灵动，快如闪电。转瞬间，一块苇帘委地。女人说："明年咱的钱攒够了，咱也得盖栋新房了。"大牛："嗯，行啊。"每年，小两口都要打几百块苇帘、几百块砖箔。帘交外贸，箔找销路，他寻思着求窑厂的老叔帮忙。

⑨ 圆月升空，月边的云像纱巾在飘，水样的光泼在院子里，泼在屋顶上，也泼在墙头。洼下小村里盖房都选在三四月间，雨水少，农活也不忙。大牛家的新房很快起了脊。月色清幽的夜

晚，女人把新院打扫干净，大牛和请来的两个爷们儿一字排开还在编笆，明天就要起房了，新笆就要上房。四间七檩的房笆要占满一个大院。三四棵上好的苇子在汉子们手上跳着，交叉成菱形。女人蹲在身后移来移去续上芦苇，牛娃也来给他爹续苇，手脚并不比娘慢。大牛满是茧子的手一绺绺编着，脚下的笆平平整整结结实实，梢上的苇毛别在下面，铺上房顶后正好抓泥。新笆占满半院，牛娃抓着苇子的手停下了，歪在笆上睡熟。大牛让女人抱孩子回去睡，女人没去，脱下厚实的外衣搭在牛娃身上。大笆终于编完卷成大捆，大牛拿来一把剁菜的刀，“噗噗、噗噗”，大笆南沿剁成了一条线。

⑩ 夜深了，皓月西行。鸡窝里公鸡翅膀一阵扑棱，一声长鸣，新的一天已经开始。

1. 阅读文章第 ② 段至第 ⑨ 段，简要概括月色下洼里人围绕芦苇进行了哪些劳作。

示例：第 ③ 段至第 ④ 段写了洼里人到洼里割苇。

2. 解释下列句子中加点词语的含义。

（1）洼里的风也凝固在无边的苇丛。

（2）已扬过花的芦苇低垂着抹霜的穗头。

3. 赏析画线句子运用的修辞手法。（可任选一句）

（1）向后倒伏的苇如夏日割倒的麦铺，一道道弯转成长龙延伸好远。

（2）圆月升空，月边的云像纱巾在飘，水样的光泼在院子里，泼在屋顶上，也泼在墙头。

4. 文章第 ⑤ 段内容丰富，赏析其在文章中的作用。

参考答案：

1. 第②段至第④段写洼里人准备打苇的用具和在洼里月下打苇；

第⑤段简要介绍大洼春时和秋时的景象，以及洼里人靠洼吃洼的现实；

第⑥段写洼里人在月下抖苇，准备编织用；

第⑦段至第⑧段写洼里的女人在月下刮苇、打帘箔；

第⑨段写洼里人在月下编笆。

2.（1）“凝固”指液体变为固体，化无形为有形，生动地描摹了风静止的情形。

（2）“抹”，涂抹，用刷子等把东西附着在物体上，准确而又形象地写出了苇上的霜轻而且薄。

3.（1）比喻。把苇铺比喻成长龙，生动地描摹了苇铺曲折的排列形状以及数量之多。

（2）比喻、比拟。把月边的云比喻成纱巾，生动地写出了云的轻柔之美，衬托了月夜的宁静；“泼”，化无形为有形，形象地描绘出月光照亮大地万物的景象。

4. ①写了大洼的春秋轮回；②拓开一笔，站在历史视角展现大洼自然景象；③展示了月色大洼古往今来的历史背景，烘托出月色大洼的厚重。